现当代经典散文品读·

悠远的回响

YOUYUAN DE HUIXIANG

徐宏杰◎主编

安徽师范大学出版社

ANHUI NORMAL UNIVERSITY PRESS

丛书策划:汪鹏生
责任编辑:刘 佳
装帧设计:丁奕奕

图书在版编目(CIP)数据

悠远的回响/徐宏杰主编. — 芜湖:安徽师范大学出版社,2018.7
(现当代经典散文品读)
ISBN 978 - 7 - 5676 - 2837 - 3

Ⅰ.①悠… Ⅱ.①徐… Ⅲ.①散文集-中国-当代 Ⅳ.①I267

中国版本图书馆CIP数据核字(2017)第102725号

悠远的回响

YOUYUAN DE HUIXIANG   徐宏杰 主编

出版发行:安徽师范大学出版社
　　　芜湖市九华南路189号安徽师范大学花津校区　　邮政编码:241002
网　　　址:http://www.ahnupress.com/
发 行 部:0553-3883578 5910327 5910310(传真)
印　　刷:浙江新华数码印务有限公司
版　　次:2018年7月第1版
印　　次:2018年7月第1次印刷
规　　格:700 mm×1000 mm　1/16
印　　张:19.25
字　　数:270千字
书　　号:ISBN 978 - 7 - 5676 - 2837 - 3
定　　价:58.00元

如发现印装质量问题,影响阅读,请与发行部联系调换。

写在《现当代经典散文品读》出版之际

《现当代经典散文品读》丛书，按照内容分为10册，选入的近三百篇散文，是现当代中外优秀散文名篇，几乎可视为百年散文史的缩影。编选者视野开阔，粹取拣择中，可见出其独特的眼光。选入的文章，篇篇可读，文字优美，有发人深省的内涵。既有文学大家的名篇佳什，又有一些年轻作家的感人至深的新作，甚至包括当代一些网络作者的好文章。作者中有学养丰厚的著名人文学者，也有研究自然科学的科学家、发明家。编选者立意在知识的丰富、美好人生的发掘、伟大智慧的分享。在知识性、思想性和欣赏性等多方面，丛书都有较高的价值。读起来使人时而低徊欲泣，时而激扬蹈厉，时而心入浩茫辽阔中，时而意落清澈碧溪前。这套书可以作为在校学生课外阅读的材料，也可以作为一般读者经典阅读的进阶。

每篇散文后所附"品读"文字，也是值得"品味"的，对帮助欣赏、理解所选文章极有帮助。篇幅一般都不短，内容丰富，不是泛泛的作者介绍，也不是说一些写作背景和特点的话，而是意在"品读"所选文章背后的价值世界。不少品读文字，更像是一篇研究作品。如《诗意的栖居》一册中所选建筑学家梁思成的《千篇一律与千变万化——音乐、绘画、建筑之间的通感》，是建筑学中的名作。它涉及艺术哲学中的一个重要原理。艺术要追求变化，这个道理很多人讲过，但这篇文字则谈重复在艺术创造中不可忽缺的价值。人们常常将重复当作一种缺点，但梁先生认为，没有重复就没有艺术。重复是音乐的灵魂。《诗经》在一定程度上也是重复的艺术，那回环往复的吟唱是《诗经》的命脉。重复也是建筑的基本语言，颐和园七百多米的长廊，人民大会堂的廊柱，因重复而体现出特别的魅力。编选者在细腻的分析中，发掘此文深长的意味，给读者以重要启发。由趣味学习，到专业学习，这套书有不可忽视的价值。

　　散文的重要特点之一，是用优美的语言，自由而较少拘束的形式，表达当下直接的生命感受，散文也可以说是当下生命体验的记录。因此，好的散文家，一定是对人生、自然、生命、宇宙、理想等有感觉的人，一定是对世界有"温情"的人。那种整天沉浸在琐屑利益竞逐中、对生活持漠然态度的人，不会有通灵清澈的觉悟，不会有朗然明快的理想，也写不出有感染力的文字。好的散文不是"写"出的，而是从清澈、真实的心灵中"泻"出的。我通读这套书所选的文章，仔细品味编选者的点评，丛书中无处不在的清新气息，给我极深的印象。就像本丛书所选美学家宗白华先生的《美从何处寻？》中所说的，世界充满了美，我们要有一双发现美的眼睛。美不光在外在的形式，更在那生命的潜流中。正因此，散文，不是美的文字，而在传递一种美丽的精神。人，不在于有光鲜的外表，而在于有一种光明的情怀。外在的"容"可以"整"，内在精神世界是无法通过技术性的劳作"整"好的。这套书在知识获取的同时，对提升人的精神境界、护持人的生命真性、分享生命的美好等方面，都具有独特的价值。

　　这套宏大的散文名篇选读丛书，是由徐宏杰先生花近十年时间独立完成的。他是当代闻名的语文特级教师，是语文教学和研究方面的权威学者，他在教学之余，投入如此心力，来完成这样的作品，为他深爱的学生，更为全国广大读者。这样的精神尤令人感佩。这套书中凝结着他三十余年教学经验和研究所得。他曾经跟我说，他是以充满敬意的心来做这项工作的。从我阅读的感受，他的确是这样做的：从选文到解说，他以敬心体会所选文章背后的温情和智慧；又以敬心斟酌自己的品读文字，力求给读者，尤其是青少年读者留下真正有价值的信息。

朱良志

2018 年 4 月 10 日于北京大学

写在《现当代经典散文品读》出版之际

开始回忆是最初的苍老，也是最初的成长。一段童年的歌谣，一抹故人的微笑，都在如水的岁月里沉淀出美丽的模样。当然，没有长跑健将会鄙视当年的蹒跚学步，也不会有伟大的作家对小时候歪歪斜斜的笔迹嗤之以鼻：那是跬步，那是小流，那是千里之行的起点，那是汪洋恣肆的开端。生活需要回望，需要停下匆匆的脚步想想过去。一个人，一个国家，一个时代，莫不如此，让过去的事情如同石子在心湖里投出悠远的回响。看向过往是为了让回忆的清泉把目光洗得更亮，再前行时，才能看到更远的远方。

目录

第一篇论文

◇苏步青

考进自己向往的东京帝国大学数学系，心情非常舒畅，同时也觉得，以往的一帆风顺，也预示着自己今后的学习会很顺利。但是，当我来到指导教师洼田忠彦教授身边时，立即感受到攀登数学高峰并不是想象中那样轻而易举。洼田是著名的几何学家，训练我很严格，甚至有些严厉，我不得不产生一种畏惧心理。

有一次，遇到一道几何难题解不出来，我便去向洼田先生求教。教授看了看我，只冷冷地说："请你去看沙尔门·菲德拉的解析几何著作，然后再来找我。"我马上到学校图书馆查书。当我查到该书翻阅时，不禁连声叫苦。这是一套德文原版书，有厚厚的

本文选自《神奇的符号》（湖南少年儿童出版社1997年版）。苏步青（1902—2003），中国科学院院士，中国杰出的数学家，被誉为"数学之王"。浙江平阳人，与棋王谢侠逊、新闻王马星野并称为"平阳三王"。主要从事微分几何学和计算几何学等方面的研究。1872年，德国数学家F.克莱因（Klein）提出了著名的"爱尔兰根

计划书"，在其中总结了当时几何学发展的情况。苏步青的大部分研究工作是属于这个方向的。共发表学术论文百余篇，并有专著和教材十多部。他的不少成果已被许多国家的数学家大量引用或作为重要的内容被写进他们的专著。

三大本，近2000页。当时，我还只懂日文、英文、法文，对德文一窍不通，心里不由抱怨起来：先生太狠心，不给具体指点，这么厚的一本书要啃到何年何月？抱怨归抱怨，毕竟是教授叫读的，也只好听从。

我一面抓紧时间学德文，一面啃原著。一个学期下来，我硬是啃完了这套书。到这个时候，我才去见洼田教授。教授一见我便问，那道题的答案找到没有？我深深地鞠了一躬，表示诚挚的感谢。因为这套书不但解决了我的疑难问题，而且使我的解析几何知识系统化，掌握了终生有用的基础知识。

在钻研数学的过程中，我发现意大利的几何学是世界闻名的，而自己不懂意大利文，给学习意大利名著带来很大困难。思考再三，我下决心学意大利语，以便将来能更有效地研究几何学。

因为有过向房东老大娘学日语的经历，这次学意大利语又想用这种办法。然而这次我选择的对象不是老大娘，而是一位意大利的神父。

东京帝国大学附近有一个天主教堂，每星期五做弥撒时，总能见到这位神父。他是位意大利人，已年近花甲，头发完全白了。受罗马梵蒂冈派遣，他远渡重洋，到日本来传教，已有二十多年时间了。我并不信教，但是苦于找不到意大利语的老师，也只能从当教徒入手，以便接近神父，获得学意大利语的机会。我特意买了一套做弥撒穿的白外套，参加了几次弥撒。据说神父年迈想收新教徒接班，正在物色对象，而我一心想接近神父，寻求意大利语老师。几次接触之后，我们之间日渐熟悉，终于有一天我向神父提出请他教我意大利语的请求。神父出于自己的目的，竟然爽快地答应了我的请求，并告诉我每天晚上都可以去。

从此，我每天晚上都到神父家上课，风雨无阻。神父误认为找到了一个"新教徒"。为了让我早日学会意大利语接班，所以教得特别卖力。而我则想多掌握一门外语，可以多看懂一个国家的数学名著，真是同"桌"异梦，各有所求。

三个月后，我已经能够轻松地阅读意大利的原版数学论著。预期的目的达到了，而我又不想为学意大利语占用更多宝贵的时间，便带了一笔学费向神父告辞。神父惊愕地问我为什么不想当神父，我这才道出本意。我说我不想研究教义，只想探索数学，您教会了我意大利语，我会终身记住您，感谢您。神父对这突如其来的辞行，有点难以接受，仍尽力地想说服我，并声称只有宗教才能拯救人类。我也据理力争，宣传只有科学才能造福于人类。神父看出这是一个难于挽救的局面，只好找一句话来安慰自己："每个人都有自己的宗教，你把数学当作自己的宗教。孩子，你去努力吧！"神父不收我一文钱，把我送出了家门。

神父教会了我意大利语，我是满怀感激之情的。有了这个外语工具，在大学期间，我和意大利的几位著名数学大师有了通信交往，及时得到了他们的指点和具体帮助。我可以用意大利语准确表达自己的思想,以至于后来能写出意大利文的数学论文,在意大利的著名杂志上发表。所有这些,我怎能不感激神父认真而严肃的意大利语教育呢?

我从青年时代开始就意识到外文的重要性,并寻找各种机会,如饥似渴地学习和掌握外语。在掌握前五门外语的基础上,我又自学了西班牙文。到了五十多岁,因教学、科研的需要,我又学会了比较难掌握的俄文。这样,我一共掌握七门外语,其中,日语、英语、法语精通,其他几门则能阅读数学专著。60年代我有机会出访欧洲几国,我既是团长、秘书,还兼任翻译,可见学好外语真是好处不少啊!特别是处于改革开放的今天,更该学好外语。

由于外文得心应手,学习国外数学的新作也就不太困难了。书读多了,启发也大,为我早期开展科学研究奠定了基础。读大学三年级时,我写出了第一篇数学论文——《关于费开特的一个定理的注记》(又名《关于一个定理的扩充》)。由于有一些新的见解,论证也比较严密,几位著名的学者都加以赞赏。导师将这篇论文推荐给日本学士院主办的学术刊物发表。据说,当时学生的论文发表在学士院学报上的几乎没有,况且作者又是一位年轻的中国学生,这在学校引起很大轰动。日本一家报纸为此还专门发了一条新闻。

简评

1872年,德国数学家 F.克莱因(Klein)提出了著名的"爱尔兰根计划书",在其中总结了当时几何学发展的情况,认为每一种几何学都联系一种变换群,每一种几何学所研究的内容就是在这些变换群下的不变性质。除了欧氏空间运动群之外,最为人们所熟悉的有仿射变换群和射影变换群。因而,在19世纪末期和20世纪最初的三四十年中,仿射微分几何学和射影微分几何学都得到很迅速的发展。数学家苏步青的大部分研究工作是属于这个方向的。苏步青教授是国际公认的几何学权威，中国微分几何学派创始人，被国际上誉为"东方国度灿烂的数学明星"和"东方第一几何学家"。他在仿射微分几何学和射影微分几何学研究方面取得了出色成就，在一般空间微分几何学、高维空间共轭理论、几何外型设计、计算机辅助几何设计等方面也取得了突出成就。读本文，我们一个突出的感受就是，苏步青正是凭借深厚的外语功底，阅读了国外的数学原著，从而在数学研究上成绩斐然。他的第一篇论文是在这个基础上写出来的。

数学家的第一篇论文启迪我们：外语是一门工具，有了它，我们可以开启国外丰富的文化宝藏，更重要的是可以通过学习外语拓宽知识的领域来提升自己。

在数学大师苏步青成长的道路上，外语曾扎扎实实地给他设置了两道高深的障碍。第一次是为了取得公费留日的资格。1919年初，家里一贫如洗的苏步青怀揣中学洪校长馈赠的200元大洋东渡日本留学。对苏步青来说，要实现留学的目标，必须得到公费资助，但按当时政府的规定，留学生必须考取指定的几个学校后方可申请资助。苏步青面临的最大问题是：他对日语一窍不通，如何参加考试？他赶紧进了东亚日语预备学校，可是补习学校的学习进程缓慢。怎样速成日语？苏步青急中生智，在学校附近找了个住处，房东是一位年过五旬的大妈，很想有个年轻人做伴聊天。于是，他就天天与房东待在一起，清晨陪她去菜场买菜，听着她跟菜贩讨价还价，他在边上小声重复；下午、晚间就缠着房东讲故事，如富士山仙子的传说、贫苦农夫的传奇等，不仅学到了地道的日语口语，还了解到日本的历史掌故、风土人情。在这样良好的语言环境下，苏步青的日语水平突飞猛进。考场上连考官也听得入神了，居然忘了继续发问，考试圆满地结束。苏步青很快拿到了东京高等工业学校的入学通知书。苏步青老先生在回忆这场考试时说，"这是我一生中最得意的一场考试。"第二次就是本文提到的："考进自己向往的东京帝国大学数学系，心情非常舒畅，同时也觉得，以往的一帆风顺，也预示着自己今后的学习顺利。"可是，"有一次，遇到一道几何难题解不出来，我便去向洼田先生求教。教授看了看我，只冷冷地说：'请你去看沙尔门•菲德拉的解析几何著作，然后再来找我。'我马上到学校图书馆查书。当我查到该书翻阅时，不禁连声叫苦。这是一套德文原版书，有厚厚的三大本，近2000页。"当时德文一窍不通的他为了阅读此书克服了什么样的困难可想而知了。啃下德文之后，接着以同样的毅力拿下了意大利文、西班牙文，在掌握五门外语的基础上，50多岁的他又攻下了俄文。

著名数学家、教育家苏步青用自己的经历告诉今天的年轻人，读书、做学问要有一种"攻城不怕坚，攻书莫畏难"的精神。他自己就是读书做学问的典范。早在温州读中学的时候，苏步青每天总要读《左传》《史记》《资治通鉴》等书籍。有一天，他用《左传》笔法写了一篇作文。国文老师读了这篇作文后，怀疑不是他写的，就把他找去。苏步青告诉老师，作文是自己写的，还说："我会背《左传》。"老师选了一篇让他背，他很快就把全文背出来了。老师连连称赞，说："你这篇作文确实是《左传》笔法。"并将这篇作文评为全班第一。对于经典的熟读，虽不能说直接影响了数学家辉煌的数学成就，但对于他本身素质的养成与提高是不无益处的。如同李泽厚先生和大学生交谈时所说："学习，要从提高整个知识结构、整个文化素养去考虑。如果自己的知识面太狭窄，分析、综合、选择、判断各种能力必然受影响受限制。"

被誉为照亮世界诗坛的、神秘的东方诗圣——印度诗人泰戈尔在《新月集》有这样的诗句："只要他肯把他的船借给我，我就给它安装一百只桨，扬起五个或六个或七个布帆来。我决不把它驾驶到愚蠢的市场上去……我将带我的朋友阿细和我做伴，我们要快快乐乐地航行于仙人世界里的七个大海和十三条河道。我将在绝早的晨光里张帆航行。中午，你正在池塘洗澡的时候，我们将在一个陌生的国王的国土上了。"苏步青在很小时候就在读书学习的殿堂里放逐自己，借别人的船扬帆远航，到头来才会拥有这样充满泰戈尔诗中写到的童话般的经历和收获。正是这种刻苦与发愤，造就了数学家苏步青多方面的才能。许多人都知道苏步青是数学大师，却不知道他还是位作家、诗人。他从小酷爱古诗文，13岁学写诗。读初小时常骑在牛背上诵读《千家诗》等。几十年来，他与诗为伴，与诗书同行，每次出差，提包里总放一两本诗集，如《杜甫诗选》等。苏步青不仅读诗，更有作诗兴趣，几十年笔耕不辍，写了近千首诗作。在他96岁高龄时，北京群言出版社出版了《苏步青业余诗词钞》，共收近体诗444首，词60首，由苏老手写影印，其中1931—1949年早期作品191首，内有词47首。从中我们可以领略苏老60年间的学术生涯和诗书技艺折射的光芒，富有时代气息，给人以诸多的启迪。他以切身体会说明，学习要勤勉，一味贪玩难以成功。同时，要养成良好的学习习惯。苏步青教授不论是少年时代还是到日本留学时期，都发奋学习，早晨五点起床，晚上十一点休息，即使严冬也是如此；绝不是偶一为之，而是成为习惯，数十年坚持不懈。

苏步青先生"第一篇论文"告诉我们：凡是有成就的学者、大师，哪一个不是具有这样的勤奋精神呢？

雪

◇鲁迅

本文选自鲁迅先生的散文诗集《野草》。(见《鲁迅全集》第二卷,人民文学出版社2005年版)。鲁迅(1881—1936),原名周树人,字豫才,浙江绍兴人。中国现代伟大的文学家、思想家,中国新文化运动的伟大旗手。鲁迅一生勤于斗争,笔耕不辍,创作了大量的文学作品,还积极翻译介绍了很多外国文学及美术作品,整理研

暖国的雨,向来没有变过冰冷的坚硬的灿烂的雪花。博识的人们觉得他单调,他自己也以为不幸否耶?江南的雪,可是滋润美艳之至了;那是还在隐约着的青春的消息,是极壮健的处子的皮肤。雪野中有血红的宝珠山茶,白中隐青的单瓣梅花,深黄的磬口的蜡梅花;雪下面还有冷绿的杂草。胡蝶确乎没有;蜜蜂是否来采山茶花和梅花的蜜,我可记不真切了。但我的眼前仿佛看见冬花开在雪野中,有许多蜜蜂们忙碌地飞着,也听得他们嗡嗡地闹着。

孩子们呵着冻得通红,像紫芽姜一般的小手,七八个一齐来塑雪罗汉。因为不成功,谁的父亲也来帮忙了。罗汉就塑得比孩子们高得多,虽然不过是

上小下大的一堆，终于分不清是壶卢还是罗汉；然而很洁白，很明艳，以自身的滋润相粘结，整个地闪闪地生光。孩子们用龙眼核给他做眼珠，又从谁的母亲的脂粉奁中偷得胭脂来涂在嘴唇上。这回确是一个大阿罗汉了。他也就目光灼灼地嘴唇通红地坐在雪地里。

第二天还有几个孩子来访问他；对了他拍手，点头，嬉笑。但他终于独自坐着了。晴天又来消释他的皮肤，寒夜又使他结一层冰，化作不透明的水晶模样；连续的晴天又使他成为不知道算什么，而嘴上的胭脂也褪尽了。

但是，朔方的雪花在纷飞之后，却永远如粉，如沙，他们决不粘连，撒在屋上，地上，枯草上，就是这样。屋上的雪是早已就有消化了的，因为屋里居人的火的温热。别的，在晴天之下，旋风忽来，便蓬勃地奋飞，在日光中灿烂地生光，如包藏火焰的大雾，旋转而且升腾，弥漫太空，使太空旋转而且升腾地闪烁。

在无边的旷野上，在凛冽的天宇下，闪闪地旋转升腾着的是雨的精魂……

是的，那是孤独的雪，是死掉的雨，是雨的精魂。

究过许多古代文学遗产，在许多领域对中国的文化事业做出了很大的贡献。主要作品有短篇小说集《呐喊》《彷徨》，杂文集《坟》《热风》《华盖集》《三闲集》《准风月谈》《且介亭杂文》，散文集《朝花夕拾》，散文诗集《野草》，学术著作《中国小说史略》等。

简评

　　鲁迅先生的《野草》是公认的比较难读的散文诗集，但是我们翻开这部书，就会发现将近一半的文字还是比较容易读的，何况，"作者后来在《二心集·〈野草〉英文译本序》中，对其中八篇的写作背景和寓意都有明确交代。……英译本序没有提到的另一半《野草》，与作者所举八篇颇不相同——它们都跟'过去'有关。……《野草》完成之后所作的〈题辞〉中一再宣布'过去的生命已经死亡'，'死亡的生命已经朽腐'，告别的姿态非常坚定……何谓'过去的生命'？……宽泛地讲，'过去的生命'包括作者自1881年出生直到1927年写作这篇〈题辞〉的整个生命历程。"（郜元宝《鲁迅精读》）作者也并未简单地沉入"过去"，而是站在20年代的"现在"的立场来努力扑灭依然不肯消失的"过去"的阴影。"但我坦然，欣然。我将大笑，我将歌唱"，从低沉的自我忏悔开始，到企盼获得来自客观力量的终极性解决，这一思想也就是《野草》的主体架构。

　　鲁迅先生是著名的文学家、思想家、民主战士，五四新文化运动的重要参与者，中国现代文学的奠基人。鲁迅以笔代戈，奋笔疾书，战斗一生，被誉为"民族魂"。"横眉冷对千夫指，俯首甘为孺子牛"，是鲁迅一生的真实写照。散文诗集《野草》是鲁迅人生哲学集中而形象的体现。其中《雪》是其中一篇著名的抒情性很强的散文诗，反映的是鲁迅这一时期哲学思考的重要命题：对人的生命存在形式的思考；并且以一个失败者、反思者和忏悔者立于天地之间，目的就不再是单纯的不屈不挠的挑战，还蕴含着"求乞"，怎样求乞，求乞什么。《雪》中所表现的，他可以向"天"，向"地"，向"虚无"求乞，甚至希望灵魂能够像"死去的雨""雨的精魂"那样"奋飞""旋转""升腾""弥漫"于太空，却并不真的融入神性的天地。作者在文中以诗的笔触塑造的三个意象："暖国的雨""江南的雪"和"朔方的雪"，分别象征了鲁迅所思考的三种人生存在的生命形态。"暖国的雨"是生命的合理存在的象征,"朔方的雪"则是生命的现实的也是最终的存在形态。鲁迅对之寄予了不同的情感:"暖国的雨"固然是理想的人生,鲁迅对它爱护然而不安,因为不曾经历痛苦磨难的人生是不能被看成"幸运"的;"江南的雪"象征的是鲁迅向往的生命境界,然而仍有所保留,它不可能永恒,必将随美的消失而被人们遗忘。只有"朔方的雪"是鲁迅真正肯定和认同的。通过对江南雪景柔美和北方雪景壮美的细致描绘,表达了作者对北方的雪的喜爱之情,寄托了作者对美好生活的憧憬,更加体现了作者敢于直面惨淡人生、不屈不挠的战斗精神。散文诗《雪》写于1925年1月,当时正处于北伐战争爆发的前夜,国共两党结成统一战线,革命形势出现了可喜的局面,但鲁迅当时生活的北平仍在北洋军阀的黑暗统治下,反动势力猖獗,斗争极其激烈。作者笔下的三种雪自然有了三个不同的意境和内涵:一是尚未化为雪的"暖国的雨";二是滋润美艳之至的"江南的雪";三是孤独、自由、奋飞向上的"朔方的雪"。用大量的篇幅描写被化妆、快速融化的"雪罗汉",意在通过描写北方的雪用以表达对北方局势的不满,并认为要像北方的雪一样通过奋斗来争取自由。作者对三个形象的基本态度似乎也与作者用语的感情色彩,作者的人生态度相吻合了。

文章的篇幅不长,鲜明地阐述了暖国的雨、江南的雪和朔方的雪的区别,不过是各有各的"幸"与"不幸"而已,正如人生的"幸"与"不幸"的钟摆永远在两极摇晃一样。苏联作家巴甫柯夫说:"幸福是不可捉摸的。你从来不知道,它是不是存在。要考查你是不是幸福,只有去看看你周围的人。"

鲁迅是南方人,对雪却情有独钟,本文正是作者体验冬雪的一次集中表述。作者对江南的雪满怀深情,用浓墨重彩绘出一幅萌动着青春活力的江南雪景图,意境新美,内涵丰富。作者赞美江南的雪"滋润美艳之至",从质与形上突现其特色。用"隐约着的青春的消息"和"极壮健的处子的皮肤"来比喻它,令人击节赞赏。"处子"是最富生命活力的,用"处子的皮肤"喻雪,白皙光泽,柔嫩细腻不必说,还包含健美的因素;而"青春的消息"则给人以明确的哲理启示:冬雪之后,春天就不远了。那"雪野"不已是那样的生机勃勃、春意盎然了吗?"它"本是"暖国的雨",一次寒潮,畸变为冰冷的雪花,比雨更"灿烂",有冷艳的色彩。当然,这雪花的美艳灿烂是流动自由的生命死亡的代价,是"死掉的雨",是"雨的精魂"。文章以肯定的语气赞扬了朔方飞雪追求自由的精神,同时对它的不幸寄予深切的同情,赞扬朔方的飞雪是雨的灵魂,也就是说它仍然保持了雨的自由活泼的精神。

朱自清先生说:"这种诗的结晶在《野草》里'达到了那高峰'。《野草》被称为散文诗,是很恰当的。《题辞》里说:'过去的生命已经死亡。我对于这死亡有大欢喜,因为我借此知道它曾经存活。死亡的生命已经朽腐。我对于这朽腐有大欢喜,因为我借此知道它还非空虚。'又说:'我自爱我的野草,但我憎恶这以野草作装饰的地面。地火在地下运行,奔突;熔岩一旦喷出,将烧尽一切野草,以及乔木,于是并且无可朽腐。'又说:'我以这一丛野草在明与暗,生与死,过去与未来之际,献于友与仇,人与兽,爱者与不爱者之前作证。'最后是:'去吧,野草,连着我的题辞!'"

《雪》是鲁迅散文诗集《野草》中的一篇,但与《野草》中的大部分篇目不同,不是用奇崛的意象和象征的语言表现作者的孤独前行与反抗绝望,而是用较有华彩的语言对照"江南的雪"与"朔方的雪花",在"江南的雪"中又有自然的雪景与人工的雪景的对照,直到篇末才写到"孤独的雪,是死掉的雨,是雨的精魂",才隐约透露出《野草》那种"荷戟独彷徨"的富有质感的内蕴。在《野草》里,鲁迅的笔下,涌出了梦的朦胧、沉重和诡异,鬼魂的阴森与神秘;神幻的场景,荒诞的情节;不可确定的模糊意念,难以理解的反常感觉;瑰丽、冷艳的色彩,奇突的想象,浓郁的诗情……这些"奇峻的变异"主要原因是语言的特殊——来自于日常生活用语的变异，集华丽与艰涩于一身。另一方面的原因则是《野草》的变异的文体：明显地表现了散文的诗化、小说化、戏剧化。好的散文应该是一首诗。《雪》就是一首动人的咏雪诗，是一幅美妙多姿的雪景图，达到了诗中有画，画中有诗的艺术境界。它是鲁迅《野草》集里的佳作，也是现代文学史上的名篇。每当诵读它的时候，总能给人一种强烈的美的享受。这篇优美的散文，作者以生花的妙笔，描绘了"江南"和"朔方"迥然不同的雪景，表现了对明媚春天的无限向往，对美好事物的缅怀，以及对冷酷现实奋勇抗争的精神。当时，鲁迅战斗在帝国主义羽翼下的北洋军阀盘踞的北京。在南方热气腾腾的大好革命形势推动下，憧憬北方反帝反封建的烈火愈烧愈旺，是鲁迅一生都在坚持"绝望的抗争"的艺术展现。尽管这时作者亲身经历了五四新文化统一战线的分化，有时不免产生"两间余一卒，荷戟独旁徨"的孤独之感，但是，他的精神主要方面却是积极向上、奋勇前进的，在孤独中他仍不放弃反抗。正是在这种心境下，鲁迅写了《雪》这篇战斗的、优美的借景抒情的散文，借助丰富的想象，深情地描绘了一幅分外妖娆的"江南雪景图"，生动，美丽，洋溢着诗情画意，耐人寻味；就是在今天，读者依然能够读出洋溢在字里行间的激情。这篇散文，之所以脍炙人口，感人肺腑，其主要原因是它充满着这样的诗意和积极进取的精神。

松堂游记

◇朱自清

本文选自《朱自清散文集》（西苑出版社2006年版）。朱自清（1898—1948），原名自华，号秋实。中国现代散文家，诗人，学者，民主战士。幼年受传统古典教育，大学时代开始创作新诗，1925年任清华大学教授，创作转向散文，同时开始研究古典文学。抗日战争爆发后在昆明西南联合大学教书，战后返回清华继续教书治学，并

去年夏天，我们和S君夫妇在松堂住了三日。难得这三日的闲，我们约好了什么事不管，只玩儿，也带了两本书，却只是预备闲得真没办法时消消遣的。

出发的前夜，忽然雷雨大作，枕上颇为怅怅，难道天公这么不做美吗！第二天清早，一看却是个大晴天。上了车，一路树木带着宿雨，绿得发亮，地下只有一些水塘，没有一点尘土，行人也不多。又静，又干净。

想着到还早呢，过了红山头不远，车却停下了。两扇大红门紧闭着，门额是国立清华大学西山牧场。拍了一会门，没人出来，我们正在没奈何，一个

过路的孩子说这门上了锁，得走旁门。旁门上挂着牌子，"内有恶犬"。小时候最怕狗，有点趑趄。门里有人出来，保护着进去，一面吆喝着汪汪的群犬，一面只是说，"不碍不碍。"

过了两道小门，真是豁然开朗，别有天地。一眼先是亭亭直上，又刚健又婀娜的白皮松。白皮松不算奇，多得好，你挤着我我挤着你也不算奇，疏得好，要像住宅的院子里，四角上各来上一棵，疏不是？谁爱看？这儿就是院子大得好，就是四面八方都来得好。中间便是松堂，原是一座石亭子改造的，这座亭子高大轩敞，对得起那四围的松树，大理石柱，大理石栏杆，都还好好的，白，滑，冷。白皮松没有多少影子，堂中明窗净几，坐下来清清楚楚觉得自己真太小，在这样高的屋顶下。树影子少，可不热，廊下端详那些松树灵秀的姿态，洁白的皮肤，隐隐的一丝儿凉意便袭上心头。

堂后一座假山，石头并不好，堆叠得还不算傻瓜。里头藏着个小洞，有神龛，石桌，石凳之类。可是外边看，不仔细看不出，得费点心去发现。假山上满可以爬过去，不顶容易，也不顶难。后山有座无梁殿，红墙，各色琉璃砖瓦，屋脊上三个瓶子，太阳里古艳照人。殿在半山，峭然独立，有俯视八极气象。天坛的无梁殿太小，南京灵谷寺的太黯淡，又都在平地上。山上还残留着些旧碉堡，是乾隆打金川时在西山练健锐云梯营用的，在阴雨天或斜阳中看最有味。又有座白玉石牌坊，和碧云寺塔院前那一座一

投身于民主运动。1948年拒领美援面粉，在贫病交加中去世。主要作品有诗文集《雪朝》《踪迹》，散文集《背影》《春》《欧游杂记》《伦敦杂记》《你我》，杂文集《精读指导举隅》《论雅俗共赏》等。

般，不知怎样，前年春天倒下了，看着怪不好过的。

可惜我们来的还不是时候，晚饭后在廊下黑暗里等月亮，月亮老不上，我们什么都谈，又赌背诗词，有时也沉默一会儿。黑暗也有黑暗的好处，松树的长影子阴森森的有点像鬼物拿土。但是这么看的话，松堂的院子还差得远，白皮松也太秀气，我想起郭沫若君《夜步十里松原》那首诗，那才够阴森森的味儿——而且得独自一个人。好了，月亮上来了，却又让云遮去了一半，老远的躲在树缝里，像个乡下姑娘，羞答答的。从前人说："千呼万唤始出来，犹抱琵琶半遮面。"真有点儿！云越来越厚，由他罢，懒得去管了。可是想，若是一个秋夜，刮点西风也好。虽不是真松树，但那奔腾澎湃的"涛"声也该得听吧。

西风自然是不会来的。临睡时，我们在堂中点上了两三支洋蜡。怯怯的焰子让大屋顶压着，喘不出气来。我们隔着烛光彼此相看，也像蒙着一层烟雾。外面是连天漫地一片黑，海似的。只有远近几声犬吠，教我们知道还在人间世里。

简评

郁达夫在《〈中国新文学大系·散文二集〉导言》的《现代散文导论》中说："朱自清虽则是一个诗人，可是他的散文，仍能够满贮着那一种诗意，文学研究会的散文作家中，除冰心女士外，文字之美，要算他了。"杨振声在《朱自清先生与现代散文》一文里，对朱自清的散文创作风格也有这样的评价："他文如其人，风华从朴素出来，幽默从忠厚出来，腴厚从平淡出来。"一般说来，在朱自清的散文中，读者关注度比较高的不外乎《背影》《荷塘月色》《匆匆》《春》《温州的踪迹》《桨声灯影里的秦淮河》等篇什；同样，长期以来选入课本的也基本上是这几篇。对朱自清的散文评价大体一致：语言洗练，文笔清丽，极富真情实感，以其独特的美文艺术风格，为中国现代散文增添了瑰丽的色彩，为建立中国现代散文全新的审美特征，创造了具有中国民族特色的散文体制和风格。

《松堂游记》是朱自清的一篇有个性的散文，和前面提到的几篇似乎不太一样。作者在游览松堂过程中所见虽非奇观妙景，但心情却十分愉悦。描写生动独到，给人以无限遐想。行文中似与好友闲话，平静而有趣地将游历所见娓娓道来，动情处，"隐隐的一丝儿凉意便袭上心头"，从中可窥见作者闲散、恬淡而又寂寞苦闷的心内一隅。写景状物，不事雕琢，随意点染，"于平淡之中见神奇，平正通达而又富于创造性"（朱德熙《谈朱自清的散文》）。

山水游记在朱自清的散文作品中占有相当大的比重，这和他酷爱大自然，喜作山川胜迹之游是分不开的。朱自清的山水游记，气韵格调俊逸清新、灵动剔透。他不以旖旎华赡取胜而以素雅清丽见长。这种鲜明的创作个性在《松堂游记》中有着充分的体现。松堂，并不是著名的旅游胜迹，那里的无梁殿等古迹虽依稀能见出往昔园林的壮观，而今只不过是北京西山人迹罕至的一方故园而已。来这里游览，容易勾起的是悼古伤今的落寞颓唐情怀，倘要另辟蹊径，让这已呈衰象的景物显出卓特的丰采，生出奇巧的意境，透出新鲜的情趣，若不多费周章多加藻饰，那是很难的。令人惊叹的是，朱自清仅用了一千二百余字就勾画了一幅神韵天成、灵思独具、真趣盎然的松堂水彩画。雨后的山中，刚健婀娜的白皮松，松树中间的大理石松堂，意境清新，黑暗里与友人一起等候月亮，"隔着烛光彼此相看，也像蒙着一层烟雾。外面是连天漫地一片黑，海似的"。这样闲静的时光使作者一时有超然人间世之感。尤可注意的是这里的"黑暗"，竟也可以令人感到恬美和怡然。松树的灵秀洁白，境界的开朗疏阔，也予人很深的印象：豁然开朗，别有天地，院子中的白皮松疏密有致，院子大得好，在屋顶很高的堂中坐下来觉得自己太小，半山的殿有俯视八极的气象。宁静明澈的心灵会看到山水亭台的真趣，留在文字里令读者神清气爽。

本文的特色主要体现在以下两个方面：其一，结构顺序上采用了曲径通幽的构思。从时间这一顺序来看，他是按照出发的前夜——想着到还早——中午——晚饭后——临睡这样一个时间的进程来写自己一天的生活的。正因为是按这样一个时间顺序来写的，所以，在空间上又遵循了从外到内再到外的描写顺序，由于这种时空交错手法的巧妙运用，作者既交代了自己出发前一晚雷雨大作时的焦躁和担忧之情，又写了游览中所看到的松堂内的景色，既写了晚饭后在廊下等月亮时聊天，赌背诗词时的情趣及在廊外所看到的云月交现时的景致，又写了临睡时的心情和感觉。这种时空交错手法的妙用，使得景与情的描写相互映衬，相互交融，构成了完美的篇章。其二，用语质朴自然，行文如同休闲归来与读者聊天。正是这种看似闲谈的笔墨，却为我们勾画了一幅神韵天成、灵思独具的松堂水彩画卷，使读者有身临其境之快。

这篇《松堂游记》的语言给人的感觉是言简而意赅，自然而淡定，让人从另一个角度感受到了非凡的语言魅力。作者善于用简洁的语言表达出丰富的思想和内涵，像"枕上颇为怅怅"中的"怅怅"，不但简洁而且将作者因雷雨大作而担心游玩松堂的计划会泡汤的那种失落和担忧的心情形象地表现了出来。像"堆叠得还不算呆板"一句中的"呆板"本是形容人"神情痴呆，行为不灵活"的意思，但作者却似信手拈来，用它来形容假山的石头堆叠合理，灵活自然的形态，言简意赅。同时，在写景状物中，语言的运用随意而为，显得自然而淡定。像"又静，又干净"一句虽只有寥寥数字，却将雨后的空明和静谧勾画出来了，像"白皮松不算奇，多得好，你挤着我我挤着你也不算奇，疏得好，要像住宅的院子

里,四角上各来上一棵,疏不是? 谁爱看?"看似不经意而写,却很好地
将松堂布局合理,空阔随意的特点展现在读者面前,既体现了所状之景
的自然雅趣,也表现出了自己为文时的自然和淡定。

桃园杂记

◇李广田

本文选自《李广田散文选集》（百花文艺出版社2009年版）。李广田（1906—1968），号洗岑，笔名黎地、曦晨等；著名诗人、散文家、教育家。山东邹平人。1936年与北京大学校友卞之琳、何其芳合著诗集《汉园集》，并称"汉园三杰"。早期散文作品有：《画廊集》《银狐集》《雀蓑记》。抗日战争爆发以后，他流亡于西南各地，先后在一些中学和大学任

我的故乡在黄河与清河两流之间。县名济东，济南府属。土质为白沙壤，宜五谷与棉及落花生等。无山，多树，凡道旁田畔间均广植榆柳。县西境方数十里一带，则胜产桃。间有杏，不过于桃树行里添插些隙空而已。世之人只知有"肥桃"而不知尚有"齐东桃"，这应当说是见闻不广的过失，不然，就是先入为主为名声所蔽了。我这样说话，并非卖瓜者不说瓜苦，一味替家乡土产鼓吹，意在使自家人多卖些铜钱过日子，实在是因为年头不好，连家乡的桃树也遭了末运，现在是一年年地逐渐稀少了下去，恰如我多年不回家乡，回去时向人打听幼年时候的伙伴，得到的回答却是某人夭亡某人走失之类，平素纵不

关心,到此也难免有些黯然了。

故乡的桃李,是有着很好的景色的。计算时间,从三月花开时起,至八月拔园时止,差不多占去了半年日子。所谓拔园,就是把最后的桃子也都摘掉。最多也只剩着一种既不美观也少甘美的秋桃,这时候园里的篱笆也已除去,表示已不必再昼夜看守了。最好的时候大概还是春天吧,遍野红花,又恰好有绿柳相衬,早晚烟霞中,罩一片锦绣画图,一些用低矮土屋所组成的小村庄,这时候是恰如其分地显得好看了。到得夏天,有的桃实已届成熟,走在桃园路边,也许于茂密的秀长桃叶间,看见有刚刚点了一滴红唇的桃子,桃的香气,是无论走在什么地方都可以闻到的,尤其当早夜,或雨后。说起雨后,这使我想起布谷,这时候种谷的日子已过,是锄谷的时候了,布谷改声,鸣如"荒谷早锄",我的故乡人却呼作"光光多锄"。这种鸟以午夜至清晨之间为叫得最勤,再就是雨霁天晴的时候了。叫的时候又仿佛另有一个作吱吱鸣声在远方呼应,说这是雌雄和唱,也许是真实的事情。这种鸟也好像并无一定的宿处,只常见它们往来于桃树柳树间,忽地飞起,又且飞且鸣罢了。我永不能忘记的,是这时候的雨后天气,天空也许半阴半晴,有片片灰云在头上移动,禾田上冒着轻轻水气,桃树柳树上还带着如烟的湿雾,停了工作的农人又继续着,看守桃园的也不再躲在园屋里。这时候的每个桃园都已建起了一座临时的小屋,有的用土作为墙壁而以树枝之类作为顶篷,有的

教,并积极参加抗日斗争和爱国民主运动。与此同时,他仍然从事散文写作,文字技巧和思想内容较前更趋洗练和成熟,常于诗情画意的描写中,透示出富于哲理的意趣。著有长篇小说《引力》,短篇小说集《金坛子》,文学论著《诗的艺术》《文学枝叶》《文艺书简》《论文学教育》等。

则只用芦席作成。守园人则多半是老人或年轻姑娘。他们看桃园,同时又做着种种事情,如绩麻或纺线之类。落雨的时候则躲在那座小屋内,雨晴之后则出来各处走走,到别家园里找人闲话。孩子们呢,这时候都穿了最简单的衣服在泥道上跑来跑去,唱着歌子,和"光光多锄"互相答应,被问的自然是鸟,回答的言语是这样的:

> 光光多锄。
>
> 你在哪里?
>
> 我在山后。
>
> 你吃什么?
>
> 白菜炒肉。
>
> 给我点吃?
>
> 不够不够。

在大城市里,是不常听到这种鸟声的,但偶一听到,我就立刻被带到了故乡的桃园去,而且这极简单却又最能表现出孩子的快乐的歌唱,也同时很清脆地响在我的耳里。我不听到这种唱答已经有七八年之久了。

今次偶然回到家乡,是多少年来唯一的能看到桃花的一次,然而使我惊讶的,却是桃花已不再那么多了,有许多桃园都已变成了平坦的农田,这原因我不大明白,问乡里人,则只说这里的土地都已衰老,不能再生新的桃树了。当自己年幼的时候,记得桃的种类是颇多的。有各种奇奇怪怪名目,现在仅存的也不过三五种罢了。有些种类是我从未见过的，有些名目也已经被我忘却。大体说来，则应当分做秋桃与接桃两种，秋桃之中没有多大异同，接桃则又可分出许多不同的名色。

秋桃是由桃核直接生长起来的桃树，开花最早，而果实成熟则最晚，有的等到秋末天凉时才能上市。这时候其他桃子都已净树，人们都在惋惜着今年不会再有好的桃子可吃了，于是这种小而多毛，且颇有点酸苦味道的秋桃也成了稀罕东西。接桃则是由生长过两三年的秋桃所接成的。有的是"根接"，把秋桃树干齐地锯掉，以接桃树的嫩枝插在被锯的树根上，再用土培覆起来，生出的幼芽就是接挑了。又有所谓"筐接"，方法和"根接"相同，不过保留了树干，而只锯掉树头罢了，因须用一个盛土的筱筐以保护插了新枝的树干顶端，故曰"筐接"。这种方法是不大容易成功的，假如成功，则可以较速地得到新的果实。另有一种叫做"枝接"，是颇有趣的一种接法：把秋桃枝梢的外皮剥除，再以接桃枝端上拧下来的哨子套在被剥的枝上，用树皮之类把接合处严密捆缚就行了，但必须保留桃枝上的原有的芽码，不然，是不会有新的幼芽出生的。因此，一棵秋桃上可以接出许多种接桃，当桃子成熟时，就有各色各样的桃实了。也有人把柳树接作桃树的，据说所生桃实大可如人首，但吃起来则毫无滋味，说者谓如嚼木梨。

按成熟的先后为序，据我所知道的，接桃中有下列几种：

　　"落丝"，当新的蚕丝上市时，落丝桃也就上市了。形椭圆，嘴尖长，味甘微酸。同为在同辈中是最先来到的一种，又因为产量较少之故，价值较高也是当然的了。

　　"麦匹子"，这是和小麦同时成熟的一种。形圆，色紫，味甚酸，非至全个果实已经熟透而内外皆呈紫色时，酸味是依然如故的。

　　"大易生"，此为接桃中最易生长而味最甘美的一种，能够和"肥桃"媲美的也就是这一种了。熟时实大而白，只染一个红嘴和一条红线。未熟时甘脆如梨，而清爽适口则为梨所不及，熟透则皮薄多浆，味微如蜜。皮薄是其优点，也是劣点，不能耐久，不能致远，我想也就是因为这个了。

　　"红易生"，一名"一串绫"，实小，熟时遍体作绛色，产量甚丰，缘枝累累如贯珠。名"一串绫"，乃言如一串红绫绕枝，肉少而味薄，为接桃中之下品。

　　"大芙蓉"，形浑圆，色全白，故一名"大白桃"，夏末成熟，味甘而淡。又有"小芙蓉"，与此为同种，果实较小，亦曰"小白桃"。

　　"胭脂雪"，此为接桃中最美观的一种，红如胭脂，白如雪，红白相匀，说者谓如美人颜，味不如"大易生"，而皮厚经久。此为桃类中价值最高者。

　　"铁巴子"，叶细小，故亦称"小叶子"。"铁巴子"谓其不易摇落，既生摘亦须稍费力气。实小，味甘，现已绝种。另有"齐嘴红"一种，以状得名，不多见。

　　有一种所谓"磨枝"的，并非桃的另一种类，乃是紧靠着桃枝结果，因之被桃枝磨上了疤痕的桃子，奇怪处是这种桃子特别甘美，为担桃挑的桃贩所不取，但我们园里人则特意在枝叶间探寻"磨枝"来自己享用。为什么这种桃子会特别甘美呢，到现在也还不能明白。另有所谓"桃王"的，我想这大概只是一种传说罢了。据云"桃王"是一种特大的桃子，生在最繁密的枝叶间，长青不老，为一园之王。当然，一个桃园里也就只能有这末一个了。有"桃王"的桃园是幸福的，因为园里的桃子会格外丰美，甚至可以取之不竭。但假如有人把这"桃王"给摘掉了，则全园的桃子也将殒落净尽。这是奇迹，幼年时候每每费尽了工夫去发现"桃王"，但从未发现过一次，也不曾听说谁家桃园里发现过。

桃是我们家乡的重要土产，有些人家是借了桃园来辅助一家生活之所需的。这宗土产的推销有两种方法：一是靠了外乡小贩的运贩，他们每到桃季便肩了挑子在各处桃园里来往；另一种方法，就是靠着流过这地方的那两条河水了。当"大易生"和"胭脂雪"成熟的时候，附近两河的码头上是停泊了许多帆船的，从水路再转上铁路，我们的桃子是被送到其他城市人民的口上去了。我很担心，今后的桃园会变得冷落，恐怕不会再有那么多吆吆喝喝的肩挑贩，河上的白帆也将更见得稀疏了吧。

简 评

李广田先生早期的文学创作虽以诗名，曾有"汉园三杰"之一之誉，但他写得更多、成就更高的，还是散文。李广田大约在1930年开始了写作，抗日战争之前，创作了3本散文集：《画廊集》《银狐集》《雀蓑记》。这些作品或回忆童年故乡生活，或描写备受折磨、无路可走的人物，或抒发对黑暗现实的不满和对光明前途的追求。文风朴实、自然、真挚，呈现出恬淡静美的气氛。随着生活变迁和思想进步，他创作的

桃园杂记

《圈外》《回声》《日边随笔》等散文集,视野较前开阔,题材也更为多样,静美的气氛渐为战斗的锋芒所代替;这些变化,在他的杂文创作中表现得更为明显。他的诗作《地之子》,广为流传;他是撒尼族民间叙事诗《阿诗玛》的整理修订者,也是同名电影顾问。

李广田先生1906年出生在山东一个农民的家庭,故文风中带有质朴的乡土气息,他在诗文中强烈地表现了自己对土地的真情,称自己的根在乡间,在广阔的大地。写于1935年6月的《桃园杂记》就是作者对故乡风物的记叙。作品首先介绍"齐东桃"的产地,接着写故乡桃李的奇景异色,在简介桃园的基础上,介绍关于桃树的各种知识,铺叙接桃的各种技艺:"根接""筐接""枝接"。然后按桃熟的时间次序,介绍各种桃的优点与缺点:落丝、麦匹子、大易生、红易生(一串绫)、大芙蓉、胭脂雪、铁巴子(小叶子),等等。而"磨枝桃"和"桃王"的传说,更是外行人所难以了解的。作家就像一位老农艺师,不厌其烦地给读者介绍这些,一方面看出了作家对故乡生活的熟悉与怀念,另一方面让人们看到了种桃的艰辛和人世的酸甜苦涩。充满浑厚的生活气息,表达了对故乡深深的眷恋之情。

作者笔下的"春天的桃园",充满了诗情画意和劳动气息。作者善于从视觉、嗅觉各个方面去描写故乡桃园的奇景异色:春天,花团锦簇,桃红柳绿,相映生辉;夏天,桃实成熟,乍点红唇,色丽香溢,令人垂涎。特别是对鸟的描写更让我们如闻其声,如见其形:"雌雄和唱""往来于桃树柳树间""忽地起飞,又且飞且鸣"……使静态的桃园有了动感,有了灵性。可谓是有景有情,有动有静,有声有色,情景交融,风景如画,令人心向往之,这给写景散文提供了一个典型的范例。在写农人的活动时,写出了天晴、雨中、雨后,老人和年轻姑娘的不同特点,写孩子时又自然联系鸟儿写出了乡间的活泼快乐。作者的语言朴实且生动,富有形象感和准确性:如"孩子们呢,这时候都穿了最简单的衣服在泥道

上跑来跑去，唱着歌子，和'光光多锄'互相应答"。读后让人如见其形，如闻其声，

李广田先生幼年受陶渊明清新自然的文风影响，在北大外文系学习期间，又受到了西方一些著名作家的影响，如卢梭在《忏悔录》等作品提倡艺术的质朴风格和自然之美，真率而不造作之貌，席勒所追求的"素朴的诗"，主张"诗人即自然"等思想，都给他的审美情趣以深刻和广泛的影响，从而形成了他自己朴实亲切自然流利的文风。所以，在李广田的很多散文中都有或多或少的景物描写，每一段细腻的描述都饱含着作者浓浓的乡情："我永不能忘记的，是这时候的雨后天气，天空也许半阴半晴，有片片灰云在头上移动，禾田上冒着轻轻水气，桃树柳树上还带着如烟的湿雾。"这种极微妙而细腻的感觉，在乡村生活过的人们一定会从心底生出亲切而又强烈的认同感吧！

诗人冯至先生说："广田的散文是独树一帜的，的确，他以鲜明的艺术个性和风格为20世纪中国现代散文留下了一笔丰富的遗产。"著名文学评论家张清华先生曾评论说，20世纪40年代里最杰出的散文作家李广田，他的散文在我看来，不但丰富了现代中国散文创作的理念，一往无前地拓展了其精神的深度，使之由一般的小品或者抒情短章，演变为真正具有哲学境界的现代散文；单是在语言上，他就有自己了不起的贡献，可以说超过了此前以周作人、朱自清等为代表的注重修饰与雅趣的"文弱"风尚，使散文语言的思想厚度与表达力，都前所未有地得到丰富和加强。张建安在《李广田：站着死去！》中写道："李广田是以文名著称于世的。……文如其人，他真诚坦率，行文如流水，自然而爱憎分明。他又是非常的刻苦勤奋，一步一个脚印，一部部散文集问世了：《画廊集》《银狐集》《雀蓑记》《西行集》《回声》《灌木集》《欢喜团》等，使他成为著名的散文作家。他也写小说、文学评论，但他的大多数作品是在新中国成立前。新中国成立后，他几乎把所有的精力都集中在教育事业

上,无暇创作。"（张建安《文化名人的最后时光》）他长期担任云南大学的校长,他独立思考,敢说真话,1959年被打成"右倾机会主义分子",1966年又被重新打倒成为"反党反社会主义分子"。1968年底被迫害致死。

近年来,李广田的散文越来越受到了世人的重视。李广田散文的艺术特色集中体现在人间味和乡土味特别浓郁上。首先,李广田散文在取材上擅长写平凡人、平凡事,且多以农村的人、事、物为描写对象。提到平原,他说:"我在那里消磨过十数个春秋,我不能忘记那块平原的忧愁。"（《山水》）无论是30年代的《画廊》《野店》《桃园杂记》,还是40年代的《到橘子林去》《没有太阳的早晨》,及至新中国成立以后的《山色》《花潮》《同龄人》等,无不表达了作家对于凡人凡事,特别是故乡的人、事、物的关注。

本文中,深沉的思乡之情融于对故乡风土的描述中,这乡情,如"禾田上冒着轻轻水气,桃树柳树上还带着如烟的湿雾",很轻很淡,但弥漫四处,令你时时处处,字字句句都感觉到它的存在。这殷殷的乡情,附着在广植榆柳的田畔道旁,加上诗画般的桃园风光,文章犹如一幅古朴静穆的田园风景画。

童年

◇唐弢

夜应该是黑暗的吧,然而我却经历了一个并不黑暗的夜,你也许以为那晚上有月亮,有星,再不然便是有灯光或者火炬,但都不是。只因为在我的寂寞的记忆里悬挂着一个笑脸,它照亮了我的童年。

笑脸照亮了我的童年。

朝阳爬上海面,雾气散了,一万颗金星在波涛上跳动,第一线春光印进了小小的心,我在紫云英的绿茵上打滚,在暖洋洋的潮水里濯脚,听鹧鸪在嫩绿丛中试着它的新声,杨柳枝头盘绕着青油油的潮气,不知道这是云,是雾,抑是昨夜农家遗留下的炊烟?

白鸟在波涛上缓缓地翱翔,蓦地,像中了弹一样

本文选自《落帆集》(花城出版社 1981 年版)。唐弢(1913—1992),原名唐端毅,曾用笔名风子、晦庵、韦长、仇如山、桑天等,1933 年起发表散文、杂文,后结识鲁迅。抗日战争爆发后,在上海坚持抗日文化运动,参加初版《鲁迅全集》编校。新中国成立后,致力鲁迅著作和中国现代文学史研究,坚持杂文、散文创作。所著杂文思想、艺术均深受鲁

迅影响，针砭时弊，议论激烈，有时也含抒情，意味隽永，社会性、知识性、文艺性兼顾，先后出版杂文集《推背集》《海天集》《投影集》《劳薪集》《识小录》《短长书》《唐弢杂文选》等，散文随笔集《落帆集》《晦庵书话》等，论文集《向鲁迅学习》《鲁迅的美学思想》《海山论集》等，主编《中国现代文学史》，另辑有《鲁迅全集补遗》《鲁迅全集补遗续编》。

的直落到水面，又霍的飞了上去，它已经找到了它的丰盛的早餐。

雄健的翼子在蓝天里画开一线笑痕。我的心里也漾起了一线笑痕，心花开了，我笑着跳着，珍视我自己的童年。

我笑着跳着，珍视我自己的童年。

在石榴花开得火一般红的时候，我骑上牛背，缓缓地踱过了绿的原野。

我唱着情歌，虽然并没有情人；我觉得自己是凯旋的英雄，虽然并没有打过仗。

看，这世界是多么幽静，多么美丽。

这世界是多么幽静，多么美丽。

夜，她在我回忆里留下难忘的倩影。

月是她的脸，一抹轻云是她的笑靥，几颗星星是她的眼睛，晚风吹过垂杨，这上面散布着她的风韵。

我在她的膝上跳舞。

我在她的怀里熟睡。

我笑着跳着，我的青春是一盆火，融融的是热烈，旺旺的是光明。

在童年的宝座上我跨着长虹，遨游于大漠似的天空，我撷着轻云，摘着星星。

童年，梦一般的童年。

童年，梦一般的童年。

我用着和山等量的悔恨，和海等量的懊恼，送青春逝去。

在山的尽头，海的边涯，不，在寂寞者的心底，我埋葬了我的童年。

简评

　　唐弢先生从20世纪30年代开始从事业余创作，以散文和杂文为主，其风格接近鲁迅，甚至唐弢所写的文章曾经被误认为是鲁迅写的，并因此与鲁迅结识。1933年，在鲁迅的影响下开始文学创作，发表了他的第一篇散文《故乡的雨》，接着又发表了《海》《怀乡病》等一批散文。不久，转向杂文。1935年，将此前写的杂文80多篇汇集成书，取名《推背集》。出版后，北平、天津、上海等地有关报刊纷纷发表评论，给予了肯定和赞扬。唐弢崇敬鲁迅，他觉得一生中最光荣的事情莫过于与鲁迅的交往。1934年1月6日，《自由谈》编辑黎烈文在上海的古益轩请客，一来约经常写稿的人欢聚，二则为郁达夫夫妇饯行。唐弢在这里与鲁迅第一次见面。两人互通姓名后，鲁迅说："唐先生写文章，我替你在挨骂哩。"唐弢心里一急，说话也结结巴巴。鲁迅看出他的窘态，连忙掉转话头，问道："你真个姓唐吗？"他说："真个姓唐。""哦，哦"，鲁迅看定他，似乎很高兴，"我也姓过唐的。"说着，就呵呵地笑了起来。原来鲁迅曾经使过一回"唐俟"这笔名。唐弢明白过来后，也跟着笑了，很久以来在他心头积聚的疑云，一下子，全都消尽散绝了。现代文学史上唐弢以杂文著称，风格老辣并开创了现代书话散文体裁，文章朴素隽永，自成一家，他的杂文《新脸谱》曾有人认为是鲁迅所写，成为文坛著名的公案。因此，他的创作生涯中所受到鲁迅的影响，于此可见一斑。

　　唐弢先生在本文中所描写的童年和唐弢真实的童年似乎是不一

童年

样的。

唐家几代人都没有读过书。在《我与杂文》中，唐弢曾回忆："家庭环境和这个工作大相径庭了。我出身农民家庭，几代都不识字。"大概是从曾祖父那一代算起，就没有人上学读书。唐弢6岁在家乡上小学时，曾有人扬言，抡锄头柄的人家绝不会生出书香子弟来。小小年纪的他听后非常生气，决心向传统偏见挑战。发奋读书，他一边读诗，一边学写旧体诗。能熟读乐府、古诗十九首等，尤其爱读陶渊明、李白、李商隐等人的诗。初中二年级时，父亲因不堪生活的重担，精神失常，大病三年，家庭生活越来越拮据。因家庭经济不济，被迫辍学。考入上海邮局当邮务佐（练习生）。工余时去图书馆自学，广泛阅读古今中外书籍。在阅读中，他特别喜欢闻一多、徐志摩的诗，鲁迅的散文和小说也令他着迷，这促使他放弃古文，改写白话文。

他所披阅的人世辛酸，他所走过的人生行旅，他的心灵感悟与精神追寻，都留存在散文集《生命册上》。唐弢是农民的儿子。与许多来自农村的中国作家一样，唐弢与故乡之间有永远割不断的血缘联系。他发表的第一篇散文《故乡的雨》便是身处城市"回念故乡景色"。时间与空间的距离使回忆中的景色比原来所感受到的更可爱，更令他神往，也使年轻的他发出"连雨声也变了"的感慨。在以后的艰难生涯中，他时常掀开记忆的帷幕，回顾梦牵魂绕的故乡，重温童年时代的人生印象。故乡与童年，给他的散文创作提供了丰富的素材；只不过经历了种种人生的洗礼之后，如普希金诗中所咏叹："心儿永远向往着未来；现在却常是忧郁。一切都是瞬息，一切都将会过去；而那过去了的，就会成为亲切的怀恋。"回过头来看童年的生活已蒙上了梦幻一般的色彩。

唐弢先生童年的家庭生活是不幸的。唐弢的散文诗《童年》却用诗一般的语言、散文化的句式为我们描绘了梦一般美丽的童年，如诗如画的童年，被一个笑脸照亮了的童年。这个童年让我们如此的怀念，如此的向往:"朝阳爬上海面,雾气散了,一万颗金星在波涛上跳动,第一线春光印进了小小的心,我在紫云英的绿茵上打滚,在暖洋洋的潮水里濯脚,听鹧鸪在嫩绿丛中试着它的新声,杨柳枝头盘绕着青油油的潮气,不知道这是云,是雾,抑是昨夜农家遗留下的炊烟?"这里的景色描写,写出了日出时的奇观,这里有活动的身影,这里有对美景的陶醉,这里有动植物的欢悦……多么优美的画面!多么富有诗意的语言!视野的开阔,联想的丰富,构成了文章中优美而梦幻的意境。

所以说,《童年》是一篇纯美的散文,诗意浓郁芬芳。人生最美的状态——童年,得以充分的展示,字里行间跳动着情感之美,青春之美,音韵之美。冰心说:"童年是真中的梦,梦中的真,回忆时含泪的笑。"在唐弢的笔下,童年世界如诗如画,童年世界幽秀美丽,关键只因一个"笑脸"就照亮了他自己的童年,笑着的"我"是多么高兴啊!心花开了,骑上牛背,唱着情歌,送青春逝去……

在唐弢童年生活中对父亲的记忆是深刻的。其实,在20世纪20年代穷人的儿子圆了"读书梦",这是很难得的。这个大字不识一个的农民却懂得知识能够改变命运,他无视富人们的冷嘲热讽,在他儿子14岁时典押房屋,将他送到上海洋人办的华童学校。唐弢祖上几代人都不识字,世代务农,祖父在世的时候,三个儿子个个肩阔膀粗,又都在盛年,一家种三十亩田又租进一些,父子四人齐心协力,大小十口,衣食温饱无忧。但是祖父死后,田一分,情况立刻变了。父亲穿上长衫和土地分了手,他加入了地主开设的一家叫"同义"的米店,兼营碾米生意。唐弢的童年是贫困的也是幸运的,他的父亲想尽一切办法也要让他识字明理。唐弢小时在古塘小学读书,这是一家祠堂小学,教育也是旧式的,旧式的教育虽然枯燥却激发起了他读书的兴趣。唐弢进学校读书是1919年五四运动的第二年,那时的甬城乡村教育也由传统模式向西洋教育过渡,老师开始向学生传授新文学,这样在培立小学读高小的他有幸接触到胡适、周作人等人的文章。1926年他到了上海。有一件事给唐弢留下了深刻的印象，那天父亲从宁波到上海来看他，他向父亲表示很希望买一本既标音韵又释字义的辞典，父亲一听书店店员漫不经心地说出"四元"的价格，他实在是目瞪口呆，一本书比两担稻谷还贵。父亲跟儿子商量能不能不买，唐弢却说他读书离不了它。父亲用乞求的目光看着他，声音已经发抖，他说书太贵了让儿子再想想。想必作为父亲他也懂得书籍是知识的源泉这个道理的，可是家里实在是太穷了。但是为了满足儿子的要求而且在父亲眼里这也是一个正当的要求，他终于吃力地从腰包里摸出四块钱，数了两遍，颤巍巍地递到那个店员手里，这一瞬间唐弢发现父亲老了许多，他不由得鼻子一酸，抱着书扶着父亲出了书店的门。联想离开家乡那天母亲偷偷塞给他一块钱，他终于明白了家里的贫困。

唐弢先生后来带着永难抚平的创痛多次回忆童年时代难忘的生活场景。这样的生活经历与感情经历，给唐弢日后的文学活动射下了激愤的投影。童年的唐弢感受到了父母的艰辛，不仅使他懂得珍惜这来之不易的学习机会，更为辉煌的将来奠定了基础。

了解了唐弢先生的童年，读他写的诗一般的散文《童年》，意味是深长的。

我的母亲

◇ 老舍

母亲的娘家是在北平德胜门外，土城儿外边，通大钟寺的大路上的一个小村里。村里一共有四五家人家，都姓马。大家都种点不十分肥美的地，但是与我同辈的兄弟们，也有当兵的，作木匠的，作泥水匠的，和当巡警的。他们虽然是农家，却养不起牛马，人手不够的时候，妇女便也须下地作活。

对于姥姥家，我只知道上述的一点。外公外婆是什么样子，我就不知道了，因为他们早已去世。至于更远的族系与家史，就更不晓得了；穷人只能顾眼前的衣食，没有工夫谈论什么过去的光荣；"家谱"这字眼，我在幼年就根本没有听说过。

母亲生在农家，所以勤俭诚实，身体也好。这一

本文选自《老舍全集》第 14 卷（人民文学出版社 1999 年版）。老舍（1899—1966），原名舒庆春，字舍予。满族，北京人。中国现代小说家、戏剧家，杰出的语言大师，获得"人民艺术家"的光荣称号。主要作品有长篇小说《骆驼祥子》《赵子曰》《老张的哲学》《四世同堂》《二马》《正红旗下》，剧本《茶馆》《龙须沟》《全家福》等。

点事实却极重要，因为假若我没有这样的一位母亲，我以为我恐怕也就要大大的打个折扣了。

母亲出嫁大概是很早，因为我的大姐现在已是六十多岁的老太婆，而我的大外甥女还长我一岁啊。我有三个哥哥，四个姐姐，但能长大成人的，只有大姐，二姐，三哥与我。我是"老"儿子。生我的时候，母亲已有四十一岁，大姐二姐已都出了阁。

由大姐与二姐所嫁入的家庭来推断，在我生下之前，我的家里，大概还马马虎虎的过得去。那时候定婚讲究门当户对，而大姐丈是作小官的，二姐丈也开过一间酒馆，他们都是相当体面的人。

可是，我，我给家庭带来了不幸：我生下来，母亲晕过去半夜，才睁眼看见她的老儿子——感谢大姐，把我揣在怀中，致未冻死。

一岁半，我把父亲"剋"死了。

兄不到十岁，三姐十二三岁，我才一岁半，全仗母亲独力抚养了。父亲的寡姐跟我们一块儿住，她吸鸦片，她喜摸纸牌，她的脾气极坏。为我们的衣食，母亲要给人家洗衣服，缝补或裁缝衣裳。在我的记忆中，她的手终年是鲜红微肿的。白天，她洗衣服，洗一两大绿瓦盆。她作事永远丝毫也不敷衍，就是屠户们送来的黑如铁的布袜，她也给洗得雪白。晚间，她与三姐抱着一盏油灯，还要缝补衣服，一直到半夜。她终年没有休息，可是在忙碌中她还把院子屋中收拾得清清爽爽。桌椅都是旧的，柜门的铜活久已残缺不全，可是她的手老使破桌面上没有尘土,残破的铜活发着光。院中,父亲遗留下的几盆石榴与夹竹桃,永远会得到应有的浇灌与爱护,年年夏天开许多花。

哥哥似乎没有同我玩耍过。有时候,他去读书;有时候,他去学徒;有时候,他也去卖花生或樱桃之类的小东西。母亲含着泪把他送走,不到两天,又含着泪接他回来。我不明白这都是什么事,而只觉得与他很生疏。与母亲相依为命的是我与三姐。因此,他们作事,我老在后面跟着。他们浇花,我也张罗着取水;他们扫地,我就撮土……从这里,我学得了爱花,爱清洁,守秩序。这些习惯至今还被我保存着。

有客人来,无论手中怎么窘,母亲也要设法弄一点东西去款待。舅父与表哥们往往是自己掏钱买酒肉食,这使她脸上羞得飞红,可是殷勤的给他们温酒作面,又给她一些喜悦。遇上亲友家中有喜丧事,母亲必把大褂洗得干干净净,亲自去贺吊——份礼也许只是两吊小钱。到如今为我的好客的习性,还未全改,尽管生活是这么清苦,因为自幼儿看惯了的事情是不易改掉的。

姑母常闹脾气。她单在鸡蛋里找骨头。她是我家中的阎王。直到我入了中学,她才死去,我可是没有看见母亲反抗过。"没受过婆婆的气,还不受大姑子的吗?命当如此!"母亲在非解释一下不足以平服别人的时候,才这样说。是的,命当如此。母亲活到老,穷到老,辛苦到老,全是命当如此。她最会吃亏。给亲友邻居帮忙,她总跑在前面:她会给婴儿洗三——穷朋友们可以因此少花一笔"请姥姥"钱——她会刮痧,她会给孩子们剃头,她会给少妇们绞脸……凡是她能作的,都有求必应。但是,吵嘴打架,永远没有她。她宁吃亏,不逗气。当姑母死去的时候,母亲似乎把一世的委屈都哭了出来,一直哭到坟地。不知道哪里来的一位侄子,声称有承继权,母亲便一声不响,教他搬走那些破桌子烂板凳,而且把姑母养的一只肥母鸡也送给他。

可是,母亲并不软弱。父亲死在庚子闹"拳"的那一年。联军入城,挨家搜索财物鸡鸭,我们被搜两次。母亲拉着哥哥与三姐坐在墙根,等着"鬼子"进门,街门是开着的。"鬼子"进门,一刺刀先把老黄狗刺死,而后入室搜索。他们走后,母亲把破衣箱搬起,才发现了我。假若箱子不空,我早就被压死了。皇上跑了,丈夫死了,鬼子来了,满城是血光火焰,可是母亲不怕,她要在刺刀下,饥荒中,保护着儿女。北平有多少变乱啊,有时候兵变了,街市整条的烧起,火团落在我们院中。有时候内战了,城门紧闭,铺店关门,昼夜响着枪炮。这惊恐,这紧张,再加上一家饮食的筹划,儿女安全的顾虑,岂是一个软弱的老寡妇所能受得起的? 可是,在这种时候,母亲的心横起来,她不慌不哭,要从无办法中想出办法来。她的泪会往心中落! 这点软而硬的个性,也传给了我。我对一切人与事,都取和平的态度,把吃亏看作当然的。但是,在作人上,我有一定的宗旨与基本的法则，什么事都可将就，而不能超过自己画好的界限。我怕见生人，怕办杂事，怕出头露面；但是到了非我去不可的时候，我便不敢不去，正像我的母亲。从私塾到小学，到中学，我经历过起码有二十位教师吧，其中有给我很大影响的，也有毫无影响的，但是我的真正的教师，把性格传给我的，是我的母亲。母亲并不识字，她给我的是生命的教育。

当我在小学毕了业的时候，亲友一致的愿意我去学手艺，好帮助母亲。我晓得我应当去找饭吃，以减轻母亲的勤劳困苦。可是，我也愿意升学。我偷偷的考入了师范学校——制服，饮食，书籍，宿处，都由学校供给。只有这样，我才敢对母亲说升学的话。入学，要交十圆的保证金。这是一笔巨款！母亲作了半个月的难，把这巨款筹到，而后含泪把我送出门去。她不辞劳苦，只要儿子有出息。当我由师范毕业，而被派为小学校校长，母亲与我都一夜不曾合眼。我只说了句："以后，您可以歇一歇了！"她的回答只有一串串的眼泪。我入学之后，三姐结了婚。母亲对儿女是都一样疼爱的，但是假若她也有点偏爱的话，她应当偏爱三姐，因为自父亲死后，家中一切的事情都是母亲和三姐共同撑持的。三姐是母亲的右手。但是母亲知道这右手必须割去，她不能为自己的便利而耽误了女儿的青春。当花轿来到我们的破门外的时候，母亲的手就和冰一样的凉，脸上没有血色——那是阴历四月，天气很暖。大家都怕她晕过去。可是，她挣扎着，咬着嘴唇，手扶着门框,看花轿徐徐的走去。不久,姑母死了。三姐已出嫁,哥哥不在家,我又住学校,家中只剩母亲自己。她还须自晓至晚的操作,可是终日没人和她说一句话。新年到了,正赶上政府倡用阳历,不许过旧年。除夕,我请了两小时的假。由拥挤不堪的街市回到清炉冷灶的家中。母亲笑了。及至听说我还须回校,她愣住了。半天,她才叹出一口气来。到我该走的时候,她递给我一些花生,"去吧,小子!"街上是那么热闹,我却什么也没看见,泪遮迷了我的眼。今天,泪又遮住了我的眼,又想起当日孤独的过那凄惨的除夕的慈母。可是慈母不会再候盼着我了,她已入了土!

儿女的生命是不依顺着父母所设下的轨道一直前进的,所以老人总免不了伤心。我二十三岁,母亲要我结了婚,我不要。我请来三姐给我说情,老母含泪点了头。我爱母亲,但是我给了她最大的打击。时代使我成为逆子。二十七岁,我上了英国。为了自己,我给六十多岁的老母以第二次打击。在她七十大寿的那一天,我还远在异域。那天,据姐姐们后来告诉我,老太太只喝了两口酒,很早的便睡下。她想念她的幼子,而不便说出来。

"七七"抗战后,我由济南逃出来。北平又像庚子那年似的被鬼子占据了,可是母亲日夜惦念的幼子却跑西南来。母亲怎样想念我,我可以想象得到,可是我不能回去。每逢接到家信,我总不敢马上拆看,我怕,怕,怕,怕有那不祥的消息。人,即使活到八九十岁，有母亲便可以多少还有点孩子气。失了慈母便像花插在瓶子里，虽然还有色有香，却失去了根。有母亲的人，心里是安定的。我怕，怕，怕家信中带来不好的消息，告诉我已是失了根的花草。

去年一年，我在家信中找不到关于老母的起居情况。我疑虑，害怕。我想象得到，若有不幸，家中念我流亡孤苦，或不忍相告。母亲的生日是在九月，我在八月半写去祝寿的信，算计着会在寿日之前到达。信中嘱咐千万把寿日的详情写来，使我不再疑虑。十二月二十六日，由文化劳军的大会上回来，我接到家信。我不敢拆读。就寝前，我拆开信，母亲已去世一年了！

生命是母亲给我的。我之能长大成人，是母亲的血汗灌养的。我之能成为一个不十分坏的人，是母亲感化的。我的性格，习惯，是母亲传给的。她一世未曾享过一天福，临死还吃的是粗粮。唉！还说什么呢？心痛！心痛！

简评

老舍，原名舒庆春，因为生于阴历立春，父母为他取名"庆春"，大概含有庆贺春来、前景美好之意。上学后，自己更名为舒舍予，含有"舍弃自我"，亦即"忘我"的意思。满族正红旗人。他自幼生活在北京的胡同里，对当时生活在底层的人很了解，所以，他能写出像《骆驼祥子》《四世同堂》这样的优秀小说，有人说读他的小说可感受到曹雪芹的流风遗韵。本文通过对母亲一生经历往事的回忆，塑造了独具特色的母亲的形象，突出表现了母亲勤劳刻苦、善良宽容、乐于助人、意志坚强等性格和伟大无私的母爱，以及母亲的人格力量对作者思想性格形成的深刻影响。文章以追溯母亲的出身始，以痛心母亲的去世终，一位平凡而又坚韧的妇人含辛茹苦的一生，随着作者沉稳而凝重的叙述而展开。文中对母亲肖像的描写，使母亲的形象凸现在读者的眼前："为我们的衣食，母亲要给人家洗衣服，缝补或裁缝衣裳。在我的记忆中，她的手终年是鲜红微肿的。"这里，老舍对母亲"辛苦到老"一生的描写就集中体现在母亲那双赖以养活全家人的"终年是鲜红微肿的"手上。这是一幅放大了的特写镜头，虽着墨不多，一双"鲜红微肿"的手的形象却非常逼真传神。透过有限的文字，我们还似乎看到了母亲为解决一家人的衣食温饱，经常替别人缝补浆洗，"作事永远丝毫也不敷衍"的专注神情，还有那大大的"绿瓦盆"，昏暗的"油灯"，清爽的"屋院"，年年开花的"石榴与夹竹桃"。当年幼的哥哥或去读书或去当学徒，或去卖花生樱桃之类的小东西时，母亲总是"含着泪把他送走，不到两天，又含着泪接他回来"。寥寥十几个字，一位酸楚而又无奈的母亲的形象便鲜活逼真地出现在读者面前。特别成功的神情描写是三姐要出嫁了："当花轿来到我们的破门外的时候，母亲的手就和冰一样的凉，脸上没有血色——那是阴历四月，天气很暖。大家都怕她晕过去。可是，她挣扎着，咬着嘴唇，手扶着门框，看花轿徐徐的走去。"可以说，母亲和三姐相依为命，在父亲去世后，共同撑持着这个残破而又处在风雨飘摇中的家，诚如作者说的那样，"三姐是母亲的右手"，而当母亲清楚地意识到"这右手必须割去"时，她的"手就和冰一样的凉，脸上没有血色"，在大家的普遍担心中，"她挣扎着，咬着嘴唇，手扶着门框，看花轿徐徐的走去"。这都是作者运用白描手法的艺术效果。耐人寻味的是这种白描又和特定的、具体的情节联系起来，虽着墨不多，内容却非常丰富。诚如高尔基所说："艺术的作品不是叙述，而是用形象、图画来描写现实。"

作者还在文章中叙述了母亲生活中的一些片段。如："她最会吃亏。给亲友邻居帮忙，她总跑在前面……但是，吵嘴打架，永远没有她"，"在刺刀下，饥荒中，保护着儿女……从无办法中想出办法来"。这些都说明了母亲软而硬的个性,而母亲的这种个性又深深地影响了作者,使得作者拥有了"对一切人与事,都取和平的态度,把吃亏看作当然的"。与下文的"我的真正的教师,把性格传给我的,是我的母亲"相照应。"失了慈母便像花插在瓶子里,虽然还有色有香,却失去了根",这是作者经"七七事变"后,从济南逃到西南时思母的那种复杂心情,世界上没有什么会比思乡、思母之情更来得强烈了。有母亲的人,心是安定的。作者又何尝不想这样呢?"我疑惑,我怕",疑惑为什么在一年的家信中都找不到关于母亲起居的情况,怕母亲早已有不测,只是作者不想捅破,捅破那层似窗纸一样的思母之情。但噩耗还是传来,原来母亲已经去世有一年了。作者最后也只剩下内疚而又惋惜不已的哀痛,只能以"心痛!心痛!"来结束全文。作者在叙写个人生活经历和一些感受很深的事情时,把深沉的感情寄寓在平实简朴的语言中,读来亲切,令人动情。而最后那句:"唉!还说什么呢?心痛!心痛!"更是以简朴的语句,表现出作者欲言又止,又难以尽述的追悔内疚之情和对母亲无从说起,又没齿难忘的养育教诲之恩的感念。

诺贝尔文学奖获得者、智利著名女诗人米斯特拉尔在散文《母亲的回忆》表达了同样对母亲的挚爱与赞颂之情:"母亲,在你的腹腔深处,我的眼睛、嘴和双手无声无息地生长。你用自己那丰富的血液滋润我,像溪流浇灌风信子那藏在地下的根。我的感官都是你的,并且凭借着这种从你的肌体上借来的东西在世界上流浪。大地所有的光辉——照射在我身上和交织在我心中的——都会把你赞颂。"对母亲的赞颂是一样的,老舍在文中侧重于,"我"的母亲虽然只是一位普通的劳动妇女,并不识字,但她却是"我的真正的教师",对"我"进行了"生命的教育",在性格、习惯、为人处世等方面都给了"我"巨大的影响,让"我"继承了一种可贵的优良传统的美德,从而成为一位著名的作家。老舍之所以成为老舍,就是因为有母亲这位"真正的教师",正如作者所写,"我之能长大成人,是母亲的血汗灌养的。我之能成为一个不十分坏的人,是母亲感化的。我的性格、习惯是母亲传给的"。是啊!如果没有母亲,怎会有日后的老舍!母爱如海,母亲是师。母爱是伟大的!母亲是带领孩子认识世界的第一人。母亲的一言一行对孩子的人格形成都有深刻的影响。老舍的母亲有她独特的性格——软中带硬。并且,这种性格在老舍身上打下了深深的烙印。老舍本人的生与死都与这种软中带硬的性格密不可分。如老舍在文中所说,母亲给他的是"生命的教育"。这不仅让读者看到了一位在苦难中保持着传统美德的伟大母亲形象,更让读者理解了中华民族品格的传承与延续。

在作者的另一篇散文《想北平》中,作者提到北平"地方那么大,事情那么多","而我的北平大概等于牛的一毛",由北平这座城市,作者自然地想到了母亲。"可是,我真爱北平。这个爱几乎是要说而说不出的。我爱我的母亲。怎样爱?我说不出。……在我想到她的健康而不放心的时候,我欲落泪。言语是不够表现我的心情的,只有独自微笑或落泪才足以把内心揭露在外面一些来。我之爱北平也近乎这个。"可以感受到,母亲在这个儿子的心中是顶天立地的。

老舍《我的母亲》是一篇令人落泪的真情之作,文章语言既朴素平实,流畅生动,又凝练含蓄隽永,抒发了对母亲的敬仰感念追怀和永世不忘的深情。全文充满了对母亲一颗滚烫的心,读后不禁使人落泪。

苏

州拾梦记

◇柯灵

本文选自《柯灵散文选》（人民文学出版社1983年版）。柯灵（1909—2000），原名高季琳。原籍浙江绍兴，生于广州。中国电影理论家、剧作家、评论家。1926年在上海商务印书馆出版的《妇女杂志》发表第一篇作品——叙事诗《织布的女人》而步入文坛。他笔耕不辍，主要作品有散文集《柯灵散文选》《晦明》《燕居闲话》《昨夜

　　已经将近两年了，我的心里埋着这题目，像泥土里埋着草根，时时茁长着钻出地面的欲望。

　　因为避难，母亲在战争爆发的前夜，回到了滨海一角的家乡，独自度着她的暮年。只要一想着她，我就仿佛清楚地看见了她孤独的身影，彷徨在那遭到火灾的破楼上。可是我不能去看她，给她一点温暖。

　　苦难的时代普遍地将不幸散给人们，母亲所得到的似乎是最厚实的一份。她今年已经七十三岁，这一连串悠悠的岁月中，却有近五十年的生涯伴着绝望和哀痛。在地老天荒的世界里，维系着她一线生机的，除却对生命的执着，也就是后来由大伯过继给她的一个孩子——那就是我。正如小说里面所写

西风》《长相思》《香雪海》，小说集《掠影集》《同伴》，剧本《武则天》《浪子行》《夜店》等。

的，她的命运悲惨得近乎离奇。二十几岁时，她作为年轻待嫁的姑娘，因为跟一个陌生男子的婚约，从江南的繁华城市，独自被送向风沙弥天的、辽远的西北，把一生的幸福交托给我的叔父。叔父原只是个穷书生，那时候在潼关幕府里做点什么事情，大约已经算是较为得意，所以遣人远远地迎娶新妇去了；但主要原因，却是为着他的重病，想接了新妇来给自己冲喜。当时据说就有许多人劝她剪断了这根不吉利的红绳，她不愿意，不幸也就这样由自己亲手造成。她赶到潼关，重病的新郎由人搀扶着跟她行了婚礼，不过一个多月，就把她孤单单地撒下了。我的冷峻的父亲要求她为死者守节，因为这样才不致因她减损门第的光辉。那几千年来被认作女性的光荣的行为，也不许她有向命运反叛的勇气。——这到后来她所获得的是一方题为"玉洁冰清"的宝蓝飞金匾额，几年前却跟着我家的旧厅堂一起火化了。——就是这样，她依靠着大伯生活了许多年，也就在那些悲苦的日子里，我由她抚养着成长起来。

哦，我忘却提了，她的故乡就在那水软山温的苏州城里。

时光使红颜少女头白，母亲出嫁后却从此不再有机会踏上她出生的乡土。悠悠五十年，她在人海中浮荡。从陕西到四川，又到南国的广州。驴背的夕阳，渡头的晓月，雨雨风风都不打理这未亡人的哀乐。封建王朝覆亡了，父亲丢了官，全家都回到浙东故乡，她照旧过着世代相沿的未亡人的生活。家庭逐渐堕入了困境,家里的人逐渐死去,流散了,最后是四五年前的一把火,烧毁了残破的老家,才把这受尽风浪的老人赶到了上海。

老天怜悯!越过千山万水,迷路的倦鸟如今无意中飞近了旧枝,她应当去重温一次故园风物!

可是一天的风云已经过去,她疲倦得连一片归帆也懒得挂起,"算了吧,家里人都完了,亲戚故旧也没有音讯了,满城陌生人,有什么意思!"她笑,那是饱孕了人生的辛酸,像蓦然梦醒,回想起梦中险巇似的,庆幸平安的苦笑。接着吐出个轻轻的叹息:"嗳,苏州城里我只惦记着一个人,那是我的小姊妹,苦苦劝我退婚的是她,(我当时怎么肯!)出嫁时送我上船,泪汪汪望着我的是她!听说而今还在呢,可不知道什么样儿了?有机会让我见她一面才好!"蹉跎间这愿望却也延宕了两年。

一直到前年春天,我才陪着她完成了这伤感的旅行。

是阴天,到苏州车站时已经飘着沾衣欲湿的微雨。雇一辆马车进城,得得的蹄声在石子路上散落。当车子驶过一条旅馆林立的街道,她看看夹道相迎的西式建筑,恰像是乡下孩子闯进了城市,满眼是迷离好奇的光。我对着这地下的天堂祝告:苏州城!你五十年前嫁出去的姑娘,今天第一次归宁了。那是你不幸的女儿,为着乡土的旧谊,人类的同情,你应当张开双臂,给她个含笑的欢迎!

但时间是冷酷的家伙,一经阔别便不再为谁留下旧时痕迹，每过一条街，我告诉母亲那街道的名字，每一次，她都禁不住惊讶得忽地失笑："哎哟，怎么！这是什么街？不认得了，一点也不认得了！"

在观前街找个旅馆，刚歇下脚，心头的愿望浮起。燕子归来照例是寻觅旧巢，她一踏上这城市，急着要见的是那少年的旧侣。可是我们向哪儿去找呢？这栉比的住房，这稠密的人海，白茫茫无边无岸，知是在谁家哪巷？纵使几十年风霜没有损伤了当年的佳人，也早该白发萧萧，见了面也不再相认了，但我哪有勇气回她个不字？

母亲在娘家时开得有一家烛铺，后来转让的主人就是那闺友的父亲，想着这些年来世事的兴替，皇室的江山也还给了百姓，一家烛铺的光景大约未必便别来无恙。但母亲忽然飞来的聪明记起了它。向旅馆的茶房打听得苏州还有着这个店号，我就陪着她向大海捞针。

烛铺子毕竟比人经得起风霜，虽然陈旧，却还在闹喧喧的街头兀立。母亲高兴地迎上去，便向那店伙问讯："对不起，从前这儿的店主人，姓金的，你知道他家小姐嫁在哪一家，如今住在哪里？"

我站在一旁怀着凭吊古迹似的心情，这老人天真的问话却几乎使我失笑，那店伙年轻呢，看年纪不过二十开外，懂得的历史未必多，"小姐"这名词在他心里岂不是一个娇媚的尤物？我只得替她补充：金小姐，那是几十年前的称呼，如今模样该像母亲似的一位老太太了。听着我的解释，那店伙禁不住笑了起来。

人生有时不缺乏意外的奇迹,这一问也居然问出了端倪。我们依着那烛铺的指点,又辗转访问了两处。薄暮时到了巷尾一家古旧的黑漆门前。

剥啄地叩了一阵,一位祥和的老太太把我们迎接了进去。可是她不认得这突兀的来客。

"找谁,你们是找房子的?"

"不,是找人,请问有一位金小姐可住在这里?"

主人呆了半天,仿佛没有听清意思。"哎哟!"母亲这一声却忽然惊破了小院黄昏的静寂,她惊喜地一把拖住了主人。

"哦,你是金妹!"

"哦,你是……三姐!"

夜已经无声地落在庭院里了,还是霏霏的雨。从一对老年人莹然欲涕的眼睛里,我看出比海还深的人世的欢喜与辛酸,体味着不能用语言表达的奥妙的意思。我的心沉重得很,也轻松得很。我像在一霎时间经历了半世纪。感谢幸运降临于我不幸的母亲!

把母亲安顿在她旧侣的家里,我自己仍然在旅舍里住着。

春快要阑珊了!天气正愁人,我在苏州城里连听了三天潇潇的春雨。冒着雨我爬过一次虎丘,到冷落的留园和狮子林徘徊了一阵。我爱这城市的苍茫景色,静的巷,河边的古树,冷街深闭的衰落的朱门。可是在这些雾似的情调里,有多少无辜的人们,在长久的岁月中度着悲剧生涯？

但我为母亲的奇遇高兴。五十年旧梦从头细数，说是愁苦也许是快乐。人类的聪明并不胜如春蚕，柔情的丝缕抽完了还愿意呕心沥血；一生的厄运积累得透气的空隙也没有，有时只要在一个——仅仅一个可以诉苦的人面前赢得一声同情和温慰，也可以把痛苦洗涤干净。我不能想象母亲的情怀，愿这次奇遇抖落她过去的一切……

第四天晚上离开苏州时，天却晴了，一钩新月挂在城头，天上鳞鳞的云片都镶着金边。——好会捉弄人的天！路畔一带婆娑的柳影显得幽深而宁静，却有蹄声得得，穿过柳荫，向那行色侘傺的车站上响去。别了，古旧的我的母乡苏州！明儿我们看得见的，是天上那终古不变的旧时明月！

别离的哀伤又在刺着衰老的心了。可是从母亲的脸上，我看见了一片从来没有的光辉。"嗳，总算看见她了！做梦也想不到。她约我秋天再来，到她家里多住一阵子。也好，大家都老了，多见一面是一面。"我知道，她在庆幸她还了多少年来的宿愿。

可是就在这一年的夏天，时代起了激变。

在上海暴风雨的前夜，母亲回到了残破的家乡，一年半来她就像被扔在一边似的生活着；而她的早已无家的母乡，落入魔掌也一年多了。在这风雪的冬天，破楼上摇曳着的煤油灯下，不会埋怨这年代的过于冷酷吗？我不禁时时想起我的母亲，和这场战争中一切母亲的命运。

可是母亲却惦记着苏州,惦记着苏州的旧侣,絮絮地从信里打听消息。可怜的母亲,我可以告诉您吗?您的母乡正遭着空前的浩劫。您的唯一的旧侣,我不敢想象她家里的光景。有一时我常常把一件事情引为自慰,那就是那一次苏州的旅行,我想如果把那机会放走了,怕也要永远无法挽回。但我如今倒有些失悔了,没有那一次坠梦的重拾,也许这不幸的消息给她的分量还要轻些?我又怀着一种隐忧:"树高千丈,落叶归根。"母亲说过她愿意长眠在祖茔所在的乡土,她会不会再在晚年沦入奴隶的恶运?

一九三九年一月

简评

柯灵先生的散文《苏州拾梦记》,"这是以他过继的母亲为模特儿,叙述一个旧式中国妇女可悲的婚姻遭遇和晚年的意外欢欣。作者生花的笔,曲折而流畅地叙来,板是板,眼是眼,扣人心弦。而文前文尾,均以战时环境相烘托,显示了抗战的时代气息。"(杨幼生《柯灵》,《中国现代作家评传·第4卷》,山东教育出版社1986年版)这篇散文不仅是缅怀故土的心声,同时也是一个时代的缩影。正如作者所说"苦难的时代普遍地将不幸散给人们,母亲所得到的似乎是最厚实的一份。她今年已经是七十三岁,这一连串悠悠的岁月中,却有近五十年的生涯伴着绝望和哀痛。在地老天荒的世界里,维系着她一线生机的,除却对生命的执着,也就是后来由大伯过继给她的一个孩子——那就是我。"苦难的生活经历和多灾多难的故乡在柯灵的心中留下了不可磨灭的记忆,作者在散文《乡土情结》里有一段撼人心魄的描写:"每个人的心里,都有一方魂牵梦萦的土地。得意时想到它,失意时想到它。逢年逢节,触景生情,随时随地想到它。海天茫茫,风尘碌碌,酒阑灯灺人散后,良辰美景奈何天,洛阳秋风,巴山夜雨,都会情不自禁地惦念它。离得远了久了,使人愁肠百结:'客舍并州数十霜,归心日夜忆咸阳。无端又渡桑乾水,却望并州是故乡。'好不容易能回家了,偏又忐忑不安:'岭外音书断,经冬复历春。近乡情更怯,不敢问来人。'异乡人这三个字,听起来音色苍凉;'他乡遇故知',则是人生一快。一个怯生生的船家女,偶尔在江上听到乡音,就不觉喜上眉梢,顾不得娇羞,和隔船的陌生男子搭讪:'君家居何处? 妾住在横塘。停船暂借问,或恐是同乡。'辽阔的空间,悠邈的时间,都不会使这种感情褪色:这就是乡土情结。"这是发自柯灵先生内心深处的声音。乡土情结的深处,忘不掉的是苦难中的母亲。

"一直到前年春天,我才陪着她完成了这伤感的旅行。"《苏州拾梦记》写于抗战时期。讲的是作者年过古稀的养母熬过了辛酸的大半生,半个世纪后才有机会回到故乡苏州。在苏州,她找到了儿时的姊妹,圆了一场梦。然而不久苏州就沦陷了。"苏州拾梦"是全文的主要线索,坎坷崎岖的回忆中,洋溢着浓浓的赤子之情。

柯灵在《柯灵散文选·序》中说:"最后两辑,'人海微沤'(编者按:本文出自此辑)是反映人情世态的一组小故事。悲欢离合,炎凉甘苦,戏剧性的人生际遇,也自有扣人心弦、发人深省的力量。"在这篇哀伤的散文中,作者将大量的笔墨献给了饱经沧桑的母亲。作者的老母亲不幸得很,初嫁丧夫,守着贞节牌坊过了大半生。"红颜少女头白","在人海中浮荡","过着世代相沿的未亡人的生活",到了晚年,只盼"树高千丈,落叶归根"。然而家乡的沦陷母亲却不曾知道。侵略者的铁蹄,老母亲毕生的不幸,桑梓的遥想不可即,在作者缓缓的陈述中,如黑云压顶般笼罩在读者的心上。

本文在结构上由明暗两条线索构成。明线是对继母一生不幸遭遇的叙述,暗线是以明线为基础的作者情感抒发。继母在旧风俗、礼教下的为人"冲喜"远嫁他乡，然而，结婚仅一个多月就开始守寡。为了"不减损门第的光辉"，母亲踏上了含辛守节随夫家颠沛流离的痛苦之路。她一生孤苦伶仃，所得到的就是一方"冰清玉洁"匾额，由此激起了作者对旧礼教的强烈愤慨。为了抚平继母心灵的创伤，作者唯一能做到的就是带母亲重回故里，以寻找旧时的闺友，借以宽慰悲伤的心灵。随着日本侵略者占领苏州，母亲二次重回故里喜悦难再，重归桑梓的愿望只能是失望。因此，作者对继母身世的伤感和家园失落的痛苦交织在一起，上升为对国家命运忧患。年迈的母亲平凡的一生，平淡无奇却引人入胜，为什么？作者比较注意背景、人物、情节的有机结合，虽写的是生活的片段，"从陕西到四川，又到南国的广州。驴背的夕阳，渡头的晓月，雨雨风风都不打理这未亡人的哀乐"，感情在雨中流动；蓦然梦醒，回想起连梦中也饱尝了人生的辛酸。笔力凝重，自然再一次震撼了读者的心。

柯灵先生的"苏州拾梦"蕴含着年迈的母亲平凡的一生。大爱无声。母爱因其无私而伟大，也因其普通而平凡，这平凡而伟大的母爱珍藏在每个人的心中，滋养着每一个生命。在日常生活中，母爱常常不是那样轰轰烈烈、夺人心魄，但却永远温柔而坚韧，细微而执着，每个子女的心中都有一份独特的母爱留下的圣洁光环，成为其生命中最柔软、最感动的一部分。作为儿子的柯灵他读懂了母亲的一生，母亲悲苦的一生最终在作者的心里连成一片，文章的结尾作者心底有一曲母爱的颂歌："可是母亲却惦记着苏州，惦记着苏州的旧侣，絮絮地从信里打听消息。可怜的母亲，我可以告诉您吗？您的母乡正遭着空前的浩劫。您的唯一的旧侣，我不敢想象她家里的光景。有一时我常常把一件事情引为自慰，那就是那一次苏州的旅行，我想如果把那机会放走了，怕也要永远无法挽回。但我如今倒有些失悔了，没有那一次坠梦的重拾，也许这不幸的消息给她的分量还要轻些？我又怀着一种隐忧：'树高千丈,落叶归根。'母亲说过她愿意长眠在祖茔所在的乡土,她会不会再在晚年沦入奴隶的恶运?"

本文结构布局舒缓流畅,所有的内心独白都紧密围绕母亲展开。初读也许会稍感凌乱,仔细揣摩后则会发现其实并不如此。为了不让文章平铺直白,作者将母亲的出嫁,五十年间四处漂泊,与姊妹意外重逢等多个情节,细心安排剪裁,穿插文中。穿插在字里行间抒发内心的感慨也显得恰到好处,并且,将叙事、抒情和议论三种表达方式巧妙融合;情感收放有度、跌宕起伏,形成了强烈的冲击力,在读者的心中留下不灭的印象。

药

王庙

◇ 张中行

也许由于有较深的贵远贱近的陋习吧，我常常想到过去。舍不得，但时间铁面无私，终于都过去了。补救之道是以记忆为资本，想想，如果有人肯听就进一步，说说，以争取阿Q式的胜利。所想或所说，当然最好是比较远的，于是就想到药王庙。

药王庙是我的家乡镇立小学的所在地，在镇的西北角。我们村在镇西一里，人家不多，没有学校。民国初年，我六七岁的时候，到那里上小学。一天往返两次，都是取道村北。大概有一里多路吧，出村向东北望，可以清清楚楚地看见庙门和钟鼓二楼。在我们那一带，药王庙是个大建筑，坐北向南，有三层殿。前殿供着大肚子嘻嘻笑的弥勒佛。走过前殿是

本文选自张中行《负暄续话》（中华书局2006年版）。张中行（1909—2006），河北香河（今属天津）人，原名张璇，学名张璿。著名学者，主要从事语文、古典文学及思想史的研究。1935年，北京大学中国语言文学系毕业，并改名为"中行"。1949年后，任人民教育出版社编辑、特约评审；曾参加编写《汉语课本》《古代散文选》

个大大的院落,我们称为前院,东西对立着两层的钟鼓二楼。中层正殿是全庙的中心,高大宽敞,前面还有方广的砖陛。殿内坐着药王的金面塑像。塑像背后,隔一层板壁,面北立着韦驮的塑像。正殿之后是后院,左右有两棵很老的槐树,夏日浓荫遮天,常由上面垂下俗名"吊死鬼"的槐蚕来。后殿三间,正中供着坐在大莲花里的菩萨。后院有东西厢房,改作小学的教室。后殿西侧有北房两间,是老师的宿舍。正殿西侧有南房两间,是看庙道士的住所,兼作烧开水的茶炉。

这庙是什么时候创建的,也许有碑文可查,可惜那时候我还没读过《碑版广例》之类的书,对于石刻等不怎么热心,以致视而不见。但它是一座古庙却是无可置疑的,残旧且不说,就是传说也很有出色的。譬如说,正殿前有个铁钟,坐在泥地上,不很大,样子也没什么稀奇,可是据说,这是很早很早以前,发大水,菩萨骑着它来的。另一个传说,庙里住着一条大蛇,左近的人不止一次,看见它身子缠在钟鼓二楼之上,伸出头,到庙前的水池里去喝水。我那时想,这样的蛇,身子总当有大缸那么粗吧,很怕,却又颇想看见一次。但是不凑巧,始终没有遇见。蛇,庙里确是有,几年之间,也见过几次,但都不过二三尺长,像大指那样粗,而且并不胆大,看见人,总是惶惶然地钻到洞里。可怕的小动物之中,最多的是蝎,记得一个夏夜,我们几个学生提着铁桶,沿着墙根走,只是在后院转了一圈就捉到五十多只。

我的启蒙老师姓刘，是镇北五十多里县城以东某镇的人。听说中过秀才，所以在农民的眼里，是比"白丁"高贵得多的。也许就因为有这个资历，所以身量虽不雄伟，态度却非常严肃，即所谓不苟言笑的。秀才到"洋"学堂讲共和国教科书，这是大材小用，有点类乎公主下嫁蛮夷，推想心里总该有些不释然。果然，我们上学不久，他就劝我们一些人搬到学校里住，夜里他可以给我们讲点四书。我们不知道四书中还有什么治国平天下的大道理，反正老师既然要发愤忘睡，总当是好的，我们有些人就搬去了，住在菩萨大士的东隔壁。此后，老师吃过晚饭，就在西厢的教室里给我们讲四书。现在想，老师的教法颇为奇怪，一是不从《大学》开始而从《孟子》开始，二是不先背诵而先开讲，这或者就是维新吧？这样，从"孟子见梁惠王"起，老师一章一章地讲下去，我们一章一章地读下去。很抱歉，我们竟不像老师那样感兴趣，有时反而觉得有些厌烦。这倒不是对孟老夫子有什么意见——说实在的，孟老夫子的话，我们觉得有些是很有风趣的。譬如"寡人好色"，我们当时眼中的大人都不肯说，而孟子说了。又如滕文公的爸爸死了，听了孟子的话，如此如彼一番，结果是"吊者大悦"，这就使我们像是看到一个戏剧的场面，觉得很好玩。我们感到厌烦，原因很简单，是发困而不得睡。老师讲书，正颜厉色，何况又是出于尽责之外的好心，我们当然不愿也不敢显出困倦的样子。但是睡魔偏偏不留情，常常是老师讲得兴高采烈的时候,我们的上眼皮就慢慢垂下来,说不定头还会突然地点下去。这很怕被老师发现,于是就想个主意,隔一会儿用墨盒向眼皮部分擦一擦,希望借此可以清醒一下。这个办法有些功效,但是作用不大,所以"如临深渊,如履薄冰"的心情还是难免的。我们最希望晚上老师来客人,那是镇西边不远另一个小学的老师,他一来,晚上就不上课了,我们如鸟出笼,皆大欢喜。"《孟子》者,七篇止",我们读了一半或多一点,不记得为什么停了。四书读了不到一书!说到收获,却也不是一点没有,譬如考大学的时候,作文题是"不患寡而患不均,不患贫而患不安,试申其义",我就利用当年的窖藏,写上"河内凶,则移其民于河东"云云,没有曳白出场,想起来是应该归功于秀才老师的。

这位秀才老师,借讲《孟子》宣扬圣贤之道;我们觉得,代圣贤立言的人当然是圣贤,至少必是躬行君子,所以对他总是怀有深深的敬意。但是有些事又颇使我们起疑心。主要的一件是对娶妻过于热心。也许是因为新丧了妻吧,老师鳏居了,不记得听谁说,正在有人给他作媒。这传说大概不假,因为看得出来,老师的心情是兴奋加一点点焦虑。不久,听说东邻的临时洞房找定了,接着是迎娶。据说女方是个寡妇,照当时的习俗,娶寡妇,行婚礼,男方要用秤钩把女方的蒙头红巾勾下来,然后第一次见面。结婚的时候不许我们去看,我们不上课,坐在屋子里想象老师迈着方步,举起秤钩去勾掉红巾,然后定睛相看旧新娘的样子,心里有些不自在。这是因为,那时候还没听到过"关雎,后妃之德"一类的大道理,以致认为这是男女之事,同老师的尊严很不调和。这怎么解释呢?总算勉强找到为老师辩解的理由,是"可一而不可再"。但是偏偏又不凑巧,老师的这个妻子,结婚不久就死了,接着找了另一个寡妇,很遗憾,那兴奋而焦急的样子,似乎比第一次更厉害。这使我们很惶惑,怎么也想不到,老师也会未能免俗。

　　庙里另一个重要人物是看庙的刘道士,那时候总不少于七十岁吧,我们都尊称他为"道爷"。他大概不是真正的道士,短短的白发垂在脑后而不束在头顶,也没见他戴过道冠,穿过道袍。这位干瘦的老人,态度是和善的,却不大喜欢说话,也许是不屑于同我们说话。只是有一次,我们在厕所的院里流连得太久,他有些不耐烦,就说:"你们知道吗?县长拉屎都有急地,坐着轿,忽然让停住,下轿,噗哧,完了,即刻上轿,仍旧赶路。看你们,你们!"我们认为他的话是确实的。但我们不是县长,没有县长那样的要务,在厕所院里说说闲话又有什么关系呢?我们的县长因忙而择急地的推测,不久就得到证实,有一天,县长因公务下乡,到学校来休息了。老师率领我们列队迎接。在后院,我们看见一个中年人,白面长身,穿着绸袍,在正中走,左右簇拥着一些人。我们想,这当然就是县长了。他走得确是相当急促,但是走到屋门外却忽然停住,很轻捷地伸起一只脚,旁边一个人,想当是随从了,用布甩子熟练地抽了几下,然后伸起另一只脚，照样抽一遍，进屋去了。

在药王庙看庙是个美差。庙前后有一些田地，由道士自种自收，代价只是给老师做三顿饭。另一项收入是每月初一、十五，病家到庙里烧香时供献的供品和香火钱。再一项收入是卖秘方膏药的专利。这秘方膏药，其中一种药料是乌龟。每次制膏药的前几天，不知道从什么地方，道士就弄来一只乌龟，大约有碗口那样大，拴在后院西北角的墙根下。乌龟静静地伏在地上，两只小眼睛圆睁着看人。我们有工夫就围着它看。有的人还直立在它的脊背上，它坚忍地挣扎着。不知道谁从什么地方听来的，说乌龟可以用作柱础，只要让它面向西北，它就可以靠吸气而长生不死。我们不知道这是否确实，很想试验一下。可惜庙里没有修建房屋，而那个小乌龟，在院里瑟缩不了几天，就死于刀下，烂在药锅里了。熬膏药时候，一种奇怪的臭气使人欲呕，要多半日才能过去，我想，这或者就是乌龟对人类的无可奈何的抗议吧。

药王庙的生活是单调的。我们也看见过所谓"闹学"，年画上印着的，老师坐着打瞌睡，学生用墨笔在老师脸上画眼镜。但是我们的老师太严肃了，我们不敢。课堂里书声琅琅，空气却是沉闷的。破闷的唯一妙法是抢到出恭牌，到东小院的露天厕所去游荡一下。但是时间不能太长，因为后边总有不少人等着，还有，也可能被老师指出名来申斥一番。有个时期，不知道由谁发明，有不少人到厕所偷偷地吸起香烟来。烟是小鸡牌，盒子上印着一只大公鸡，一包十支，价钱最便宜。略贵一些的是海盗牌，盒子上印着一个西方武士，挂着一把军刀，我们称它为单刀牌。白白的一根纸棍，用火柴一点，一端就变红，用力一吸，向上一喷，一缕白烟就悠悠荡荡地飘上天空，很好玩。但是欢乐不久，扫兴的事来了，老师到厕所去，看见谁正在喷烟了。接着是老师怒气冲冲地坐在讲桌旁，大声呵斥："谁吸烟了？快说！"那个被看到的学生赶紧站起来声明："老师，我没吸。"老师冷笑了一声，说，"就是你，过来！"其后是用戒尺惩罚一番。这戒尺，是约一尺长的一根木板，光光的，平拍下去，打左手的手心，声音是清脆的。平心而论，老师惩罚学生还是偏于宽的，用戒尺训诫，不过十下左右，比起有些老年人所说，当年私塾里是让跪在砖上，头顶一碗水，或者用木棒打头，真是小巫见大巫了。

现在想，老师对于维新，也算尽了最大的力量，比如讲《孟子》在晚上而不在白天，训诫学生只用木板而并不罚跪。但是不知道是不是还是苦于赶不上时势，有一年春季开学，他不来了。推想是被辞退。接着学校就大举革新，沿着后殿往东建了新的教室，教室前面还竖起篮球架。新请来的老师是从师范学校毕业的年轻人，未必能讲《孟子》，却会念a、b、c、d、e；装饰也不同了，最显著的是脚上不再包一层布而头上加了油。道士也换了人。新来的一个姓宋，比旧的刘老道年岁小得多，世故却多得多。对于老师和镇上的士绅们,他当然是恭顺的,就是对于我们年级高的学生,也常常是客客气气,甚至不经意地称为"先生"。我们毕业的时候,他预言我们将大阔特阔,希望我们不要忘了他。过了一些年,我回家乡,曾经践约去看他。我没有阔,他却发了胖,听说由于很会修身齐家,已经由小贫升为小康了。

简评

　　张中行先生是20世纪末"未名湖畔三雅士"之一,与季羡林先生、金克木先生合称"燕园三老"。20世纪80年代出版的多部散文集成为畅销书,从而闻名于世,晚年的张中行先生风行一时,人称"文坛老旋风"。"《负暄》三话"、《流年碎影》等,奠定了他散文大家的地位,被季羡林先生称为"高人、逸人、至人、超人"。张中行先生治学严谨,博学多识,造诣深厚,精通中国古典文学,熟悉西方哲学。先生涉猎广泛,博闻强记,遍及文史、佛学、哲学诸多领域,人称"杂家"。自觉较专者为中国古典文学和人生哲学。终生为文,以"忠于写作,不宜写者不写,写则以真面目对人"为信条。张中行先生一生低调淡泊、无欲无求,处世达观、超脱。吕冀平先生在《负暄琐话·序》中说:"由于他出语冷峻,难得流露感情,我又一直觉得他只是在客观地,甚至是漠然地剖析这个大千世界,而从不为这个世界所动。他似乎是一个超然的观察家,一个宁静的学者。三十多年当中,他除了与工作(严格说来这工作并非他真正的专业)相联系的著述之外,没有写过他应该写的东西。"所以,他对世事看得清,看得透;对生活体悟得深,常于平凡、平淡中嚼得人生滋味。他的文章,表面上看来,是"闲情逸致、思古幽情",实则有丰富的文化内涵,有严肃的人生态度。用他自己的话说,他"主观上是愿意当作诗和史"来写的,是温柔敦厚的诗教。读他的"《负暄》三话",深深地沉浸在他那看似冲淡、朴拙,实则绵密、典雅的文字之中;沉浸在他对生活的独特的体悟和他清雅、隽永的人生态度之中,觉得是一种无上的享受。张老曾常年寓居于燕园女儿家。先生一生清贫,86岁的时候才分到一套普通的三居室,屋里摆设极为简单,除了两书柜书几乎别无他物。老人为自己的住所起了个雅号叫"都市柴门"。他的书房里书卷气袭人,桌上摆放着文房四宝和片片稿纸,书橱内列着古玩,以石头居多。张老谦称书房像"仓库"。而于治学方面,他则一丝不苟,可谓"后五四时代"学者风范的真实写照。追忆张先生,有人感叹:"他有着古代文人的风范",更有后辈赞道:"老头有骨气。"晚年的张中行先生撰写的大量随笔散文,誉满海内外,人称"智性散文",取得了很高的成就,产生了很大的影响。对世道人心的深层体察是张中行沧海桑田后的人生追求。正如老先生自己所说:"所受多,所见多,所感就不能不多,而感,多表现为苦乐,推衍到价值就成为是非。"书中皆为所见所感,其所见大多是目前生活所见,记忆中所见,书中所见。从儿时的"药王庙"到"桑榆自语";从"清风明月"到"人心不古"云云。有景有物,有情有理。信手拈来,随意聊起,满纸闲笔,却是博古通今的灵性与智慧,于常人常识中发现了异常却又很深奥的人生哲理。

于名胜古迹、地方风物,张老情有独钟。他记北大红楼,记沙滩后街,记广化寺、崇效寺,记药王庙、起火老店等等。在对名胜古迹、地方风物的记叙中,充实着的是丰富的人和事,那里面有风土民情,有人文环境,有历史文化。他总是把人笼罩在一种浓郁的氛围之中,这种氛围,不仅是一种怀旧的情绪,更有他的人生体悟,他的强烈的爱和浓厚的思想感情,有他的一往情深。我们读他的文章,感受到的是扑面而来的和煦的春风。例如,他记北大红楼的一组文章,看似散淡,实则每章问题集中,分别从"散漫、严正、容忍"等不同的角度,表现了北大彼时宽容和开放的学风。《药王庙》一文,记叙的是他家乡的一座古庙,以及药王庙中他的小学启蒙老师,守庙的刘道士等,文字款款叙来,洋溢的却是他的浓郁的思乡怀旧之情,他的感恩情怀。所以读老先生的文章非常亲切,在他的笔下,无论流淌的是欢乐,是泪水,是迷惘,是寂寞和失落,都荡漾着一个基调:对人生的珍视与品味。这种品味,精当、细腻,哪怕是起于青萍之末的小事,也曲折入微,直入人生难以忘怀的堂奥。他曾写过一篇散文《剥啄声》,剥啄是轻轻的敲门声,常人往往忽略,作为文人也是至多想到"僧敲月下门"那样的旧句和贾岛冲撞韩愈的仪仗而引发推敲的典故,而在张老却不同寻常,认为"是诗,是梦",想到溅泪、思人,想到六祖惠能,禅师的茅棚过于冰冷等,生发得极为广阔。

启功先生在《读"负暄续话"(代序)》中说:"他既是哲人,又是痴人。"所谓哲人,这里不说,只看看和本文有些关系的痴人,启功先生是这样说的:"至于说他也是痴人,理由是他是一位躬行实践的教育家。他在学校教书,当然是教育工作者,他后来大部分时间作教育出版工作,我读过他主持编选注释的《文言文选读》,还读过他的巨著《文言和白话》,书中都是苦口婆心地为学习中国文学——特别是古典文学的人解决问题、引导门径。"可见张中行老学识的博杂、学养的丰厚,以及对世事洞若观火的明察。

在《药王庙》一文中真实地描绘了1915年前后农村小学教育的状况。民国初年的乡村小学还多少有些往日私塾的影子,近似白描的手法写得饶有趣味。值得回味的是,远离了"三味书屋"那样的私塾,洋学堂终于诞生在曾经被科举教育覆盖的大地上,可是,秀才出身的刘老师甘愿义务讲四书,作者报考北京大学,作文依然是代圣人立言。"现在想,老师对于维新,也算尽了最大的力量,比如讲《孟子》在晚上而不在白天,训诫学生只用木板而并不罚跪。但是不知道是不是还是苦于赶不上时势,有一年春季开学,他不来了。推想是被辞退。接着学校就大举革新,沿着后殿往东建了新的教室,教室前面还竖起篮球架。新请来的老师是从师范学校毕业的年轻人，未必能讲《孟子》，却会念a、b、c、d、e；装饰也不同了，最显著的是脚上不再包一层布而头上加了油。"这是当时教育不可回避的现实和曾经经历过的蜕变与阵痛，对我们今天教育的启迪同样是深刻的。

山屋

◇吴伯箫

本文选自《吴伯箫散文选》(人民文学出版社1983年版)。吴伯箫(1906—1982),原名熙成,笔名山屋、山荪。现代著名的散文家和教育家。1925年开始创作,发表了《山屋》《羽书》等散文名篇。1938年奔赴延安,发表了《战斗的丰饶的南泥湾》《一坛血》《黑红点》《化装》等大量反映当时抗战军民英勇斗争的文章。1954年

屋是挂在山坡上的。门窗开处便都是山。不叫它别墅,因为不是旁宅支院颐养避暑的地方;唤作什么楼也不妥,因为一底一顶,顶上就正对着天空。无以名之,就姑且直呼为山屋吧,那是很有点老实相的。

搬来山屋,已非一朝一夕了;刚来记得是初夏,现在已慢慢到了春天呢。忆昔入山时候,常常感到一种莫名的寂寞,原来地方太偏僻,离街市太远啊。可是习惯自然了,浸假又爱了它的幽静;何况市镇边缘上的山,山坡上的房屋,终究还具备着市廛与山林两面的佳胜呢。想热闹,就跑去繁嚣的市内;爱清闲,就索性锁在山里,是两得其便左右逢源的。倘若你来,于山屋,你也会喜欢它的吧?傍山人家,是颇

有情趣的。

　　譬如说，在阳春三月，微微煦暖的天气，使你干什么都感到几分慵倦；再加整天的忙碌，到晚上你不会疲惫得像一只晒腻了太阳的猫么？打打舒身都嫌烦。一头栽到床上，怕就蜷伏着昏昏入睡了。活像一条死猪。熟睡中，踢来拌去的乱梦，梦味儿都是淡淡的。心同躯壳是同样的懒啊。几乎可以说是泥醉着，糊涂着，乏不可耐。可是大大的睡了一场，寅卯时分，你的梦境不是忽然透出了一丝绿莹莹的微光么，像东风吹过经冬的衰草似的，展眼就青到了天边。恍恍惚惚的，屋前屋后有一片啾唧唧唧的闹声，像是姑娘们吵嘴，又像一群活泼泼的孩子在嘈杂乱唱；兀的不知怎么一来，那里"支幽"一响，你就醒了。立刻你听到了满山满谷的鸟叫。缥缥渺渺的那里的钟声，也嗡嗡的传了过来。你睁开了眼，窗帘后一缕明亮，给了你一个透底的清醒。靠左边一点，石工们在丁东的凿石声中，说着呜呜噜噜的话；稍偏右边，得得的马蹄声又仿佛一路轻的撒上了山去。一切带来的是个满心的欢笑啊。那时你还能躺在床上么？不，你会霍然一跃就起来的。衣裳都来不及披一件，先就跳下床来打开窗子。那窗外像笑着似的处女的阳光，一扑就扑了你个满怀。

　　呵，我的灵魂，我们在平静而清冷的早
晨找到我们自己了。
　　　　　　——惠特曼《草叶集》

后任人民出版社副社长兼总编辑、中国文联委员、社会科学院文学研究所副所长等职务。吴伯箫毕生倾力于文学创作和教育事业。主要作品有《烟尘集》《黑与红》《潞安风物》《北极星》《出发集》《忘年》等。

那阳光洒下一屋的愉快,你自己不是都几乎笑了么?通身的轻松。那山上一抹嫩绿的颜色,使你深深的吸一口气,清爽是透到脚底的。瞧着那窗外的一丛迎春花,你自己也仿佛变作了它的一枝。

我知道你是不暇妆梳的,随便穿了穿衣裳,就跑上山去了。一路,鸟儿们飞着叫着的赶着问"早啊?早啊?"的话,闹得简直不像样子。戴了朝露的那山草野花,遍山弥漫着,也懂事不懂事似的直对你颔首微笑,受宠若惊,你忽然骄蹇起来了,迈着昂藏的脚步三跨就跨上了山巅。你挺直了腰板,要大声嚷出什么来,可是怕喊破了那清朝静穆的美景,你又没嚷。只高高的伸出了你粗壮的两臂,像要拥抱那个温都的娇阳似的,很久很久,你忘掉了你自己。自然融化了你,你也将自然融化了。等到你有空再眺望一下那山根尽头的大海的时候,看它展开着万顷碧浪,翻掀着千种金波灵机一动,你主宰了山,海,宇宙全在你的掌握中了。

下山,路那边邻家的小孩子,苹果脸映着旭阳,正向你闪闪招手,烂漫的笑;你不会赶着问她,"宝宝起这样早哇?姐姐呢?"

再一会,山屋里的人就是满口的歌声了。

再一会,山屋右近的路上,就是逛山的人格格的笑语了。

要是夏天,晌午阳光正毒,在别处是热得汤煮似的了,山屋里却还保持着相当的凉爽,坡上是通风的。四围的山松也有够浓的荫凉。敞着窗，躲在床上，噪耳的蝉声中你睡着了，噪耳的蝉声中你又醒了。没人逛山。樵夫也正傍了山石打盹儿。市声又远远的，只有三五个苍蝇，嗡飞到了这里，嗡又飞到了那里。老鼠都会瞅空出来看看景的吧，"蝉噪林逾静，鸟鸣山更幽，"心跳都听得见扑腾呢。你说，山屋里的人，不该是无怀氏之民么？

　　夏夜，自是更好。天刚黑，星就悄悄的亮了。流萤点点，像小灯笼，像飞花。檐边有吱吱叫的蝙蝠，张着膜翅凭了羞光的眼在摸索乱飞。远处有乡村味的犬吠，也有都市味的火车的汽笛。几丈外谁在毕剥的拍得蒲扇响呢？突然你听见耳边的蚊子薨薨了。这样，不怕冷，山屋门前坐到丙夜是无碍的。

　　可是，我得告诉你，秋来的山屋是不大好斗的啊。若然你不时时刻刻咬紧了牙，记牢自己是个男子，并且想着"英国的孩子是不哭的"那句名言的话，你真挡不了有时候要落泪呢。黄昏，正自无聊的当儿，阴沉沉的天却又淅淅沥沥的落起雨来。不紧也不慢，不疏也不密，滴滴零零，抽丝似的，人的愁绪可就细细的长了。真愁人啊！想来个朋友谈谈天吧，老长的山道上却连把雨伞的影子也没有；喝点酒解解闷吧，又往那里去找个把牧童借问酒家何处呢？你听，偏偏墙角的秋虫又凄凄切切唧唧而吟了。呜呼，山屋里的人其不怛然蹙眉颓然告病者，怕极稀矣，极稀矣！

069

凑巧，就是那晚上，不，应当说是夜里，夜至中宵。没有闭紧的窗后，应着潇潇的雨声冷冷的虫声，不远不近，袭来了一片野兽踏落叶的悉索声。呕吼呕吼，接二连三的噪叫，告诉你那是一只饿狼或是一匹饥狐的时候，喂，伙计，你的头皮不会发胀么？好家伙！真得要蒙蒙头。

虽然，"采菊东篱下"，陶彭泽的逸兴还是不浅的。

最可爱，当然数冬深。山屋炉边围了几个要好的朋友，说着话，暖烘烘的。有人吸着烟，有人就偎依在床上，唏嘘也好，争辩也好，锁口默然也好，态度却都是那样淳朴诚恳的。回忆着华年旧梦的有，希冀着来日尊荣的有，发着牢骚，大夸其企图与雄心的也有。怒来拍一顿桌子，三句话没完却又笑了。那怕当面骂人呢，该骂的是不会见怪的，山屋里没有"官话"啊，要讲"官话"，他们指给你，说："你瞧，那座亮堂堂的奏着军乐的，请移驾那楼上去吧。"

若有三五乡老，晚饭后咳嗽了一阵，拖着厚棉鞋提了长烟袋相将而来，该是欢迎的吧？进屋随便坐下，便尔开始了那短短长长的闲话。八月十五云遮月，单等来年雪打灯。说到了长毛，说到了红枪会，说到了税，捐，拿着粮食换不出钱，乡里的灾害，兵匪的骚扰，希望中的太平丰年及怕着的天下行将大乱；说一阵，笑一阵，就鞋底上喀喀烟灰，大声的打个呵欠，"天不早了。""总快鸡叫了。"要走，却不知门开处已落了满地的雪呢。

原来我已跑远了。急急收场："雪夜闭户读禁书。"你瞧，这半支残烛，正是一个好伴儿。

简评

吴伯箫先生7岁从父读书，1919年考入曲阜师范学校，任学生会干事。五四运动期间，参加罢课、查日货、宣传民主与科学等活动。1924年夏师范毕业后，开始文学创作。后参加教育工作。"一二九运动"后，为使学生免遭军阀迫害，力主提前放假，组织学生回家乡宣传抗日救国。1936年，任莱阳乡村师范校长。抗日战争爆发后，他满怀报国之志，毅然放弃了优裕的生活，于1938年4月投奔革命圣地延安。1942年5月，参加了延安文艺座谈会和整风运动，聆听了毛泽东同志《在延安文艺座谈会上的讲话》，在创作上有了新的认识和明确的目标，通讯集《黑红点》反映陕甘宁边区大生产运动、绿化荒山等劳动人民的生活，洋溢着一个青年作家热爱边区新生活的炽热之情。特别是1946年出版的《出发集》，是作者告别延安的发自内心的赞歌，也是延安精神的赞歌。选材适当，结构谨严，文笔老到，体现了作者深厚的文学修养。

吴伯箫散文的特色之一，是从"一枝一叶"的普通事物中深入挖掘，以小见大，从平凡中引申出深刻的内涵。明代人韩廷锡在论文章写作的时候说："文有虚神，然当从实处入，不当从虚处入。"（《与友人论文书》）如在吴伯箫著名的《记一辆纺车》一文中，从"农村用的手摇纺车"引申出"与困难斗争，其乐无穷"的延安精神。这篇文章写于1961年，国民经济的严重困难，极大地干扰了社会发展的趋势，作为一个长期在延安工作、战斗的老战士，自然地从"一辆纺车"想起了延安，想起了延

山屋

安的精神,想起了"纺车"曾经与他经历过的患难与共的难忘岁月。

吴伯箫一般不即兴成文,而是经过一段时间的积累之后,再回过头来,追述从前的经历。因此,他的散文在平淡的叙述下蕴藏着深厚的情感,像他亲身经历的延安生活,是15年之后才写成散文的。这样写成的作品,经过一番回味、锤炼、发酵之后,感情脉络变得清晰可见,零碎的感受便汇成了完整的印象。

吴伯箫的《山屋》一文采用的是第一人称"我"和第二人称"你"相结合的方式展开描述的,整篇文章仿佛就是一次主客间的心灵对话。文中的"我"是山屋的主人,文中的"你"就是"我"假想中邀请来的客人,主人充满热情心地向客人描述着居于山屋会欣赏到的山中景致和审美享受。开头部分,主人满心欢喜地发出邀请,"倘若你来""你也会喜欢它的";使山居之美具体可感,拉近了作者与读者之间的距离,比之单纯地直抒胸臆更能引发读者的兴味,使读者在不知不觉中认可了自己就是问中的"你",读了这一段:"最可爱,当然数冬深。山屋炉边围了几个要好的朋友,说着话,暖烘烘的。有人吸着烟,有人就偎依在床上,唏嘘也好,争辩也好,锁口默然也好,态度却都是那样淳朴诚恳的。回忆着华年旧梦的有,希冀着来日尊荣的有,发着牢骚,大夸其企图与雄心的也有。怒来拍一顿桌子,三句话没完却又笑了。那怕当面骂人呢,该骂的是不会见怪的,山屋里没有'官话'啊,要讲'官话',他们指给你,说:'你瞧,那座亮堂堂的奏着军乐的,请移驾那楼上去吧。'"必然的,你就会随着作者的导引全身心地投入到了一次精神旅游之中。

本文景物描写特点之一就是描写了大量声音意象。春日有"嘚嘚"的马蹄声与满山鸟鸣的合奏,夏日有噪耳蝉声和嗡嗡蝇声,秋日有潇潇雨声和唧唧虫吟的重唱……这些自然之声共同表现了安闲质朴的山居生活的美好。对声音的描写,作者的手法又是多样的,如用"吱吱""淅淅沥沥"来摹声,十分准确;如用"冷冷"修饰虫声,化听觉为触觉,用语别致。总之,五彩缤纷的画面,配合着多声部的天籁重奏,使得山居景色美不胜收,山居情趣动人心魄。

朴实的文字,给读者带来的常常是异乎寻常的艺术魅力,重要的一点,靠的是感人至深真挚情感,靠的是能启发人思考的深邃思想。初读本文,似乎看不出字里行间有什么特别引人的地方。既读不到曲折委婉的故事情节,也没有奇异独特的景和物,作者只是静静地用平铺直叙的语言娓娓地讲述着"无以名之,就姑且直呼为山屋吧,那是很有点老实相的"抓住自己的故事。

读《山屋》给人整体的感受应该是:明丽清婉的意境,隽永冲淡的情趣,挥洒和谐的旋律,凝练晓畅的语言。作者以纯真细腻的感情,自然流畅的笔调,娓娓叙来流畅明快的节奏,潇洒自如的笔墨描绘了一幅绚丽而恬淡的山屋四季长卷,流动着作者的一往情深,自然也叩动了读者的心弦。连文章结尾急急收场的"雪夜残烛读书图"的韵味也是悠长的。

父亲的玳瑁

◇ 王鲁彦

本文选自《鲁彦散文选集》（百花文艺出版社1982年版）。王鲁彦（1901—1944），原名王衡，浙江镇海人，现代作家、翻译家。1920年，参加由李大钊、蔡元培等创办的工读互助团，自上海到北京大学旁听。1923年夏，先后到湖南长沙平民大学、周南女学和第一师范任教。同年，在11月号的《东方杂志》发表处女作《秋夜》。此后

在墙脚跟刷然溜过的那黑猫的影，又触动了我对于父亲的玳瑁的怀念。

净洁的白毛的中间，夹杂些淡黄的云霞似的柔毛，恰如透明的妇人的玳瑁首饰的那种猫儿，是被称为"玳瑁猫"的。我们家里的猫儿正是那一类，父亲就给了它"玳瑁"这个名字。

在近来的这一匹玳瑁之前，我们还曾有过另外的一匹。它有着同样的颜色，得到了同样的名字，同是从我姊姊家里带来，一样地为我们所爱。

但那是我不幸的妹妹的玳瑁，它曾经和她盘桓了十二年的岁月。

而现在的这一匹，是属于父亲的。

它什么时候来到我们家里，我不很清楚，据说大约已有三年光景了。父亲给我的信，从来不曾提过它。在他的理智中，仿佛以为玳瑁毕竟是一匹小小的兽，比不上任何的家事，足以通知我似的。

但当我去年回到家里的时候，我看到了父亲和玳瑁的感情了。

每当厨房的碗筷一搬动，父亲在后房餐桌边坐下的时候，玳瑁便在门外"咪咪"的叫了起来。这叫声是只有两三声，从不多叫的。它仿佛在问父亲，可不可以进来似的。

于是父亲就说了，完全像对什么人说话一样：

"玳瑁，这里来！"

我初到的几天，家里突然增多了四个人，在玳瑁似乎感觉到热闹与生疏的恐惧，常不肯即刻进来。

"来吧，玳瑁！"父亲望着门外，不见它进来，又说了。

但是玳瑁只回答了两声"咪咪"仍在门外徘徊着。

"小孩一样，看见生疏的人，就怕进来了。"父亲笑着对我们说。

但是过了一会，玳瑁在大家的不注意中，已经跃上了父亲的膝上。

"哪，在这里了。"父亲说。

我们弯过头去看，它伏在父亲的膝上，睁着略带惧怯的眼望着我们，仿佛预备逃遁似的。

父亲立刻理会它的感觉，用手抚摩着它的颈背，

陆续发表不少小说。代表作有短篇小说集《柚子》《黄金》，长篇小说《野火》《童年的悲哀》《小小的心》《屋顶下》《河边》《伤兵旅馆》《我们的喇叭》，小说集《我们的喇叭》等。

说："困吧，玳瑁。"一面他又转过来对我们说："不要多看它，它像姑娘一样的呢。"

我们吃着饭，玳瑁从不跳到桌上来，只是静静地伏在父亲的膝上。有时鱼腥的气息引诱了它，它便偶尔伸出半个头来望了一望，又立刻缩了回去。它的脚不肯触着桌。这是它的规矩，父亲告诉我们说，向来是这样的。

父亲吃完饭，站起来的时候，玳瑁便先走出门外去。它知道父亲要到厨房里去给它预备饭了。那是真的。父亲从来不曾忘记过，他自己一吃完饭，便去添饭给玳瑁的。玳瑁的饭每次都有鱼或鱼汤拌着。父亲自己这几年来对于鱼的滋味据说有点厌，但即使自己不吃，他总是每次上街去，给玳瑁带了一些鱼来，而且给它储存着的。

白天，玳瑁常在储藏东西的楼上，不常到楼下的房子里来。但每当父亲有什么事情将要出去的时候，玳瑁像是在楼上看着的样子，便溜到父亲的身边，绕着父亲的脚转了几下，一直跟父亲到门边。父亲回来的时候，它又像是在什么地方远远望着，静静地倾听着的样子，待父亲一跨进门限，它又在父亲的脚边了。它并不时时刻刻跟着父亲，但父亲的一举一动，父亲的进出，它似乎时刻在那里留心着。

晚上，玳瑁睡在父亲的脚后的被上，陪伴着父亲。

我们回家后，父亲换了一个寝室。他现在睡到弄堂门外一间从来没有人去的房子里了。

玳瑁有两夜没有找到父亲,只在原地方走着,叫着。它第一夜跳到父亲的床上,发现睡着的是我们,便立刻跳了出去。

正是很冷的天气。父亲记念着玳瑁夜里受冷,说它恐怕不会想到他会搬到那样冷落的地方去的。而且晚上弄堂门又关得很早。

但是第三天的夜里,父亲一觉醒来,玳瑁已在床上睡着了,静静地,"咕咕"念着猫经。

半个月后,玳瑁对我也渐渐熟了。它不复躲避我。当它在父亲身边的时候,我伸出手去,轻轻抚摩着它的颈背。它伏着不动。然而它从不自己走近我。我叫它,它仍不来。就是母亲,她是永久和父亲在一起的,它也不肯走近她。父亲呢,只要叫一声"玳瑁",甚至咳嗽一声,它便不晓得从什么地方溜出来了,而且绕着父亲的脚。

有两次玳瑁到邻居去游走,忘记了吃饭。我们大家叫着"玳瑁玳瑁",东西寻找着,不见它回来。父亲却猜到它那里去了。他拿着玳瑁的饭碗走出门外,用筷子敲着,只喊了两声"玳瑁",玳瑁便从很远的邻屋上走来了。

"你的声音像格外不同似的,"母亲对父亲说,"只消叫两声,又不大,它便老远地听见了。"

"是哪,它只听我管的哩。"

对于寂寞地度着残年的老人,玳瑁所给与的是儿子和孙子的安慰,我觉得。

六月四日的早晨,我带着战栗的心重到家里,父亲只躺在床上远远地望了我一下，便疲倦地合上了眼皮。我悲苦地牵着他的手在我的面上抚摩。他的手已经有点生硬，不复像往日柔和地抚摩玳瑁的颈背那么自然。据说在头一天的下午，玳瑁曾经跳上他的身边，悲鸣着，父亲还很自然的抚摩着它，亲密地叫着"玳瑁"。而我呢，已经迟了。

从这一天起，玳瑁便不再走进父亲的以及和父亲相连的我们的房子。我们有好几天没有看见玳瑁的影子。我代替了父亲的工作，给玳瑁在厨房里备好鱼拌的饭，敲着碗，叫着"玳瑁"。玳瑁没有回答，也不出来。母亲说，这几天家里人多，闹得很，它该是躲在楼上怕出来的。于是我把饭碗一直送到楼上。然而玳瑁仍没有影子。过了一天，碗里的饭照样地摆在楼上，只饭粒干瘪了一些。

玳瑁正怀着孕，需要好的滋养。一想到这，大家更其焦虑了。

第五天早晨，母亲才发现给玳瑁在厨房预备着的另一只饭碗里的饭略略少了一些。大约它在没有人的夜里走进了厨房。它应该是非常饥饿了。然而仍像吃不下的样子。

一星期后，家里的戚友渐渐少了。玳瑁仍不大肯露面。无论谁叫它，都不答应，偶然在楼梯上溜过的后影，显得憔悴而且瘦削，连那怀着孕的肚子也好像小了一些似的。

一天一天家里愈加冷静了。满屋里主宰着静默的悲哀。一到晚上，人还没有睡，老鼠便吱吱叫着活动起来,甚至我们房间的楼上也在叫着跑着。玳瑁是最会捕鼠的。当去年我们回家的时候,即使它跟着父亲睡在远一点的地方,我们的房间里从没有听见过老鼠的声音,但现在玳瑁就睡在隔壁的楼上,也不过问了。我们毫不埋怨它。我们知道它所以这样的原因。

可怜的玳瑁。它不能再听到那熟识的亲密的声音,不能再得到那慈爱的抚摩,它是在怎样的悲伤呵!

三星期后,我们全家要离开故乡。大家预先就在商量,怎样把玳瑁带出去。但是离开预定的日子前一星期,玳瑁生了小孩了。我们看见它的肚子松瘪着。

怎样可以把它带出来呢?

然而为了玳瑁,我们还是不能不带它出来。我们家里的门将要全锁上。邻居们不会像我们似的爱它,而且大家全吃着素菜,不会舍得买鱼饲它。单看玳瑁的脾气,连对于母亲也是冷淡淡的,决不会喜欢别的邻居。

我们还是决定带它一道来上海。

它生了几个小孩,什么样子,放在那里,我们虽然极想知道,却不敢去惊动玳瑁。我们预定在饲玳瑁的时候,先捉到它,然后再寻觅它的小孩。因为这几天来,玳瑁在吃饭的时候,已经不大避人,捉到它应该是容易的。

但是两天后,我们十几岁的外甥遏抑不住他的热情了。不知怎样,玳瑁的孩子们所在的地方先被他很容易的发见了。它们原来就在楼梯门口,一只半掩着的糠箱里。玳瑁和它的小孩们就住在这里,是谁也想不到的。外甥很喜欢,叫大家去看。玳瑁已经溜得远远的在惧怯地望着。

我们想,既然玳瑁已经知道我们发觉了它的小孩的住所,不如便先把它的小孩看守起来,因为这样,也可以引诱玳瑁的来到,否则它会把小孩衔到更没有人晓得的地方去的。

于是我们便做了一个更安适的窠,给它的小孩们,携进了以前父亲的寝室,而且就在父亲的床边。

那里是四个小孩,白的,黑的,黄的,玳瑁的,都还没有睁开眼睛。贴着压着,钻做一团,肥圆的。捉到它们的时候,偶然发出微弱的老鼠似的吱吱的鸣声。

"生了几只呀?"母亲问着。

"四只。"

"嗨,四只!怪不得!扛了你父亲的棺材,不要再扛我的呢!"母亲叹息着,不快活的说。

大家听着这话,愣住了。

"把它们丢出去!"外甥叫着说,但他同时却又喜悦地抚摩着玳瑁的小孩们,舍不得走开。

玳瑁现在在楼上寻觅了,它大声的叫着。

"玳瑁,这里来,在这里,"我们学着父亲仿佛对人说话似的叫着玳瑁说。

但是玳瑁像只懂得父亲的话,不能了解我们说什么。它在楼上寻觅着,在弄堂里寻觅着,在厨房里寻觅着,可不走进以前父亲天天夜里带着它睡觉的房子。我们有时故意作弄它的小孩,使它们发出微弱的鸣声。玳瑁仍像没有听见似的。

过了一会,玳瑁给我们女工捉住了。它似乎饿了,走到厨房去吃饭,却不防给她一手捉住了颈背的皮。

"快来! 快来! 捉住了!"她大声叫着。

我扯了早已预备好的绳圈,跑出去。

玳瑁大声的叫着,用力的挣扎着。待至我伸出手去,还没抱住玳瑁,女工的手一松,玳瑁溜走了。

它再不到厨房里去,只在楼上叫着,寻觅着。

几点钟后,我们只得把玳瑁的小孩们送回楼上。它们果然也和玳瑁似的在忍受着饥饿和痛苦。

玳瑁又静默了,不到十分钟,我们已看不见它的小孩们的影子。现在可不必再费气力,谁也不会知道它们的所在。

有一天一夜,玳瑁没有动过厨房里的饭。以后几天,它也只在夜里,待大家睡了以后到厨房里去。

我们还想方设法带玳瑁出来,但是母亲说:

"随它去吧,这样有灵性的猫,那里会不晓得我们要离开这里。要出去自然不会躲开的。你们看它,父亲过世以后,再也不忍走进那两间房里,并且几天没有吃饭,明明在非常的伤心。现在怕是还想在这里陪伴你们父亲的灵魂呢。它原是你父亲的。"

我们只好随玳瑁自己了。它显然比我们还舍不得父亲，舍不得父亲所住过的房子，走过的路以及手所抚摸过的一切。父亲的声音，父亲的形象，父亲的气息，应该都还很深刻地萦绕在它的脑中。

可怜的玳瑁，它比我们还爱父亲！

然而玳瑁也太凄惨了。以后还有谁再像父亲似的按时给它好的食物，而且慈爱地抚摩着它，像对人说话似的一声声地叫它呢？

离家的那天早晨，母亲曾给它留下了许多给孩子吃的稀饭在厨房里。门虽然锁着，玳瑁应该仍然晓得走进去。邻居们也曾答应代我们给它饲料。然而又怎能和父亲在的时候相比呢？

现在距我们离家的时候又已一月多了。玳瑁应该很健康着，它的小孩们也该是很活泼可爱了吧？

我希望能再见到和父亲的灵魂永久同在着的玳瑁。

简评

王鲁彦属于20世纪20年代"乡土文学"作家。他的小说生动地反映了他的家乡浙东地区的风土人情，对不合理的社会现实进行了尖锐的讽刺和鞭挞。从他的散文、小说的表现手法和所使用的艺术技巧来看，除了受鲁迅先生的影响之外，俄国现实主义作家的影响也比较明显。尤其他的散文大都表现对故乡的怀念和热爱，有着浓重的忧郁色彩。他擅长于描写生活细节，剖析人物内心世界，表现他自己内心深处对现实生活的感受，显示出朴素自然的艺术风格。阅读时要注意体会这些特色。

有人说王鲁彦不仅以描写人物的心理见长，而且善于运用拟人的手法，逼真地描写出动物的心理。如本文中对猫的描写就是这方面极好的例子，文中通过对"玳瑁"的一系列行动、各种神态和反应的描绘，形象地表达了它和"我"的父亲形影不离、心心相印的亲密感和对故主难以割舍的留恋心理,细腻真实,哀婉动人。其实,写"玳瑁"的目的是为了写父亲、表达作者对父亲的无比愧疚和深切的怀念之情。读这篇文章,很容易使人联想起朱自清的散文名篇《背影》,两者异曲同工,各有千秋。

写"玳瑁"很像是在写人:

"但当我去年回到家里的时候,我看到了父亲和玳瑁的感情了。

每当厨房的碗筷一搬动,父亲在后房餐桌边坐下的时候,玳瑁便在门外'咪咪'的叫了起来。这叫声是只有两三声,从不多叫的。它仿佛在问父亲,可不可以进来似的。

于是父亲就说了,完全像对什么人说话一样:

'玳瑁,这里来!'

我初到的几天,家里突然增多了四个人,在玳瑁似乎感觉到热闹与生疏的恐惧,常不肯即刻进来。

'来吧,玳瑁!'父亲望着门外,不见它进来,又说了。

但是玳瑁只回答了两声'咪咪'仍在门外徘徊着。

'小孩一样,看见生疏的人,就怕进来了。'父亲笑着对我们说。

但是过了一会,玳瑁在大家的不注意中,已经跃上了父亲的膝上。"

这只猫是很通人性的:"白天,玳瑁常在储藏东西的楼上,不常到楼下的房子里来。但每当父亲有什么事情将要出去的时候,玳瑁像是在楼上看着的样子,便溜到父亲的身边,绕着父亲的脚转了几下,一直跟父亲到门边。父亲回来的时候,它又像是在什么地方远远望着,静静地倾听着的样子,待父亲一跨进门限,它又在父亲的脚边了。它并不时时刻刻跟着父亲,但父亲的一举一动,父亲的进出,它似乎时刻在那里留心着。"这哪里是在写猫?分明是父亲身边孝顺听话、通情达理的子女一般。

父亲豢养的一只猫,然而深得父亲宠爱。"可怜的玳瑁,它比我们还爱父亲!"文章写得自然朴素,深沉的感情以平实的语言出之,为读者构造了一个情思悠长的艺术境界。"托物言志"是中国文学的传统,看似写父亲的玳瑁猫,实则抒发对父亲的怀念之情,因而显得含蓄内向。同时,身边的琐事寄寓了对故乡永远怀念,这情,更见广大,永恒。对父亲的无比愧疚和深切的怀念之情也就自然流露在写猫的文字中了。

王鲁彦是一位有才能的作家,体现在他的文学创作具有鲜明的个性,但是他只活了44岁,而且短暂的一生大多数时间都在兵荒马乱中度过,再加上他又长期过着流浪的生活,写"父亲的玳瑁",尽管是写一只猫,这其中也很容易折射出自己的情感和流露出内心的感受。从创作风格说,王鲁彦长于观察,描情状物,都较细致,对人物的心理描写,尤其深入、具体,本文展示得已很充分。

最后的一天

◇许广平

今年的一整个夏天，正是鲁迅先生被病缠绕得透不过气来的时光。许多爱护他的人，都为了这个消息着急。然而病状有些好起来了。在那个时候，他说出一个梦：他走出去，看见两旁埋伏着两个人，打算给他攻击。他想：你们要当着我生病的时候攻击我吗？不要紧！我身边还有匕首呢，投出去掷在敌人身上。

梦后不久，病更减轻了。一切恶的征候都逐渐消灭了。他可以稍稍散步些时，可以有力气拔出身边的匕首投向敌人，——用笔端冲倒一切，——还可以看看电影，生活生活。我们战胜"死神"。在讴歌，在欢愉，生的欣喜布在每一个友朋的心坎中，每一个

本文选自《十年携手共艰危：许广平忆鲁迅》（河北教育出版社2000年版）。许广平（1898—1968），笔名景宋，广东番禺人。1917年就读天津直隶第一女子师范学校预科，担任天津爱国同志会会刊《醒世周刊》主编，并在周恩来领导下参加了五四运动。1923年考入北京女子高等师范学校国文系，成为鲁迅的学生。1927年1

月,鲁迅到中山大学任教,许任助教和广州话翻译,与鲁迅在白云路租房同居;10月与鲁迅到上海正式同居。1929年,生子周海婴。1932年12月,与鲁迅的通信集《两地书》编辑出版。1949年后历任政务院副秘书长、全国人大常委、全国政协常委、全国妇联副主席、民主促进会副主席、全国文联主席团委员等职务。1968年3月在北京病逝,终年70岁。

惠临的爱护他的人的颜面上。

他仍然可以工作,和病前一样。他与我们同在一起奋斗,向一切恶势力。

直至十七日的上午,他还续写《因太炎先生而想起的二三事》(以前有《关于太炎先生二三事》一文,似尚未发表。)一文的中段。(他没有料到这是最后的工作,他原稿压在桌子上,预备稍缓再执笔。)午后,他愿意出去散步,我因有些事在楼下,见他穿好了袍子下扶梯。那时外面正有些风,但他已决心外出,衣服穿好之后,是很难劝止的。不过我姑且留难他,我说:"衣裳穿够了吗?"他探手摩摩,里面穿了绒线背心。说:"够了。"我又说:"车钱带了没有?"他理也不理就自己走去了。

回来天已不早了,随便谈谈,傍晚时建人先生也来了。精神甚好,谈至十一时,建人先生才走。

到十二时,我急急整理卧具。催促他,警告他,时候不早了。他靠在躺椅上,说:"我再抽一支烟,你先睡吧。"

等他到床上来,看看钟,已经一时了。二时他曾起来小解,人还好好的。再睡下,三时半,见他坐起来,我也坐起来。细察他呼吸有些异常,似气喘初发的样子。后来继以咳呛,咳嗽困难,兼之气喘更加厉害。他告诉我:"两点起来过就觉睡眠不好,做噩梦。"那时正在深夜,请医生是不方便的,而且这回气喘是第三次了,也不觉得比前二次厉害。为了减轻痛苦起见,我把自己购置在家里的"忽苏尔"气喘药拿出来看:说明书上病肺的也可以服,心脏性气喘也可以服。并且说明急病每隔一二时可连服三次,所以三点四十分,我给他服药一包。至五点四十分,服第三次药,但病态并不见减轻。

从三时半病势急变起,他就不能安寝,连斜靠休息也不可能。终夜屈曲着身子,双手抱腿而坐。那种苦状,我看了难过极了。在精神上虽然我分担他的病苦,但在肉体上,是他独自担受一切的磨难。他的心脏跳动得很快,咚咚的声响,我在旁也听得十分清澈。那时天正在放亮,我见他拿左手按右手的脉门。脉跳得太快了,他是晓得的。

他叫我早上七点钟去托内山先生打电话请医生。我等到六点钟就匆匆地盥洗起来,六点半左右就预备去。他坐到写字桌前,要了纸笔,戴起眼镜预备写便条。我见他气喘太苦了,我要求不要写了,由我亲口托请内山先生好了,他不答应。无论什么事他都不肯马虎的,就是在最困苦的关头,他也支撑起来,仍旧执笔,但是写不成字,勉强写起来,每个字改正又改正,写至中途,我又要求不要写了,其余的由我口说好了。他听了很不高兴,放下笔,叹一口气,又拿起笔来续写,许久才凑成了那条子。那最后执笔的可珍贵的遗墨,现时由他的最好的老友留作纪念了。

清晨书店还没有开门,走到内山先生的寓所前,先生已走出来了,匆匆地托了他打电话,我就急急地回家了。

不久内山先生也亲自到来,亲手给他药吃,并且替他按摩背脊很久。他告诉内山先生说苦得很,我们听了都非常难受。

须藤医生来了,给他注射。那时双足冰冷,医生命给他热水袋暖脚,再包裹起来。两手指甲发紫色大约是血压变态的缘故。我见医生很注意看他的手指,心想这回是很不平常而更严重了。但仍然坐在写字桌前椅子上。

后来换到躺椅上坐,八点多钟日报(十八日)到了。他问我:"报上有什么事体?"我说:"没有什么,只有《译文》的广告。"我知道他要晓得更多些,我又说:"你的翻译《死魂灵》登出来了,在头一篇上。《作家》和《中流》的广告还没有。"

我为什么提起《作家》和《中流》呢?这也是他的脾气。在往常,晚间撕日历时,如果有什么和他有关系的书出版时——但敌人骂他的文章,他倒不急于要看,——他就爱提起:"明天什么书的广告要出来了。"他怀着自己印好了一本好书出版时一样的欢情,熬至第二天早晨,等待报纸到手,就急急地披览。如果报纸到得迟些,或者报纸上没有照预定的登出广告,那么,他很失望。虚拟出种种变故,直至广告出来或刊物到手才放心。

当我告诉他《译文》广告出来了,《死魂灵》也登出了,别的也连带知道,我以为可以使他安心了。然而不!他说:"报纸给我,眼镜拿来。"我把那有广告的一张报给他,他一面喘息一面细看《译文》广告,看了好久才放下。原来他是在关心别人的文字,虽然在这样的苦恼状况底下,他还记挂着别人。这,我没有了解他,我不配崇仰他。这是他最后一次和文字接触,也是他最后一次和大众接触。那一颗可爱可敬的心呀!让他埋葬在大家伙儿的心之深处罢。

在躺椅上仍旧不能靠下来,我拿一张小桌子垫起枕头给他伏着,还是在那里喘息。医生又给他注射,但病状并不轻减,后来躺到床上了。

中午吃了大半杯牛奶,一直在那里喘息不止,见了医生似乎也在诉苦。

六点钟左右看护妇来了,给他注射和吸入酸素,氧气。

七点半钟我送牛奶给他,他说:"不要吃。"过了些时,他又问:"是不是牛奶来了?"我说:"来了。"他说:"给我吃一些。"饮了小半杯就不要了。其实是吃不下去,不过他恐怕太衰弱了支持不住,所以才勉强吃的。到此刻为止,我推测他还是希望好起来。他并不希望轻易放下他的奋斗力的。

晚饭后,内山先生通知我(内山先生为他的病从早上忙至夜里,一天没有停止):希望建人先生来。我说:"日里我问过他,要不要见见建人先生,他说不要。所以没有来。"内山先生说:"还是请他来好。"后来建人先生来了。

喘息一直使他苦恼,连说话也不方便。看护和我在旁照料,给他揩汗。腿以上不时地出汗,腿以下是冰冷的。用两个热水袋温他。每隔两小时注强心针，另外吸入氧气。

十二点那一次注射后，我怕看护熬一夜受不住，我叫她困一下，到两点钟注射时叫醒她。这时由我看护他，给他揩汗。不过汗有些粘冷，不像平常。揩他手，他就紧握我的手，而且好几次如此。陪在旁边，他就说："时候不早了，你也可以睡了。"我说："我不瞌睡。"为了使他满意，我就对面地斜靠在床脚上。好几次，他抬起头来看我，我也照样看他。有时我还陪笑地告诉他病似乎轻松些了。但他不说什么又躺下了。也许这时他有什么预感吗？他没有说。我是没有想到问。后来连揩手汗时，他紧握我的手，我也没有勇气紧握回他了，我怕刺激他难过，我装做不知道，轻轻地放松他的手，给他盖好棉被。后来回想：我不知道，应不应该也紧握他的手，甚至紧紧地拥抱住他。在死神的手里把我的敬爱的人夺回来。如今是迟了！死神奏凯歌了。我那追不回的后悔呀。

从十二时至四时，中间饮过三次茶，起来解一次小手，人似乎有些烦躁，有好多次推开棉被，我们怕他受冷，连忙盖好。他一刻又推开，看护没法子，大约告诉他心脏十分贫弱，不可乱动，他往后就不大推开了。

五时，喘息看来似乎轻减，然而看护妇不等到六时就又给他注射，心想情形必不大好。同时她叫我托人请医生，那时内山先生的店员终夜在客室守候，（内山先生和他的店员，这回是全体动员，营救鲁迅先生的急病的。)我匆匆嘱托他,建人先生也到楼上,看见他已头稍朝内,呼吸轻微了。连打了几针也不见好转。

他们要我呼唤他,我千呼百唤也不见他应一声。天是那么黑暗,黎明之前的乌黑呀,把他卷走了。黑暗是那么大的力量,连战斗了几十年的他也抵抗不住。医生说:过了这一夜,再过了明天,没有危险了。他就来不及等待到明天,那光明的白昼呀。而黑夜,那可诅咒的黑夜,我现在天天睁着眼睛瞪它,我将诅咒它直到我的末日来临。十一月五日,记于先生死后的二星期又四天。

![简评]

1898年,许广平出生于广东广州的一个士大夫的家庭里,祖父许应骙曾经做过浙江巡抚,是官居二品的封疆大吏,因此许家称得起是当地数一数二的大族。家族中人才辈出,如反英军入广州城斗争的功臣许祥光、有"许青天"之称的许应镕、廉洁清官许应锵、民国粤军总司令许崇智、辛亥革命元老许崇灏、有"铁血将军"之称的东征名将许济、红军名将许卓、著名教育家许崇清等。许广平的父亲许炳枟因系庶出,在这个大家族中处于受歧视被排挤的地位。他虽然是评诗的好手,又自称为诗人,但却没有功名在身,终生未能做官。生活中,家庭内部他是个半开化的绅士,加之从小就具有叛逆精神的许广平经过斗争,居然被允许像男孩子一样读书、学官话、上学堂,连缠足的罪也免了。许广平生下刚三天,被酒席上酩酊大醉的父亲"碰杯为婚",将她许配给当地劣绅家的子弟。具有叛逆精神的许广平,长大后逃婚离家,求学北上。

特定的生活环境,许广平在幼年时,思想就比较活跃,受进步思想的影响,她头脑清晰勇于作为,性格极为刚直率真。1922年考入国立北京女子高等师范学校(简称女高师),就读于国文系。当时,鲁迅开始兼任北京女子高等师范学校(后改名北京女子师范大学)国文系讲师,每周讲一小时小说史。许广平是国文系二年级学生,在每周30多个课时的课程中,她最喜欢听的就是小说史,课堂上经常喜好忘形而直率发问,长此以往,便对鲁迅心生倾慕之情。1925年3月11日,女师大发生了反对校长杨荫榆的学潮,作为学生自治会总干事的许广平正是学潮中的骨干。在和鲁迅先生的交往中,为了解除时代的苦闷,探讨中国女子教育的前途,1925年3月,许广平以"受教的一个小学生"的身份,第一次给教过她两年书的老师鲁迅写信,鲁迅当天就热情地回信。从此,许广平经常给鲁迅写信,有时还登门谒见,向鲁迅求教。在鲁迅的教育和启发下,她的思想觉悟不断提高。她担任了学生会总干事,成为学生运动的骨干,与刘和珍等携手并肩战斗,并写下了大量揭露和批判段祺瑞政府黑暗统治的檄文。当北洋军阀政府及其在教育界的代理人残酷迫害女师大的进步学生时,鲁迅挺身而出,支持和保护了学生。1936年10月,鲁迅与世长辞后,许广平决心完成鲁迅的未竟之事业,始终如一,殚心竭虑,是鲁迅著作的整理、辑集、出版的功臣,而且鲁迅手迹、书信、藏书、遗物也得到了很好的收集保存。1937年4月,她将鲁迅1934至1936年的杂文13篇编成《夜记》出版。又以三闲书屋名义自费出版了《鲁迅书简》的影印本及《且介亭杂文末编》等书。11月上海沦陷后,为了保护鲁迅的全部遗稿及其遗物,毅然决定留在上海。1938年4月,编成了《集外集拾遗》。同年8月,由胡愈之发起,许广平、郑振铎等二十人组成"复社",以"鲁迅纪念委员会"的名义,在中国共产党的领导和资助下,编辑出版了六百万字的《鲁迅全集》(二十卷本)。同时,许广平也大无畏地投入了抗日斗争。她积极为抗日将士募捐日用品、药物和其他慰劳品,许广平为《上海妇女》、《妇女界》、《上海周报》、《申报》副刊《自由谈》、《文汇报》副刊《世纪风》等报刊撰稿,并发表了大量纪念鲁迅的文章，以打破日本帝国主义的奴化宣传。1941年12月7日，日本偷袭珍珠港，揭开了太平洋战争的序幕。日军开进上海租界，许广平在寓所被捕，关押在北四川路日本宪兵司令部，备受折磨，却宁死不屈。最终在关押了76天之后，内山书店为她保释。"食她之赐"安全隐藏4年之久的郑振铎称颂她为"中华儿女们最圣洁的典型"。

鲁迅与许广平的结合，在当时难免惊世骇俗。后来，许广平对此作出了明确的解释："我们以为两性生活，是除了当事人之外，没有任何方面可以束缚，而彼此间在情投意合，以同志一样相待，相亲相敬，互相信任，就不必要有任何俗套。我们不是一切的旧礼教都要打破吗？所以，假使彼此间某一方面不满意，绝不需要争吵，也用不着法律解决，我自己是准备着始终能自立谋生的，如果遇到没有同住在一起的必要，那么马上各走各的路……"许广平还说过：爱情的滋生，是漠漠混混、不知不觉的，她跟鲁迅之间也是不晓得怎么一来彼此爱上了。实际上，他们之间的爱情发展是有清楚的脉络可寻的，他们之间的爱情异乎常人之处，就是从师友发展到完全的了解和爱慕，归根结底是鲁迅先生的光辉思想和高尚的品格吸引了一个追求光明和真理的女青年。

仅1925年3月到7月之间，鲁迅与许广平通信四十余封，他们共同的理想和信念，渐渐升腾为爱情的火焰。但是，他们信中没有风花雪月的绮丽辞藻，没有悱恻和缠绵的柔情，而是对社会人生问题严肃的探讨。许广平说："没有灿烂的花，没有热恋的情，我们的心换着心，为人类工作，携手偕行……"许广平还在《风子是我的爱》的文章中宣布誓言。针对旧礼教的威吓，她说："不自量也罢，不相当也罢，合法也罢，不合法也罢，这都与我不相干！"这铿锵有力的声音，百折不回的决心，赢得了爱情的胜利。1927年10月3日，鲁迅和许广平同到上海，开始了共同的生活。那一年，鲁迅46岁，许广平28岁。

1936年10月19日，鲁迅在生命的最后一刻，紧紧握住许广平的手,同她诀别:"忘记我,管自己的生活!"这是鲁迅留给自己夫人的遗言,但许广平怎能忘记她的师友和亲爱的丈夫呢? 10月22日,她写下了给鲁迅的献词:

> 鲁迅夫子:
>
> 悲哀的雾围笼罩了一切。
>
> 我们对你的死,有什么话说!
>
> 你曾对我说:
>
> "我好象一只牛,
>
> 吃的是草,
>
> 挤出的是牛奶,血。"
>
> 你"不晓得什么是休息,
>
> 什么是娱乐。"
>
> 死的前一日还在执笔。
>
> 如今……
>
> 希望我们大众
>
> 锲而不舍。跟着你的足迹!

许广平继续鲁迅的事业,为保护、宣传和研究鲁迅作品贡献出了毕生的精力。她作为鲁迅的夫人和战友,一直受到人民的敬重,成为中国现代史上的杰出女性之一。

在和鲁迅一起生活的日子里,许广平又是一个出色的主妇。她无微不至地照顾鲁迅的生活,精心料理他的起居、饮食,尽力使他不受到无谓的干扰。鲁迅到上海后,虽然卸去了教书的担子,但却更加繁忙,差不多忙到每天晚上的11点以后。许广平因劳累了一天家务,克制不住极度的疲劳,进入了梦乡,而鲁迅却伏俯在案前,开始了他一天的紧张的工作，直至东方发白，红日映照。由于许广平的大力协助，鲁迅后十年写作了大量文章，为后世留下了极其丰富的精神财富，这也是他引为自豪的。鲁迅曾以感激的心情歌颂他与许广平的情谊：

> 十年携手共艰危，
> 以沫相濡亦可哀。
> 聊借画图怡倦眼，
> 此中甘苦两心知。

作为妻子的许广平，在伟大的鲁迅临终之际，怀着一颗破碎的心，用饱蘸泪水的笔，记下了这"最后的一天"，我们读后似乎感受到一个不死的灵魂！"天是那么黑暗"，"黑暗是那么大的力量，连战斗了几十年的他也抵抗不住"。作者的无奈和辛酸中包含着诅咒黑暗的深层含意，读本文，作者的"辛酸"和"诅咒"接踵而来，一定会深深地打动读者。

悼

鲁迅

◇林语堂

本文选自《林语堂文集·且行且歌》（群言出版社2010年版）。林语堂（1895—1976），中国现代著名作家、学者、翻译家、语言学家。早年留学美国、德国，获哈佛大学文学硕士，莱比锡大学语言学博士。同年回国，任北京大学教授、北京女子师范大学教务长和英文系主任。曾主编《论语》半月刊，创办过多种杂志。提倡"以自我

民二十五年十月十九日鲁迅死于上海。时我在纽约，第二天见 Herald-Tribune 电信，惊愕之下，相与告友，友亦惊愕。若说悲悼，恐又不必，盖非所以悼鲁迅也。鲁迅不怕死，何为以死悼之？夫人生在世，所为何事？碌碌终日，而一旦瞑目，所可传者极渺。若投石击水，皱起一池春水，及其波静浪过，复平如镜，了无痕迹。惟圣贤传言，豪杰传事，然究其可传之事之言，亦不过圣贤豪杰所言所为之万一。孔子喋喋千万言，所传亦不过《论语》二三万言而已。始皇并六国，统天下，焚书坑儒，筑长城，造阿房，登泰山，游会稽，问仙求神，立碑刻石，固亦欲创万世之业，流传千古。然帝王之业中堕，长生之乐不到，阿

房焚于楚汉，金人毁于董卓，碑石亦已一字不存，所存一长城旧规而已。鲁迅投鞭击长流，而长流之波复兴，其影响所及，翕然仅于人心，鲁迅见而喜，斯亦足矣。宇宙之大，沧海之宽，起伏之机甚微，影响所及，何可较量，斯亦足矣。宇宙之大，沧海之宽，起伏之机甚微，影响所及，何可较量，复何必较量？鲁迅来，忽然而言，既毕其所言而去，斯亦足矣。鲁迅常谓文人写作，固不在藏诸名山，此语甚当。处今日之世，说今世之言，目所见，耳所闻，心所思，情所动，纵笔书之而罄其胸中，是以使鲁迅复生于后世目所见后世之人，耳所闻后世之事，亦必不为今日之言。鲁迅既生于今世，既说今世之言，所言有为而发，斯足矣。后世之人好其言，听之；不好其言，亦听之。或今人所好在此，后人所好在彼，鲁迅不能知，吾亦不能知。后世或好其言而实厚诬鲁迅，或不好其言而实深为所动，继鲁迅而来，激成大波，是文海之波涛起伏，其机甚微，非鲁迅所能知，亦非吾所能知。但使波涛之前仆后起，循环起伏，不归沉寂，便是生命，便是长生，复奚较此波长彼波短耶？

鲁迅与我相得者二次，疏离者二次，其即其离，皆出自然，非吾于鲁迅有轻轩于其间也。吾始终敬鲁迅。鲁迅顾我，我喜其相知，鲁迅弃我，我亦无悔。大凡以所见相左相同，而为离合之迹，绝无私人意气存焉。我请鲁迅至厦门大学，遭同事摆布追逐，至三易其厨，吾尝见鲁迅开罐头在水酒炉上以火腿煮水度日。是吾失地主之谊，而鲁迅对我绝无怨言，

为中心，以闲适为格调"的小品文，成为论语派主要人物。代表作有《吾国与吾民》《风声鹤唳》《孔子的智慧》《生活的艺术》《京华烟云》等。

是鲁迅之知我。《人间世》出,左派不谅吾之文学见解,吾亦不肯牺牲吾之见解以阿附于初闻鸦叫自为得道之左派,鲁迅不乐,我亦无可如何。鲁迅诚老而愈辣,而吾则向慕儒家之明性达理,鲁迅党见愈深,我愈不知党见为何物,宜其刺刺不相入也。然吾私心终以长辈事之,至于硁硁小人之捕风捉影挑拔离间,早已置之度外矣。

鲁迅与其称为文人,无如号为战士。战士者何?顶盔披甲,持矛把盾交锋以为乐。不交锋则不乐,不披甲则不乐。即使无锋可交,无矛可持,拾一石子投狗,偶中,亦快然于胸中。此鲁迅之一副活形也。德国诗人海涅语人曰,我死时,棺中放一剑,勿放笔。是足以语鲁迅。

鲁迅所持非丈二长矛,亦非青龙大刀,乃炼钢宝剑,名宇宙锋。是剑也,斩石如棉,其锋不挫,刺人杀狗,骨骼尽解。于是鲁迅把玩不释,以为嬉乐,东砍西刨,情不自已,与绍兴学童得一把洋刀戏刻书案情形,正复相同,故鲁迅有时或类鲁智深。故鲁迅所杀,猛士劲敌有之,僧丐无赖,鸡狗牛蛇亦有之。鲁迅终不以天下英雄死尽,宝剑无用武之地而悲。路见疯犬、癫犬,及守家犬,挥剑一砍,提狗头归,而饮绍兴,名为下酒。此又鲁迅之一副活形也。

然鲁迅亦有一副大心肠。狗头煮熟,饮酒烂醉,鲁迅乃独坐灯下而兴叹。此一叹也,无以名之。无名火发,无名叹兴,乃叹天地、叹圣贤、叹豪杰、叹司阍、叹佣妇、叹书贾、叹果商、叹黠者、狡者、愚者、拙者、直谅者、乡愚者;叹生人、熟人、雅人、俗人、尴尬人、盘缠人、累赘人、无生趣人、死不开交人;叹穷鬼、饿鬼、色鬼、馋鬼、牵钻鬼、串熟鬼、邋遢鬼、白濛鬼、摸索鬼、豆腐羹饭鬼、青胖大头鬼。于是鲁迅复饮,俄而额筋浮胀,睚眦欲裂,须发尽竖,灵感至,筋更浮,眦更裂,须更竖,乃磨砚濡毫,呵的一声狂笑,复持宝剑,以刺世人,火发不已,叹兴不已,于是鲁迅肠伤,胃伤,肝伤,肺伤,血管伤,而鲁迅不起。呜呼,鲁迅以是不起!

简 评

　　1936 年 10 月 19 日,鲁迅先生在上海逝世。曾与鲁迅并肩战斗过的学者林语堂先生在美国纽约挥笔写下了本文。林语堂初到北京大学时,当时北大的教授已经形成两派,一派以周氏兄弟为首,另一派以胡适为代表。应该说林语堂与周氏兄弟在最初是非常好的盟友,相知其深。尽管林语堂与胡适有极为相近的思想和个人情谊,但他却站在了鲁迅的旗下。林语堂写这个题目是有很大难度的。不仅因为鲁迅是难写的,还因为林语堂太丰富了,也太复杂了。他写了那么多书,他的人生道路也很特殊。把林语堂跟鲁迅放在一起,与其说互为参照,毋宁说把鲁迅当作标尺,丈量林语堂的高矮肥瘦,更妥当一些。鲁迅是文化巨人,是民族英雄。他是在中华大地上,用全人类文化的乳汁养育出来的。他始终站在全人类文化前沿的伟大魅力,他对中华民族的深深的爱,他跟一切强权进行顽强斗争的精神,他对人的价值的勇敢捍卫,使其他各色各样的文化人士,都显得不够高大。林语堂和鲁迅的交往,更是一言难尽。

　　林语堂一生曾和两位好友反目,一是鲁迅,一是美国作家赛珍珠。时过境迁,事过境迁,"反目"已成过往云烟。但是鲁迅和林语堂的恩恩怨怨在今天很多人的心中却"往事并不如烟",总是记忆犹新。其实今天的人们往往不了解民国时期中国知识分子,不懂得那个大时代之下知识分子的坦荡襟怀和真性情,不懂得人与人之间关系的复杂和微妙。大概就在鲁、林斗法的时候,鲁迅先生在给曹靖华的信中曾提到"彼此略小节而取其大",这正是他的原则与宽容兼而有之的处世为人之道。林语堂和鲁迅的关系决不能简单地理解为"妇姑勃谿"的庸俗关系。民国,尤其五四时期,文人之间的"口水战",原本是司空见惯的事情,并没有我们今天想象得那么"严重",那样"你死我活",一般论战双方不怎么看重政治是非的裁决,或者寄希望某一方因此遇到什么麻烦。柏杨先生曾极其赞赏的中国历史上三个虎虎有生气的黄金时代:春秋战国、唐朝、五四新文化运动,且不论这种说法科学与否,五四时期造就的如鲁迅、胡适等一群人杰天骄,他们的为人处世大多个性鲜明,令人称道。

　　林语堂悼念鲁迅的文中多有持平之论:"鲁迅与其称为文人,无如号为战士。战士者何?顶盔披甲,持矛把盾交锋以为乐。不交锋则不乐,不披甲则不乐。即使无锋可交,无矛可持,拾一石子投狗,偶中,亦快然于胸中。此鲁迅之一副活形也。德国诗人海涅语人曰,我死时,棺中放一剑,勿放笔。是足以语鲁迅。"谈到和鲁迅的关系,他说:"鲁迅诚老而愈辣,而吾则向慕儒家之明性达理,鲁迅党见愈深,我愈不知党见为何物,宜其刺刺不相入也。然吾私心终以长辈事之,至于硁硁小人之捕风捉影挑拨离间,早已置之度外矣。"姑不论其鲁迅"党见愈深"之说是否公允,文中有比照,也有自愧弗如的感慨。文中又说:"鲁迅与我相得者二次,疏离者二次,其即其离,皆出自然,非吾于鲁迅有轻轩于其间也。吾始终敬鲁迅。鲁迅顾我,我喜其相知,鲁迅弃我,我亦无悔。大凡以所见相左相同,而为离合之迹,绝无私人意气存焉。"这就将他与鲁迅的隔阂乃是出于思想上的分歧说得很透彻了。

今日再读林语堂《悼鲁迅》一文,品察大家文人的叙陈悲怀之语,原本就不同于一般的祭悼的文字。此文在过去的几十年间,点评颇多,但由于时代的不同,有着不同的解读方式。时至今日,我们宜用平静的心态,站在历史与人性的高度来看待林语堂与鲁迅的关系。而品察《悼鲁迅》一文,犹俯瞰暗河之"潜流"!总体来讲,林语堂与鲁迅的关系非常微妙。在许多人眼里,他们"道不同,不相为谋"。其实,也不尽然。他们也"相谋"过,并相互敬重,荧光相照。林语堂先生在《打狗释疑——答兆麟先生》一文中说:"狗之该打,世人类皆同意。弟前说勿打落水狗的话,后来又画鲁迅先生打落水狗图,致使我一位朋友很不愿意。现在隔彼时已是两三个月了,而事实之经过使我益发信仰鲁迅先生'凡是狗必先打落水里而又从而打之'之话。"不仅如此,在面对"三·一八"惨案中学生的鲜血时,林语堂和鲁迅的看法似乎也是一致的:"鲁迅先生已经说了,将来亡国也就亡在沉默中。'沉默呵,沉默呵,不在沉默中爆发,就在沉默中灭亡。'"(《雨丝》七十四期)正如文中所言:"吾与鲁迅,相得二次,疏离二次,其即其离,皆出自然。"又:"鲁迅顾我,我喜其相知。鲁迅弃我,我亦无悔。"似乎可以说林语堂是很有丈夫气的文人,《悼鲁迅》是他我行我素的个性展现。人格方圆,已被自己道穿!

　　林语堂不仅是一位有突出成就的作家,而且是一位在思想性格、志趣爱好等方面充满矛盾的作家。他的《八十自叙》第一章的标题即为"一团矛盾",自认为矛盾多到一团,可见复杂。在这篇悼辞中,"敬爱,批评,遗憾"复杂情绪的表达贯串全文,文字的节奏极快,如乌云翻腾起伏!《悼鲁迅》是林语堂为鲁迅吟咏的深沉的人生之歌!

怀

鲁迅

◇ 郁达夫

本文选自《郁达夫散文选集》(百花文艺出版社1984年版)。郁达夫(1896—1945),原名郁文,浙江富阳人。中国现代著名小说家、散文家、诗人。1921年,郁达夫与郭沫若等人组创文学团体"创造社";同年,开始小说创作。1945年日本投降后被日军宪兵杀害。主要作品有《沉沦》《故都的秋》《春风沉醉的晚上》《过去》《迟桂花》等。

真是晴天的霹雳,在南台的宴会席上,忽而听到了鲁迅的死!

发出了几通电报,会萃了一夜行李,第二天我就匆匆跳上了开往上海的轮船。

二十二日上午十时船靠了岸,到家洗一个澡,吞了两口饭,跑到胶州路万国殡仪馆去,遇见的只是真诚的脸,热烈的脸,悲愤的脸,和千千万万将要破裂似的青年男女的心肺与紧捏的拳头。

这是不寻常的丧葬,这也不是沉郁的悲哀,这正像是大地震要来,或黎明将到时充塞在天地之间的一瞬间的寂静。

生死,肉体,灵魂,眼泪,悲叹,这些问题与感觉,在此地似乎太渺小了,在鲁迅的死的彼岸,还照耀着一道更伟大,更猛烈的寂光。

没有伟大的人物出现的民族,是世界上最可怜的生物之群;有了伟大的人物,而不知拥护,爱戴,崇仰的国家,是没有希望的奴隶之邦。因鲁迅的一死,使人们自觉出了民族的尚可以有为,也因鲁迅之一死,使人家看出了中国还是奴隶性很浓厚的半绝望的国家。

鲁迅的灵柩,在夜阴里被埋入浅土中去了;西天角却出现了一片微红的新月。

一九三六年十月二十四日在上海

简评

鲁迅逝世之后,一时间报刊、文苑里出现了无数篇追怀悼念之作,其中以深沉简短著称者,当推郁达夫先生的这篇。文章真挚感人,把叙述议论熔于一炉,从而奏出一曲感情的赞歌。有人说,这是一曲感情的和声,调动了叙述、描写和议论,犹如一首悲愤的协奏曲,动用了各种各样的乐器。文章先叙述听到噩耗后的奔丧过程。会萃行李,跳上轮船,洗澡,吞饭,情急心切,匆忙急促,这过程饱含着感情,抑或就是感情支配下的行动。写丧葬场面的气氛,用人们常说的白描,勾勒出了真诚的脸,悲愤的脸,和将要破裂的心肺与紧捏的拳头。接下来便是两段精深的议论,指出了鲁迅灵魂的伟大。这伟大说明我们民族的"尚可以有为",并非可怜的生物之群;而鲁迅的不被拥护、爱戴、崇仰,更说明我们国家在彼时仍是奴隶性很浓厚的半绝望的国家。鲁迅正是在当时这样的民族、这样的国家中成长以至去世的,这是多么惨重的悲剧,多么沉重的悲伤。文章结束是一段象征性的描写,把一片微红的新月升在了读者眼前,比一般的以乐写哀的效果还要震撼人心。很长时间以来,在一些现代文学的著述中,有人把郁达夫的游记散文,冠以"颓废、消极"的评语,其实,认真地读一读本文,会发现,这样的评论是不符合实际的。郁达夫还有一些批判黑暗现实,描写抗战以来国内烽烟遍地,日寇残杀我妇孺的罪行的文字,更说明了作者积极的一面。

鲁迅在中国的影响力是没有人能够超越的,而郁达夫对他发自内心的崇敬之情在对鲁迅的回忆中发挥得淋漓尽致。这是一种朋友去世之悲,战友去世之痛,知音去世之哀,更是出自一种对国家失去鲁迅的惋惜。鲁迅不在了,血色在黑暗中退去;鲁迅不在了,呐喊的声音在稀薄的夜气里消散;鲁迅不在了,那盏划破黑暗的慈爱的灯盏熄灭了;鲁迅不在了,而一个民族,永远地失去了一个无与伦比的天才,永远地失去了一把不屈的匕首,永远地失去了一个倔强的灵魂。郁达夫的悲痛,也应该是所有人的悲痛!

鲁迅离开我们的时候,正值多事之秋,外侵内扰,民不安生;亦是英雄豪杰,志士仁人辈出的时候。俗话说乱世出英雄,而大丈夫立于天地之间,自当要为国为民做出一番大事业;如若不然,岂不愧对生养自己的一片热土,更无颜面对处于水深火热之中的人们大众。每个时代,都会造就出顺应那个时代潮流的英雄人物,无论是文的,是武的,都是值得后人景仰,崇敬的。这篇散文诗般的短文,高度评价鲁迅是中华民族的伟大人物,是中国的伟大人物,并不仅仅局限于文坛。文中最著名的经典段落是:"没有伟大人物出现的民族,是世界上最可怜的生物之群;有了伟大的人物,而不知拥护,爱戴,崇仰的国家,是没有希望的奴隶之邦。因鲁迅的一死,使人们自觉出了民族的尚可以有为,也因鲁迅之一死,使人家看出了中国还是奴隶性很浓厚的半绝望的国家。"这段哲理诗一样的语句说得何等犀利透彻!——中华民族出了鲁迅这样伟大的人物,民心所向,万人自发为之隆重送葬,所以郁达夫说"使人们自党出了民族的尚可以有为",这是事情的一方面;另一方面呢?党棍、政治流氓之类的人,对鲁迅,在其生前,"不知拥护,爱戴,崇仰",反而百般打击,必欲置之死地而后快,所以郁达夫说"使人家看出了中国还是奴隶性很浓厚的半绝望的国家"。何满子先生,十分佩服郁达夫对鲁迅的高度评价,他在《未来对鲁迅的评价将比今人更高——序房向东〈鲁迅:最受诬蔑的人〉》一文中写道:"鲁迅即使不是中国历史中的第一伟人,也必是中国近现代历史中的第一伟人。郁达夫在鲁迅死后曾说,一个不知道尊崇伟人的民族是可悲的民族。这是鲁迅同代人的卓越识见和深长叹憾。郁达夫是看到了鲁迅生前所受的攻击、污蔑和中伤的;而且也看到他死后所得的评价,哪怕是肯定的评价也未能惬心贵当,故而发出了如此的感慨。"

　　本文和前一篇林语堂的《悼鲁迅》放在一起来读,林语堂和郁达夫,且不说他们在现代文学史上难分轩轾的地位和影响,即是和被悼念的鲁迅先生的相互交往的前世今生,真正是欲说还休!不过,同是为悼念鲁迅而作,理性的思考应该不同于感性的记取,是耶,非耶?相信读者心中自有答案在。文章的结尾,郁达夫用意味悠长的象征性的语言,写那暗夜,也写那一弯新月。昔人已逝,来者不息。中国的将来,不会因此而停止;相反的,越来越多的年轻人,会承担起前人未竟的事业。

旭
水酒缘 ◇魏明伦

本文选自《魏明伦短文》（四川文艺出版社2007年版）。魏明伦，四川自贡人。当代著名戏剧家、辞赋作家，被誉为"巴蜀鬼才"。童年学艺，经历坎坷，自学成才。1956年开始发表作品。代表作有剧本《易胆大》《四姑娘》《潘金莲》《夕照祁山》《中国公主杜兰朵》等，杂文集《巴山鬼话》。

我是旭水平民女婿，旭水是我第三故乡。吾儿魏来，摇篮在旭水，学步在旭水。长大成家，娶的媳妇又是旭水荣县姑娘。我的岳家在荣县，我的亲家也在荣县。还有一帮荣县老朋友，我至今仍与他们保持长途电话联系。三十几年来，我饮过多少旭阳河水？我和旭水结下不解之缘。

十年浩劫，我常住"牛棚"。每当斗争稍缓，管束稍松，我便潜往荣县苟安几天。这儿虽然只隔自贡百里，但民风相对淳厚，不及自贡整人厉害。且当时荣县的行政区域不属自贡管辖；我这个在盐都挂号的"反动文人"，一到旭水河边，就冲淡了身后的威胁。此地有我一拨朋友：或是艺人，或是店员，或是知青，多数归入"逍遥派"。动乱中偷闲，苦难里找乐。茶馆解闷，牌桌消遣。饮茶，碗碗都是道地旭水。打牌，输了罚啥？罚我学那牛饮冷水，腹中装满荣县清泉。

用旭水酿成的美酒，与我的红白喜事有缘。熟悉我的人都知道，在下不胜酒力，席上一贯推杯；但是，也有偶尔破例之时。当年荣县红娘做媒，我与旭水少女结婚。两间破屋做新房，一桌便饭当婚礼。新郎我开怀痛饮的，就是本地土产烧酒。几年后，干了一辈子小摊小贩的老岳父倒在摊位上。我匆匆奔丧，草草收殓。请了几位吊客，凑了几张肉票，打了一顿牙祭，塞了一肚愁肠。街头沽酒，举杯消愁，杯中之物，又是旭水勾兑而成的散装老窖。

岁月飞驰，弹指一挥。1987年底，我在釜溪新居宴请北京来客。有意出示川南特产，呈上几瓶荣县老窖——此酒已随时代前进，取名旭水大曲，销出夔门，奖至"金爵"，登上四川十大名酒排行榜了！

座中把杯的远客，是专程入川参加拙作讨论会的一群戏剧家。最难得是吾师吴祖光先生，古稀高寿，满怀童心，不辞长途跋涉，赶来扶持后辈。老人家平日没有酒瘾，非常高兴之时才喝，一喝则有半斤之量。恰巧，那段时间他受中国酒文化协会委托，出面主编一本关于酒的文集。书名拟为《解忧集》，取意"何以解忧？唯有杜康"。吴老向海内外朋友征文，我也收到约稿函。此信写得醉意飘然，现在我还记得其中片段——

旭水酒缘

足下文苑名家，酒坛巨将；文有过人之才，酒有兼人之量。敢祈惠赐宏文，抒写您与酒的一脉深情。为江山留胜迹，为儿女续因缘……

　　我非"酒坛巨将"，没有应约写稿，只在寒舍与主编当面谈酒。吴老早年有"神童"之称，远在抗战时代就曾经流寓川南，到过釜溪旭水一带。四十年后重游旧地，神童已成皓叟。我向吴老介绍：大诗人陆游也曾谪居古荣州，留下三十二首题咏荣州之诗，其中十六首涉及旭水美酒。信手拈来一例："鹅黄名酿何由得，且醉杯中琥珀红。"可见荣县酿酒有名，源远流长。放翁诗句，增添醉翁酒兴。吴老畅饮三巡，红光满面，酡颜亦如琥珀红矣。

　　大半年后，消息传来，旭水大曲争创国优的新闻发布会在北京召开，吴祖光先生带领全家到场祝贺。其子吴欢去了，其女吴霜去了，就连半身不遂、深居简出的新凤霞也被丈夫鼓动去了。吴老如此重视旭水酒会，显然是由于与荣州有缘在先，再加上我这层关系而爱屋及乌。最近，我重翻那次新闻发布会的照片，才看见老报人车辐在场。我推测是车老牵线，吴老带头，约集一群文化名人赴会赏酒。周而复、丁聪、谢添、陈强、柳倩、张西洛……联袂而至，即席挥毫。祖光先生题词，集唐诗两句——

　　　　劝君更进一杯酒，
　　　　与尔同销万古愁。

这次酒会还有更为珍贵的镜头，是半瘫的新凤霞站着写字！五十年代《刘巧儿》，六十年代《花为媒》，新凤霞身轻如燕，舞步如飞。一场浩劫使美女残疾，困坐轮椅，度过夕阳晚景。她在家写书绘画，出外签名题词，都是坐着动笔。起身十分艰难，必须有人搀扶移步，或者手倚桌案斜立。我与凤霞师母深交十八年，从未见过她不用人扶，不靠案头，一手垂后，一手握笔，站直了运腕疾书。旭水酒会留下的这一张相片，可能是奇迹绝照了！

我又猛然发现，这次酒会签到册上"吴祖光"之前还有一行刺目的手迹："陈希同"！原来炙手可热的北京市市长也曾亲临酒会现场，这证明旭水大曲品牌的声誉确实一度传播首都。陈希同与吴祖光在同一活动中并列签名也是罕见之事。据我所知，这两人水火不相容。

陈希同整吴祖光毫不手软，吴祖光抗陈希同决不低头！陈希同三令五申，禁止吴祖光夫妇书画展在北京举行，部队见义勇为，将吴老先生书画展接到陈市长管不了的军事博物馆内开办。当陈市长还未下台，余威犹在之时，吴老先生公开发表檄文，强烈要求追查腐败到底，极力反对称呼陈希同为"同志"！就这么两位坚决不与对方为伍的冤家，居然被旭水酒会撮合一起！

那天，他俩是否见面？可曾搭话？是隔席不理？还是同桌敷衍？事过境迁，引人猜想。如今，陈希同已入狱，新凤霞已逝世。吴祖光痛失患难妻子，从此沉默寡言。但老人心里明白,风范长存;如同旭水长流,美酒长香,使人不禁触景生情,对酒当歌——

> 酒啊,酒:奇妙的液体,渗合了错综复杂的人际关系。青梅煮酒,使君与操尔虞我诈;鸿门把盏,楚汉双雄明争暗斗。黄袍加身,杯酒释兵权;三关排宴,一醉泯恩仇。酒酒酒,好朋友:催出绝妙文章,促成风流佳话。酒杯一碰,好事启动。酒碗一端,政策放宽。无酒不成席,有酒就有"戏"。酒似风月宝鉴,反映善恶两重。酒有酒德,人有人格。明白人喝了依然明白,糊涂人喝了仍旧糊涂。有人越喝越讲真话,有人越喝越涨贪心。酒会留影,旭水作证。权势如过眼烟云,丢官则丧魂落魄;爱情是比翼青鸟,到死也热恋狂思。当代祖光凤霞,古时陆游唐婉。红酥手,黄滕酒。钗头凤,夜归人。干杯,为爱献身;干杯,为民请命;干杯,为国争光。三杯倾倒,一枕鼾声。抒情于无语之时,清醒在沉醉之中!

简评

经历了"文革"洗礼的四川自贡作家魏明伦,重新执笔写作后,其作品裹挟着边远地区勃勃生活气息闯入新时期文坛。先是以川剧《巴山秀才》、"荒诞川剧"《潘金莲》搅动了南北戏剧舞台,接着,又以《夕照祁山》《中国公主杜兰朵》《变脸》《四川好女人》掀起再一次高潮。80年代末期,正当人们沉浸在川剧舞台上"戏剧怪杰"风韵之中,魏明伦的杂文横空出世,影响甚至超过了为他博得极高声誉剧本创作,他的杂文,以"一种道义敏感裹卷世相,尖锐得浩浩荡荡,讽刺得明明白白,可谓杂文中的君子、侠士"(余秋雨《大匠之门》)夺人耳目,并以其鲜明的特色引起文坛和社会反响,乃致出现"魏明伦是戏剧第一还是杂文第一"之争。在四川荣县，魏明伦的一班新朋友老朋友，不仅喜读《旭水酒缘》，更津津乐道于魏明伦写作此文的有关花絮。很多人说起来会滔滔不绝：中国戏剧家协会副主席，"巴蜀鬼才"魏明伦老师是荣县的女婿，"旭水大曲酒"是荣县的名产。荣县的女婿魏明伦写了一篇妙文就叫《旭水酒缘》。在《旭水酒缘》中，魏明伦老师寓情于酒，酣畅淋漓地抒写他的旭水情。1970年，他和丁本秀女士在荣县成婚，婚宴是一桌便饭，妻子丁本秀女士成了他生活中最重要的人；新房是两间破房，荣县的家成了他温情的港湾。魏明伦从此与荣县结下了不解之缘，在他心中种下了深厚的荣县情结。他的岳家在荣县，亲家也在荣县，直到现在他还有一帮荣县老朋友。那一年，魏明伦的小儿子魏完在成都结婚。巩俐、杨澜、黄宏、陈道明、濮存昕、宋祖英、李谷一等明星，还有金庸、贾平凹、池莉、张抗抗、海岩、周海婴等作家纷纷以墨宝为贺。在这场明星云集、轰动一时的婚宴上，亦有不少荣县的朋友在座。内江、自贡、荣县是魏明伦心中最重要的三个地方。自贡之重，不必赘述。魏明伦先为荣县撰《旭水酒缘》，又为内江撰《大洲广场赋》，如此看来魏明伦是很"公道"的。因为，荣县如同他的家乡内江一样，在他心中是一样重的。为内江而撰的《大洲广场赋》是典型的魏氏文风——形似典雅之古汉语，意则为百姓之大实话，写得庄重华丽。而这篇《旭水酒缘》，其文质朴淳厚，富有哲理性，尤其感人的是，其中浓郁的荣县情结，达到了铭心刻骨的境界。读《旭水酒缘》，让人们怀念曾经奖至"金爵"，登上四川十大名酒排行榜的"旭水大曲"。而今，这种荣县人引以为自豪，魏明伦爱不释手的白酒，已退出成都的酒店、商场了。旭水大曲的盛衰历程中，或许有值得人们总结和反思的东西，这大概是当年以酒结缘更以文结缘于天下的作者始料未及的，更值得读者思考。

　　本文作者魏明伦素有"戏剧怪杰"之称。与旭水有不解之缘，又和旭水的酒结下了莫逆之交，加之因酒而产生的复杂的人际关系，折射出酒在政治、经济活动中的不可小视的作用。尤其文章结尾一阕现代版的"对酒当歌",排比整齐,对仗工整的语句,跌宕起伏,惊涛拍岸的气势,体现了作者深厚的文化底蕴;参差骈偶的句式,丰富的史实,唱出了剧作家令人叫绝的一段旷世情怀。诵读时很难使人不感到荡气回肠!

多才又重情义的魏明伦为荣县写了脍炙人口的现代版"对酒当歌",内江同样是他魂牵梦绕的地方,不能厚此薄彼,也为内江写了《大洲广场赋》,一时传为佳话,附于文后以飨读者:

拳拳爱国之心,悠悠恋乡之情。床前明月,胸里内江。天府四川腹地,成渝两地中途。巴蜀交通要道,沱江商贸名城。卧凤藏蛟,人才辈出之地;飞鸿舞鹤,书画腾起之乡。多情似蜜,雅称甜城;宽怀如坝,壮号大洲。青梅竹马,童年嬉游古迹;白云苍狗,今日欢呼新景。中等城市,上等广场。纵横二百亩,长达两华里。江心仰望,半轮船形月;空中鸟瞰,一艘月形船。面积之宽,规模之宏,全川罕见,外省罕闻。

广场:无顶之会堂,无门之舞厅,无票之景点,无墙之公园。公仆居所,不妨简朴;公众广场,尽可繁华。琴廊曲折,鲜花垒成金字塔;风铃摇曳,喷泉洒作水晶宫。露天舞台,云造气氛霞配景;临江坦道,路如彩带堤为裙。满眼林阴,遍地草坪。绿到天边天也碧,翠玉白头白转青。老者闻鸡起舞,顽童跨马游园。夫妇良辰散步,师生假日联欢。拍照全家福,赛歌合唱团。情侣悄悄私语,侃爷滔滔雄辩。市民游客,百姓千家。有人四季拼搏,有人半世勤劳,有人一生幸运,有人长年忧患。民间岂无疾苦?世上岂无波澜?然而,到此一游,偷闲一乐。笑采忘忧草,趣寻解语花。彼此轻松,皆大欢喜。广场本是平原,原平无论高低,人人同等;大洲真似明月,月明不择贫富,家家沾光。

华灯初上，游子还乡。对广场咏史，引桑梓为荣。青山有幸，伴青莲赠诗于北郭；大洲无愧，哺大千学画于东城。八德园名扬海外，大风堂根植故居。投弹反清，喻培伦赤胆将军，黄花烈士；挥毫抗日，范长江战场记者，戎马书生。虎痴怒吼，张善子狂笔颂中国；怪杰诙谐，刘师亮辣语骂贪官。内江才子，文成金榜状元；本市姑娘，勇夺奥运冠军。吾乡如画，多少豪杰。古今灵秀汇合，广场意境升华。巨型磁场，凝聚人气欣欣向荣；特殊母舰，载送航鹰队队起飞。

　　天外有天，宇宙无涯。以沱江比沧海，涓涓细流。以大洲比神州，区区一粟。广场不仿夜郎，虚怀应若空谷。此坝古时曾经兴盛，桂湖名列中川十景。可恶天灾，可悲人祸。美景成衰景，绿洲变荒洲。战乱再加浩劫，几代难以复兴。新纪元不兴则已，大举措一兴惊人。荒洲又变绿洲，盛况超越古时。细流入沧海，一粟归太仓。大洲变迁之个案，乃神州振兴之缩影也！

满脸苍蝇

◇ 孙绍振

本文选自《孙绍振幽默文集》（广东旅游出版社，2002 年版）。孙绍振（1936—），祖籍福建长乐。1960 年毕业于北京大学中文系，在北大任助教。现为福建师范大学文学院教授、博士生导师，并任中国文艺理论学会副会长。1953 年开始发表作品。1983 年加入中国作家协会。著有诗集《山海情》（合作），散文集《面对陌生

我年轻的时候，以记忆力过人而自豪。一堂俄语课上下来，单词记住了，课文也背上了。可一到上了年纪，就爱忘事，明明跟人家约好的事过一两天就忘了，事后忙不迭地道歉，也很难平息负疚感。有时记忆惨到莫名其妙，昨天才读的书，今天拿起来翻翻，竟好像没有读过一样。有一次，在自己的讲义中读到一张夹在里面的字条，其中文字、观念均十分精彩，我在课堂上引用时，大为赞叹了一番。可下课后，一个学生悄悄走来告诉我，那段引文，就是我自己的，出自我的某一著作、某页。学生说时，凑近我耳边，声音放得很轻，好像很顾我的面子似的，但我看出来，他的眼中有点狡黠的笑意。

仔细钻研一下他的笑意，是很叫我有点难为情的，我多么希望他仅仅是笑我健忘啊。

但是，在我的记忆失去活力的时候，也还有一些事情牢牢地记在我心头，哪怕岁月流逝，那鲜明的印象也不会暗淡下去。相反，记忆的世界里，消退的烟云越是众多，那顽强的稀有的记忆之星便越是闪光；时光隧道越是黑暗，那远方的灯火越是生动。

那是1958年，我才二十出头，正是充满幻想的年纪，不过那时的幻想不同于90年代之处，是充满了政治上的浪漫主义。对于当时流行的豪言壮语，我不但倾心相信，而且甘愿为之献出青春和生命。

记得当时，最鼓舞的一个信念是小麦亩产万斤。我参加了对北大生物系某教授的批判，他居然逆革命群众运动之潮流而动，说什么小麦亩产万斤绝对不可能。这个教授在我看来是太可怜了。几年洋墨水一喝，就中了崇洋媚外的毒，以致双脚跨进毛泽东时代快十年了，他的脑袋还留在资本主义、帝国主义的代言人摩尔根老头子那里。

我对他又是气愤又是同情，我想，"批判的武器毕竟不能代替武器的批判"，最有说服力的不是理论，而是秋天地里长出的麦子。

我就是怀着这样的英雄主义情怀来到北京郊区平谷县东皋村的。我们一班二十几个人，进村第二天就每人拿一把新洋锹和农民一起去挖地。当时的要求是"深翻一尺五"，故不能用犁，得先一锹一锹挖出一尺五的泥土来，然后把马粪等肥料和进去，再

人》，论文集《美的结构》、《孙绍振如是说》、《文学创作论》、《孙绍振幽默文集》（三卷）、《论变异》等。

填平。

我第一次真刀真枪地劳动,才挖了几下腰就酸得不是滋味。干了半个小时以后腰就好像断了一样,又不好意思愣站着休息,便只好满头大汗地苦撑。幸而团小组长看出了我不中用,就走过来和我并排挖土。他提议,我们一起挖五下,然后直直腰,接着再挖五下。对于这样低的要求,我自然很快适应了,后来逐渐加到六下、七下……甚至十五六下。经过一天劳动,晚上上床人好像硬木头一样。过了几天,早上起床,发现手指变得异样的肥大,只要稍微使劲拧毛巾,就疼得要命。同学们互相交换着这种又新鲜又痛苦的感觉,但是没有一个人提出请假。

到了地里,问题更严重了,手握不住铁锹。稍稍抓紧一点就疼得不行。每挖一锹都要咬紧牙关。但是挖了十几分钟以后,疼痛的感觉就消失了,手关节上有一种温暖而灵巧的感觉。可到了第二天一早,肥大的手指又变得攥不紧毛巾了,直到咬着牙挖上十几分钟地,才恢复正常。

我深深体会到这就叫做"锻炼",怪不得"锻炼"的"炼"字是火字旁。你不是老为没赶上抗日战争、解放战争的壮丽生活而遗憾吗?你不是老为红旗上没有染上你的鲜血而痛苦吗?过分安逸的生活不是使你经常感到惭愧吗?如今你所向往的考验来了,你的灵魂能不能在这考验中变得透明,就看你自己了。

经过了几个星期的自我磨炼,我的腰显然有了长进。一早下地的时候，我可以挖上20分钟才直一下腰，但是一个上午毕竟有好多个20分钟，弄到后来，我虽然没有直起腰来休息，但是脚下手上却虚浮无力了。实际上，到了下午，我基本上是在那里苦熬苦撑。但是整个田野的劳动气氛是十分热烈的。那些农民，尤其是姑娘们又是说笑，又是唱歌，而小伙子们则与她们展开了半是调情的比赛。我们是夹在他们之中分组的，谁愿意落后，做集体的绊脚石呢？一种现场的荣誉感支持着我，我超常地发挥着体力，在一段时间里我几乎是忘了疲劳和痛苦，但是到了几天以后，我发现上工时腿像灌满铅一样沉重，不仅是腰，而且是每一个关节都钻出一种说不出来的刁钻的疼痛，我竭力掩饰着，勉强和农民小伙子说笑，有个小伙子让我去休息，我口头上坚决拒绝，可在拒绝后又后悔，心想下一回他们再让我休息，我就去地边上那高粱秆子堆上躺一下，可恨的是那以后再没有什么人提议我去休息，而我浑身的酸疼却在无情地扩散着。我渐渐感到无数痛苦的锥子把我顶起来，我双脚离开了地面，眼前冒着金星，好像在但丁的炼狱中。不知从何时起，小伙子和姑娘们的笑声越来越遥远了，汗珠挂在我眉毛上滑下来是冰冷的，终于我的手脚不听话了，我一头栽倒，下巴磕在铁锹上，这时我感到整个世界和我一起往海底沉下去。

等我醒来的时候，我正躺在那高粱秆子堆上，只有头和脚还存在，腰好像是一段空白，从周围乱糟糟的大呼小叫中，我知道自己是晕倒了。我勉强地睁开眼睛,只见小伙子姑娘们还有我班上的团小组长大大地松了一口气。

接着是许多人七手八脚把我抬起来,原来是一辆胶轮大车在旁边,他们把我放上去之后,大车就颠簸起来,没命地摇晃,把我一会儿摇到大车这边,一会儿又摇到另一边。一位老大娘拿来一床棉被垫在我身旁,我就不再像萝卜在菜篮子里一样滚来滚去了。

老大娘如雪的头发和深深的皱纹、和善的笑容和慈祥的眼神都使我想起电影上敌后根据地老大娘的传统形象,我突然体验到一种深深的感动,这颠簸的大车、这蓝花被子,唤醒了我心灵深处的浪漫情致,我不是享受着当年老百姓对八路军伤员的崇高的感情吗?

我浑身的疼痛此时慢慢退潮,代之而来是一种美妙的幸福。

从大车粗糙的栏杆中间,我可以看到我们翻过的土地上正腾起淡淡的雾霭。太阳落在地平线上,那么圆,那么大,那么辉煌,又离我那么近,仿佛伸手就可摸到,不由人不产生一种亲切之感。这伟大的星座从来都是高高在上,永远灿烂得叫我不敢正视,面对着它的光华,我从来都是不由自主地自惭形秽的,现在却和我平等相对了。我可以从容地欣赏它那生蛋黄一样柔软地颤动着的面容了。更精彩的是西边地平线上丰满的太阳还未落下,东边地平线上浑圆的大月亮早已升起。月亮没有太阳那样热烈的色彩,但却袒露出透明的纯净的鹅黄。带着母性把光辉泻落在飘着淡色雾霭的田野上。太阳和月亮的光仿佛融合成一片淡淡的玫瑰色的透明溶液,一切都变得透明了。连村边的一排柏杨、榆树和枣树的树干都变得透明了,连脸边的大车的栏杆都透明得像初生婴儿的手指。

我想,如果在这样透明的境界中死去,即使没有墓碑,该是多么过瘾,在这样美丽的死亡中,如果脸上不挂着微笑该是多么煞风景。

就在这样幸福的感觉中我又晕了过去。

在当我醒来的时候,已是在平谷县医院"病房"里。我第一眼就看到,墙壁下端长着发黑的青苔,房间里没有地板,完全是不甚平整的泥土地,一个十一二岁的男孩子光着屁股在我身边转悠,这在当时还很贫困的北京郊区是司空见惯的。我一醒来,站在我身边的团小组长就赶那孩子:"走走走!"

那孩子赖着不走。我没有力气说话,但却使尽全力问团小组长:我刚晕过去的时候,嘴角上有没有挂着笑容。

团小组长听不懂,没有回答,却让我吃药,我不吃,又问:"有没有笑容?"团小组长被我问傻了。

而那孩子却非常严肃地说:"什么笑容,一脸的苍蝇!"

这句话使我出了一身冷汗,而且有恶心之感。也许我的脸上流出了什么颜色可怕的液体,发出了什么浓重的气味,才吸引了那么多苍蝇吧。

直到今天我都无法把那透明的玫瑰溶液中东西对称的圆圆的太阳和月亮的图景和我满脸苍蝇的形象统一起来。也许正因为这样,三十多年的时光都没有使这幅对比十分鲜明的图画在记忆中褪色。

简评

作为著名文艺理论家、幽默散文作家,90年代中期,孙绍振教授将三维错位学说,引入幽默理论之研究。故其《幽默答辩五十法》出版之后,在内地和港台地区均甚为畅销。中央电视台曾邀其作《幽默漫谈》讲座二十集。在1997年出版的《幽默逻辑探秘》之中,孙绍振提出了幽默的二重错位逻辑学说,其幽默理论不满足于转述西方经典,《在幽默学全书》中,更着重于将理论的独创性与操作的可行性结合起来在具体操作上更提供一系列切实可行的方法。同时还有幽默与雄辩、诡辩、吹牛、抒情、滑稽等相邻范畴的辨析,完成了他以错位为核心范畴的理论体系的建构。20世纪90年代以来,孙绍振教授又从事于幽默散文创作,近年出版文集《面对陌生人》、《美女危险论》、《灵魂的喜剧》、《孙绍振幽默文集》(三卷)。其幽默风格为其幽默理论的深层次艺术实践。

法国作家罗伯尔·埃斯卡皮特曾说过:"幽默通过讽刺来故意建立一种紧张感以及——并不是很经常地——通过它的反弹带来松弛感。……经常的是幽默与辨证思维的某些形态相吻合,幽默便成为一种哲理。"读《满脸苍蝇》要读出孙绍振先生幽默散文深含着的生活哲理。这样蕴含着哲理的句子在文中比比皆是。

很多当年的同学和工作以后的同事乃至受教门下的弟子均回忆,孙绍振先生善言谈,富谐趣,擅演讲,尤善即兴,兴之所至,妙语连珠,每使闻者神会,抚掌拍案,举座欢腾。结合创作经验与口才天赋,将其独创之美学"错位"范畴转向幽默研究,独创幽默三维"错位"逻辑之学说。其幽默理论有实践的可操作性,其散文有理论内涵,于海内外独树一帜。他心胸阔达,包罗万象,对于往事,无论是苦难的,不堪回首的,抑或是欢乐的,念念不忘的,他都可以真诚地袒露给读者,用的也是温和的软幽默,用自我调侃的方式表达自己的人生理性态度,这时候也会情不自禁地表现一下直抒胸臆的豪情。比较突出的是在本文中写自己激情满怀地下乡劳动,心中充满了为革命献身的自豪感:"你不是老为没赶上抗日战争、解放战争的壮丽生活而遗憾吗?你不是老为红旗上没有染上你的鲜血而痛苦吗?过分安逸的生活不是使你经常感到惭愧吗?如今你所向往的考验来了,你的灵魂能不能在这考验中变得透明,就看你自己了。"而当他劳累过度晕倒时,躺在颠簸的大车上,盖着大娘的花被子,他的浪漫情致就又来了:"我突然体验到一种深深的感动,这颠簸的大车、这蓝花被子,唤醒了我心灵深处的浪漫情致,我不是享受着当年老百姓对八路军伤员的崇高的感情吗?我浑身的疼痛此时慢慢退潮,代之而来是一种美妙的幸福。"此时身边的风景也变得透明了,"我想,如果在这样透明的境界中死去,即使没有墓碑,该是过瘾,在这样美丽的死亡中,如果脸上不挂着微笑该是多么煞风景。"跳跃的思维、富于特色的语言风格,读后令人过目不忘。

　　北大荒生活之"满脸苍蝇",不仅是幽默,更叫人哭笑不得。

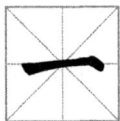

一个王朝的背影

◇余秋雨

本文选自《中华散文百年精华》(人民文学出版社2002年版)。余秋雨,当代著名散文家,文化学者,艺术理论家,文化史学家。曾被授予"上海市十大艺术精英"和"国家级突出贡献专家"等荣誉称号。代表作有理论著作《戏剧理论史稿》《中国戏剧文化史述》《戏

一

　　我们这些人,对清代总有一种复杂的情感阻隔。记得很小的时候,历史老师讲到"扬州十日""嘉定三屠"时眼含泪花,这是清代的开始;而讲到"火烧圆明园""戊戌变法"时又有泪花了,这是清代的尾声。年迈的老师一哭,孩子们也跟着哭。清代历史,是小学中唯一用眼泪浸润的课程。从小种下的怨恨,很难化解得开。

　　老人的眼泪和孩子们的眼泪拌和在一起,使这种历史情绪有了一种最世俗的力量。我小学的同学

全是汉族,没有满族,因此很容易在课堂里获得一种共同语言。好像汉族理所当然是中国的主宰,你满族为什么要来抢夺呢?抢夺去了能够弄好倒也罢了,偏偏越弄越糟,最后几乎让外国人给瓜分了。于是,在闪闪泪光中,我们懂得了什么是汉奸,什么是卖国贼,什么是民族大义,什么是气节。我们似乎也知道了中国之所以落后于世界列强,关键就在于清代,而辛亥革命的启蒙者们重新点燃汉人对清廷的仇恨,提出"驱除鞑虏,恢复中华"的口号,又是多么有必要,多么让人解气。清朝终于被推翻了,但至今在很多中国人心里,它仍然是一种冤孽般的存在。

年长以后,我开始对这种情绪产生警惕。因为无数事实证明,在我们中国,许多情绪化的社会评判规范,虽然堂而皇之地传之久远,却包含着极大的不公正。我们缺少人类普遍意义上的价值启蒙,因此这些情绪化的社会评判规范大多是从封建正统观念逐渐引伸出来的,带有很多盲目性。先是姓氏正统论,刘汉、李唐、赵宋、朱明……在同一姓氏的传代系列中所出现的继承人,哪怕是昏君、懦夫、色鬼、守财奴、精神失常者,都是合法而合理的,而外姓人氏若有觊觎,即便有一千条一万条道理,也站不住脚,真伪、正邪、忠奸全由此划分。由姓氏正统论扩而大之,就是民族正统论。这种观念要比姓氏正统论复杂得多,你看辛亥革命的闯将们与封建主义的姓氏正统论势不两立,却也需要大声宣扬民族正统论,便是例证。民族正统论涉及几乎一切中国人都耳熟能

剧审美心理学》《艺术创造工程》,散文集有《文化苦旅》《山居笔记》《文明的碎片》《霜冷长河》《借我一生》《千年一叹》《行者无疆》等。

详的许多著名人物和著名事件,是一个在今后仍然
要不断争论的麻烦问题。在这儿请允许我稍稍回避
一下,我需要肯定的仅仅是这样一点:满族是中国的
满族,清朝的历史是中国历史的一部分;统观全部中
国古代史,清朝的皇帝在总体上还算比较好的,而其
中的康熙皇帝甚至可说是中国历史上最好的皇帝之
一,他与唐太宗李世民一样使我这个现代汉族中国
人感到骄傲。

既然说到了唐太宗,我们又不能不指出,据现代
历史学家考证,他更可能是鲜卑族而不是汉族之后。

如果说先后在巨大的社会灾难中迅速开创了
"贞观之治"和"康雍乾盛世"的两位中国历史上最杰
出的帝王都不是汉族,如果我们还愿意想一想那位
至今还在被全世界历史学家惊叹的建立了赫赫武功
的元太祖成吉思汗,那么我们的中华历史观一定会
比小学里的历史课开阔得多,放达得多。

汉族当然非常伟大,汉族当然没有理由要受到
外族的屠杀和欺凌,当自己的民族遭受危难时当然
要挺身而出进行无畏的抗争,为了个人的私利不惜
出卖民族利益的无耻之徒当然要受到永久的唾弃,
这些都是没有异议的。问题是,不能由此而把汉族
等同于中华,把中华历史的正义、光亮、希望,全都押
在汉族一边。与其他民族一样,汉族也有大量的污
浊、昏聩和丑恶,它的统治者常常一再地把整个中国
历史推入死胡同。在这种情况下,历史有可能作出
超越汉族正统论的选择,而这种选择又未必是倒退。

《桃花扇》中那位秦淮名妓李香君，身份低贱而品格高洁，在清兵浩荡南下、大明江山风雨飘摇时节保持着多大的民族气节！但是，她万万没有想到，就在她和她的恋人侯朝宗为抗清扶明不惜赴汤蹈火、奔命呼号的时候，恰恰正是苟延残喘而仍然荒淫无度的南明小朝廷，作践了他们。那个在当时当地看来既是明朝也是汉族的最后代表的弘光政权，根本不要她和她的姐妹们的忠君泪、报国心，而只要她们作为一个女人最可怜的色相。李香君真想与恋人一起为大明捐躯流血，但叫她恶心的是，竟然是大明的官僚来强逼她成婚，而使她血溅纸扇，染成"桃花"。"桃花扇底送南朝"，这样的朝廷就让它去了吧，长叹一声，气节、操守、抗争、奔走，全都成了荒诞和自嘲。《桃花扇》的作者孔尚任是孔老夫子的后裔，连他，也对历史转捩时期那种盲目的正统观念产生了深深的怀疑。他把这种怀疑，转化成了笔底的灭寂和苍凉。

对李香君和侯朝宗来说，明末的一切，看够了，清代会怎么样呢，不想看了。文学作品总要结束，但历史还在往前走，事实上，清代还是很可看看的。

为此，我要写写承德的避暑山庄。清代的史料成捆成扎，把这些留给历史学家吧，我们，只要轻手轻脚地绕到这个消夏的别墅里去偷看几眼也就够了。这种偷看其实也是偷看自己，偷看自己心底从小埋下的历史情绪和民族情绪，有多少可以留存，有多少需要校正。

二

承德的避暑山庄是清代皇家园林,又称热河行宫、承德离宫,虽然闻名史册,但久为禁苑,又地处塞外,历来光顾的人不多,直到这几年才被旅游者搅得有点热闹。我原先并不知道能在那里获得一点什么,只是今年夏天中央电视台在承德组织了一次国内优秀电视编剧和导演的聚会,要我给他们讲点课,就被他们接去了。住所正在避暑山庄背后,刚到那天的薄暮时分,我独个儿走出住所大门,对着眼前黑黝黝的山岭发呆。查过地图,这山岭便是避暑山庄北部的最后屏障,就像一张罗圈椅的椅背。在这张罗圈椅上,休息过一个疲惫的王朝。奇怪的是,整个中华版图都已归属了这个王朝,为什么还要把这张休息的罗圈椅放到长城之外呢?清代的帝王们在这张椅子上面南而坐的时候都在想一些什么呢?月亮升起来了,眼前的山壁显得更加巍然怆然。北京的故宫把几个不同的朝代混杂在一起,谁的形象也看不真切。而在这里,远远的,静静的,纯纯的,悄悄的,躲开了中原王气,藏下了一个不羼杂的清代。它实在对我产生了一种巨大的诱惑,于是匆匆讲完几次课,便一头埋到了山庄里边。

山庄很大,本来觉得北京的颐和园已经大得令人咋舌了,它竟比颐和园还大整整一倍,据说装下八九个北海公园是没有问题的。我想不出国内还有哪个古典园林能望其项背。山庄外面还有一圈被称之为"外八庙"的寺庙群,这暂不去说它,光说山庄里面,除了前半部有层层叠叠的宫殿外,主要是开阔的湖区、平原区和山区。尤其是山区,几乎占了整个山庄的八成左右,这让游惯了别的园林的人很不习惯。园林是用来休闲的,何况是皇家园林,大多追求方便平适,有的也会堆几座小山装点一下,哪有像这儿的,硬是圈进莽莽苍苍一大片真正的山岭来消遣?这个格局,包含着一种需要我们抬头仰望、低头思索的审美观念和人生观念。

　　山庄里有很多楹联和石碑,上面的文字大多由皇帝们亲自撰写,他们当然想不到多少年后会有我们这些陌生人闯入他们的私家园林,来读这些文字,这些文字是写给他们后辈继承人看的。朝廷给别人看的东西很多,有大量刻印广颁的官样文章,而写在这里的文字,尽管有时也咬文嚼字,但总的说来是说给儿孙们听的体己话,比较真实可信。我踏着青苔和蔓草,辩识和解读着一切能找到的文字,连藏在山间树林中的石碑都不放过,读完一篇,便舒松开筋骨四周看看。一路走去,终于可以有把握地说,山庄的营造,完全出自一代政治家在精神上的强健。

　　首先是康熙,山庄正宫午门上悬挂着的"避暑山庄"四个字就是他写的,这四个汉字写得很好,撇捺间透露出一个胜利者的从容和安详,可以想见他首次踏进山庄时的步履也是这样的。他一定会这样,因为他是走了一条艰难而又成功的长途才走进山庄的,到这里来喘口气,应该。

　　他一生的艰难都是自找的。他的父辈本来已经给他打下了一个很完整的华夏江山,他八岁即位,十四岁亲政,年轻轻的一个孩子,坐享其成就是了,能在如此辽阔的疆土、如此兴盛的运势前做些什么呢?他稚气未脱的眼睛,竟然疑惑地盯上了两个庞然大物,一个是朝廷中最有权势的辅政大臣鳌拜,一个是自恃当初做汉奸领清兵入关有功、拥兵自重于南方的吴三桂。平心而论,对于这样与自己的祖辈、父辈都有密切关系的重要政治势力,即便是德高望重的一代雄主也未免下得了决心去动手,但康熙却向他们、也向自己挑战了,十六岁上干脆利落地除了鳌拜集团,二十岁开始向吴三桂开战,花八年时间的征战取得彻底胜利。他等于把到手的江山重新打理了一遍,使自己从一个继承者变成了创业者。他成熟了,眼前几乎已经找不到什么对手,但他还是经常骑着马,在中国北方的山林草泽间徘徊,这是他祖辈崛起的所在,他在寻找着自己的生命和事业的依托点。

　　他每次都要经过长城,长城多年失修,已经破败。对着这堵受到历代帝王切切关心的城墙,他想了很多。他的祖辈是破长城进来的,没有吴三桂也绝对进得了,那么长城究竟有什么用呢?堂堂一个朝廷,难道就靠这些砖块去保卫?但是如果没有长城,我们的防线又在哪里呢?他思考的结果,可以从1691年他的一份上谕中看出个大概。那年五月,古

北口总兵官蔡元向朝廷提出,他所管辖的那一带长城"倾塌甚多,请行修筑",康熙竟然完全不同意,他的上谕是:

> 秦筑长城以来,汉、唐、宋亦常修理,其时岂无边患?明末我太祖统大兵长驱直入,诸路瓦解,皆莫能当。可见守国之道,惟在修德安民。民心悦则邦本得,而边境自固,所谓"众志成城"者是也。如古北、喜峰口一带,朕皆巡阅,概多损坏,今欲修之,兴工劳役,岂能无害百姓?且长城延袤数千里,养兵几何方能分守?

说得实在是很有道理。我对埋在我们民族心底的"长城情结"一直不敢恭维,读了康熙这段话,简直是找到了一个远年知音。由于康熙这样说,清代成了中国古代基本上不修长城的一个朝代,对此我也觉得不无痛快。当然,我们今天从保护文物的意义上修理长城完全是另外一回事了,只要不把长城永远作为中华文明的最高象征就好。

康熙希望能筑起一座无形的长城。"修德安民"云云说得过于堂皇而蹈空,实际上他有硬的一手和软的一手。硬的一手是在长城外设立"木兰围场",每年秋天,由皇帝亲自率领王公大臣、各级官兵一万余人去进行大规模的"围猎",实际上是一种声势浩大的军事演习,这既可以使王公大臣们保持住勇猛、强悍的人生风范,又可顺便对北方边境起一个威慑作用。"木兰围场"既然设在长城之外的边远地带,离北京就很有一点距离,如此众多的朝廷要员前去秋猎,当然要建造一些大大小小的行宫,而热河行宫,就是其中最大的一座;软的一手是与北方边疆的各少数民族建立起一种常来常往的友好关系,他们的首领不必长途进京也有与清廷彼此交谊的机会和场所,而且还为他们准备下各自的宗教场所,这也就需要有热河行宫和它周围的寺庙群了。总之,软硬两手最后都汇集到这一座行宫、这一个山庄里来了,说是避暑,说是休息,意义却又远远不止于此。把复杂的政治目的和军事意义转化为一片幽静闲适的园林,一圈香火缭绕的寺庙,这不能不说是康熙的大本事。然而,眼前又是道道地地的园林和寺庙,道道地地的休息和祈祷,军事和政治,消解得那样烟水葱茏、慈眉善目,如果不是那些石碑提醒,我们甚至连可以疑惑的痕迹都找不到。

避暑山庄是康熙的"长城",与蜿蜒千里的秦始皇长城相比,哪个更高明些呢?

康熙几乎每年立秋之后都要到"木兰围场"参加一次为期二十天的秋猎,一生参加了四十八次。每次围猎,情景都极为壮观。先由康熙选定逐年轮换的狩猎区域(逐年轮换是为了生态保护),然后就搭建一百七十多座大帐篷为"内城",二百五十多座大帐篷为"外城",城外再设警卫。第二天拂晓,八旗官兵在皇帝的统一督导下集结围拢,在上万官兵齐声呐喊下,康熙首先一马当前,引弓射猎,每有所中便引来一片欢呼,然后扈从大臣和各级将士也紧随康熙射猎。康熙身强力壮,骑术高明,围猎时智勇双全,弓箭上的功夫更让王公大臣由衷惊服,因而他本人的猎获就很多。晚上,营地上篝火处处,肉香飘荡,人笑马嘶,而康熙还必须回到帐篷里批阅每天疾驰送来的奏章文书。康熙一生身先士卒打过许多著名的仗,但在晚年,他最得意的还是自己打猎的成绩,因为这纯粹是他个人生命力的验证。1719年康熙自"木兰围场"行猎后返回避暑山庄时曾兴致勃勃地告谕御前侍卫:

> 朕自幼至今已用鸟枪弓矢获虎一百五十三只,熊十二只,豹二十五只,猞二十只,麋鹿十四只,狼九十六只,野猪一百三十三口,哨获之鹿已数百,其余围场内随便射获诸兽不胜记矣。朕于一日内射兔三百一十八只,若庸常人毕世亦不能及此一日之数也。

这笔流水帐,他说得很得意,我们读得也很高兴。身体的强健和精神的强健往往是连在一起的,须知中国历史上多的是有气无力病恹恹的皇帝,他们即便再"内秀",也何以面对如此庞大的国家。

由于强健,他有足够的精力处理挺复杂的西藏事务和蒙古事务,解决治理黄河、淮河和疏通漕运等大问题,而且大多很有成效,功泽后世。由于强健,他还愿意勤奋地学习,结果不仅武功一流,"内秀"也十分了得,成为中国历代皇帝中特别有学问、也特别重视学问的一位,这一点一直很使我震动,而且我可以肯定,当时也把一大群冷眼旁观的汉族知识分子震动了。

谁能想得到呢,这位清朝帝王竟然比明代历朝皇帝更热爱和精通汉族传统文化!大凡经、史、子、集、诗、书、音律,他都下过一番功夫,其中对朱熹哲学钻研最深。他亲自批点《资治通鉴纲目大全》,与一批著名的理学家进行水平不低的学术探讨,并命他们编纂了《朱子大全》《性理精义》等著作。他下令访求遗散在民间的善本珍籍加以整理,并且大规模地组织人力编辑出版了卷帙浩繁的《古今图书集成》《康熙字典》《佩文韵府》《大清会典》,文化气魄铺地盖天,直到今天,我们研究中国古代文化离不开这些极其重要的工具书。他派人通过对全国土地的实际测量,编成了全国地图《皇舆全览图》。在他倡导的文化气氛下,涌现了一大批在整个中国文化史上都可以称得上第一流大师的人文科学家。在这一点上,几乎很少有朝代能与康熙朝相比肩。

以上讲的还只是我们所说的"国学",可能更让现代读者惊异的是他的"西学"。因为即使到了现代,在我们印象中,国学和西学虽然可以沟通,但在同一个人身上深潜两边的毕竟不多,尤其对一些官员来说更是如此。然而早在三百年前,康熙皇帝竟然在北京故宫和承德避暑山庄认真研究了欧几里德几何学,经常演算习题,又学习了法国数学家巴蒂的《实用和理论几何学》,并比较它与欧几里德几何学的差别。他的老师是当时来中国的一批西方传教士,但后来他的演算比传教士还快,他亲自审校译成汉文和满文的西方数学著作,而且一有机会就向大臣们讲授西方数学。以数学为基础,康熙又进而学习了西方的天文、历法、物理、医学、化学,与中国原有的这方面知识比较,取长补短。在自然科学问题上,中国官僚和外国传教士经常发生矛盾,康熙不袒护中国官僚,也不主观臆断,而是靠自己发愤学习,真正弄通西方学问,几乎每次都作出了公正的裁断。他任命一名外国人担任钦天监监副,并命令礼部挑选一批学生去钦天监学习自然科学,学好了就选拔为博士官。西方的自然科学著作《验气图说》《仪象志》《赤道南北星图》《穷理学》《坤舆图说》等被一一翻译过来,有的已经译成汉文的西方自然科学著作如《几何原理》前六卷,他又命人译成满文。

这一切,居然与他所醉心的“国学”互不排斥,居然与他一天射猎三百一十八只野兔互不排斥!居然与他一连串重大的政治行为、军事行为、经济行为互不排斥!我并不认为康熙给中国带来了根本性的希望,他的政权也做过不少坏事,如臭名昭著的“文字狱”之类,我想说的只是,在中国历代帝王中,这位少数民族出身的帝王具有超乎寻常的生命力,他的人格比较健全。有时,个人的生命力和人格,会给历史留下重重的印记。与他相比,明代的许多皇帝都活得太不像样了,鲁迅说他们是"无赖儿郎",确有点像。尤其让人生气的是明代万历皇帝(神宗)朱翊钧,在位四十八年,亲政三十八年,竟有二十五年时间躲在深宫之内不见外人的面,完全不理国事,连内阁首辅也见不到他,不知在干什么。没见他玩过什么,似乎也没有好色的嫌疑,历史学家们只能推断他躺在烟榻上抽了二十多年的鸦片烟!他聚敛的金银如山似海,但当清军起事,朝廷束手无策时问他要钱,他也死不肯拿出来,最后拿出一个无济于事的小零头,竟然都是因窖藏太久变黑发霉、腐蚀得不能见天日的银子!这完全是一个失去任何人格支撑的心理变态者,但他又集权于一身,明朝怎能不垮?他死后还有儿子朱常洛(光宗)、孙子朱由校(熹宗)和朱由检(思宗)先后继位,但明朝已在他的手里败定了,他的儿孙们非常可怜;康熙与他正相反,把生命从深宫里释放出来,在旷野、猎场和各个知识领域挥洒,避暑山庄就是他这种生命方式的一个重要吐纳口站,因此也是当时中国历史命运的一所"吉宅"。

三

康熙与晚明帝王的对比,避暑山庄与万历深宫的对比,当时的汉族知识分子当然也感受到了,心情比较复杂。

开始大多数汉族知识分子都是抗清复明,甚至在纠纠武夫们纷纷掉头转向之后,一群柔弱的文人还宁死不折。文人中也有一些著名的变节者,但他们往往也承受着深刻的心理矛盾和精神痛苦。我想这便是文化的力量。一切军事争逐都是浮面的,而事情到了要摇撼某个文化生态系统的时候才会真正变得严重起来。一个民族,一个国家,一个人种,其最终意义不是军事的、地域的、政治的,而是文化的。当时江南地区好几次重大的抗清事件,都起之于"削发"之争,即汉人历来束发而清人强令削发,甚至到了"留头不留发,留发不留头"的地步。头发的样式看来事小却关及文化生态,结果,是否"毁我衣冠"的问题成了"夷夏抗争"的最高爆发点。这中间,最能把事情与整个文化系统联系起来的是文化人,最懂得文明和野蛮的差别,并把"鞑虏"与野蛮连在一起的也是文化人。老百姓的头发终于被削掉了,而不少文人还在拼死坚持。著名大学者刘宗周住在杭州,自清兵进杭州后便绝食,二十天后死亡;他的门生,另一位著名大学者黄宗羲投身于武装抗清行列,失败后回余姚家乡事母著述;又一位著名大学者顾炎武比黄宗羲更进一步,武装抗清失败后还走遍全国许多地方图谋复明,最后终老陕西……这些一代宗师如此强硬,他们的门生和崇拜者们当然也多有追随。

但是,事情到康熙那儿却发生了一些微妙的变化。文人们依然像朱耷笔下的秃鹫,以"天地为之一寒"的冷眼看着朝廷,而朝廷却奇怪地流泻出一种压抑不住的对汉文化的热忱。开始大家以为是一种笼络人心的策略，但从康熙身上看好像不完全是。他在讨伐吴三桂的战争还没有结束的时候，就迫不及待下令各级官员以"崇儒重道"为目的，向朝廷推荐"学问兼优、文词卓越"的士子，由他亲自主考录用，称作"博学鸿词科"。这次被保荐、征召的共一百四十三人，后来录取了五十人。其中有傅山、李颙等人被推荐了却宁死不应考。傅山被人推荐后又被强抬进北京，他见到"大清门"三字便滚倒在地，两泪直流，如此行动康熙不仅不怪罪反而免他考试，任命他为"中书舍人"。他回乡后不准别人以"中书舍人"称他，但这个时候说他对康熙本人还有多大仇恨，大概谈不上了。

李颙也是如此，受到推荐后称病拒考，被人抬到省城后竟以绝食相抗，别人只得作罢。这事发生在康熙十七年，康熙本人二十六岁，没想到二十五年后，五十余岁的康熙西巡时还记得这位强硬的学人，召见他，他没有应召，但心里毕竟已经很过意不去了，派儿子李慎言作代表应召，并送自己的两部著作《四书反身录》和《二曲集》给康熙。这件事带有一定的象征性，表示最有抵触的汉族知识分子也开始与康熙和解了。

与李颙相比，黄宗羲是大人物了，康熙更是礼仪有加，多次请黄宗羲出山未能如愿，便命令当地巡抚到黄宗羲家里，把黄宗羲写的书认真抄来，送入官内供自己拜读。这一来，黄宗羲也不能不有所感动。与李颙一样，自己出面终究不便，由儿子代理，黄宗羲让自己的儿子黄百家进入皇家修史局,帮助完成康熙交下的修《明史》的任务。你看,即便是原先与清廷不共戴天的黄宗羲、李颙他们,也觉得儿子一辈可以在康熙手下好生过日子了。这不是变节,也不是妥协,而是一种文化生态意义上的开始认同。既然康熙对汉文化认同得那么诚恳,汉族文人为什么就完全不能与他认同呢? 政治军事,不过是文化的外表罢了。

黄宗羲不是让儿子参加康熙下令编写的《明史》吗? 编《明史》这事给汉族知识界震动不小。康熙任命了大历史学家徐元文、万斯同、张玉书、王鸿绪等负责此事,要他们根据《明实录》如实编定,说"他书或文章见长,独修史宜直书实事",他还多次要大家仔细研究明代晚期破败的教训,引以为戒。汉族知识界要反清复明,而清廷君主竟然亲自领导着汉族的历史学家在冷静研究明代了,这种研究又高于反清复明者的思考水平,那么,对峙也就不能不渐渐化解了。《明史》后来成为整个二十四史中写得较好的一部,这是直到今天还要承认的事实。

当然,也还余留着几个坚持不肯认同的文人。例如康熙时代浙江有个学者叫吕留良的,在著书和讲学中还一再强调孔子思想的精义是"尊王攘夷",这个提法,在他死后被湖南一个叫曾静的落第书生看到了,很是激动,赶到浙江找到吕留良的儿子和学生几人,策划反清。这时康熙也早已过世,已是雍正年间,这群文人手下无一兵一卒,能干成什么事呢?

他们打听到川陕总督岳钟琪是岳飞的后代,想来肯定能继承岳飞遗志来抗击外夷,就派人带给他一封策反的信,眼巴巴地请他起事。这事说起来已经有点近乎笑语,岳飞抗金到那时已隔着整整一个元朝、整整一个明朝,清朝也已过了八九十年,算到岳钟琪身上都是多少代的事啦,还想着让他凭着一个"岳"字拍案而起,中国书生的昏愚和天真就在这里。岳钟琪是清朝大官,做梦也没有想到过要反清,接信后虚假地应付了一下,却理所当然地报告了雍正皇帝。雍正下令逮捕了这个谋反集团,又亲自阅读了书信、著作,觉得其中有好些观念需要自己写文章来与汉族知识分子辩论,而且认为有过康熙一代,朝廷已有足够的事实和勇气证明清代统治者并不差,为什么还要对抗清廷?于是这位皇帝亲自编了一部《大义觉迷录》颁发各地,而且特免肇事者曾静等人的死罪,让他们专到江浙一带去宣讲。

雍正的《大义觉迷录》写得颇为诚恳。他的大意是:不错,我们是夷人,我们是"外国"人,但这是籍贯而已,天命要我们来抚育中原生民,被抚育者为什么还要把华夷分开来看?你们所尊重的舜是东夷之人,文王是西夷之人,这难道有损于他们的圣德吗?吕留良这样著书立说的人,连前朝康熙皇帝的文治武功、赫赫盛德都加以隐匿和诬蔑,实在是不顾民生国运只泄私愤了。外族入主中原,可以反而勇于为善,如果著书立说的人只认为生在中原的君主不必修德行仁也可享有名份,而外族君主即便励精图治也得不到褒扬,外族君主为善之心也会因之而懈怠,受苦的不还是中原的百姓吗?

雍正的这番话,带着明显的委屈情绪,而且是给父亲康熙打抱不平,也真有一些动人的地方。但他的整体思维能力显然比不上康熙,口口声声说自己是"外国"人,"夷人",尽管他所说的"外国"只是指外族,而且也仅指中原地区之外的几个少数民族,与我们今天所说的外国不同,但无论如何在一些前提性的概念上把事情搞复杂了,反而不利。他的儿子乾隆看出了这个毛病,即位后把《大义觉迷录》全部收回,列为禁书,杀了被雍正赦免了的曾静等人,开始大兴文字狱。康熙、雍正年间也有丑恶的文字狱,但来得特别厉害的是乾隆,他不许汉族知识分子把清廷看成是"夷人",连一般文字中也不让出现"虏""胡"之类字样,不小心写出来了很可能被砍头。他想用暴力抹去这种对立,然后一心一意做个好皇帝。除了华夷之分的敏感点外,其他地方他倒是比较宽容,有度量,听得进忠臣贤士们的尖锐意见和建议,因此在他执政的前期,做了很多好事,国运可称昌盛。这样一来,即便存有异念的少数汉族知识分子也不敢有什么想头,到后来也真没有什么想头了。其实本来这样的人已不可多觅,雍正和乾隆都把文章做过了头。真正第一流的大学者,在乾隆时代已不想做反清复明的事了。乾隆,靠着人才济济的智力优势,靠着康熙、雍正给他奠定的丰厚基业,也靠着他本人的韬略雄才,做起了中国历史上福气最好的大皇帝。承德避暑山庄,他来得最多,总共逗留的时间很长,因此他的踪迹更是随处可见。乾隆也经常参加"木兰秋狝",亲自射获的猎物也极为可观,但他的主要心思却放在边疆征战上,避暑山庄和周围的外八庙内,记载这种征战成果的碑文极多。这种征战与汉族的利益没有冲突,反而弘扬了中国的国威,连汉族知识界也引以为荣,甚至可以把乾隆看成是华夏圣君了,但我细看碑文之后却产生一个强烈的感觉:有的仗迫不得已,打打也可以,但多数边境战争的必要性深可怀疑。需要打得这么大吗?需要反复那么多次吗?需要这样强横地来对待邻居们吗?需要杀得如此残酷吗?

好大喜功的乾隆把他的所谓"十全武功"镌刻在避暑山庄里乐滋滋地自我品尝,这使山庄回荡出一些燥热而又不祥的气氛。在满汉文化对峙基本上结束之后,这里洋溢着的是中华帝国的自得情绪。江南塞北的风景名胜在这里聚会,上天的唯一骄子在这里安驻,再下令编一部综览全部典籍的《四库全书》在这里存放,几乎什么也不缺了。乾隆不断地写诗,说避暑山庄里的意境已远远超过唐宋诗词里的描绘,而他则一直等着到时间卸任成为"林下人",在此间度过余生。在山庄内松云峡的同一座石碑上,乾隆一生竟先后刻下了六首御制诗表述这种自得情怀。

是的,乾隆一朝确实不算窝囊,但须知这已是18世纪(乾隆正好死于18世纪最后一年),19世纪已经迎面而来,世界发生了多大的变化!乾隆打了那么多仗,耗资该有多少?他重用的大贪官和珅,又把国力糟蹋到了何等地步?事实上,清朝,乃至于中国的整体历史悲剧,就在乾隆这个貌似全盛期的皇帝身上,在山水宜人的避暑山庄内,已经酿就。但此时的避暑山庄,还完全沉湎在中华帝国的梦幻之中,而全国的文化良知,也都在这个幻梦边沿口或陶醉,或喑哑。

1793 年 9 月 14 日,一个英国使团来到避暑山庄,乾隆以盛宴欢迎,还在山庄的万树园内以大型歌舞和焰火晚会招待,避暑山庄一片热闹。英方的目的是希望乾隆同意他们派使臣常驻北京,在北京设立洋行,希望中国开放天津、宁波、舟山为贸易口岸,在广州附近拨一些地方让英商居住,又希望英国货物在广州至澳门的内河流通时能获免税和减税的优惠。本来,这是可以谈判的事,但对居住在避暑山庄、一生喜欢用武力炫耀华夏威仪的乾隆来说却不存在任何谈判的可能。他给英国国王写了信,信的标题是《赐英吉利国王敕书》,信内对一切要求全部拒绝,说"天朝尺土俱归版籍,疆址森然,即使岛屿沙洲,亦必划界分疆各有专属","从无外人等在北京城开设货行之事","此与天朝体制不合,断不可行!"也许至今有人认为几句话充满了爱国主义的凛然大义,与以后清廷签订的卖国条约不可同日而语,对此我实在不敢苟同。

本来康熙早在 1684 年就已开放海禁,在广东、福建、浙江、江苏分设四个海关欢迎外商来贸易，过了七十多年乾隆反而关闭其他海关只许外商在广州贸易，外商在广州也有许多可笑的限制，例如不准学说中国话、买中国书，不许坐轿，更不许把妇女带来，等等。我们闭目就能想象朝廷对外国人的这些限制是出于何种心理规定出来的。康熙向传教士学西方自然科学，关系不错，而乾隆却把天主教给禁了。自高自大，无视外部世界，满脑天朝意识，这与以后的受辱挨打有着必然的逻辑联系。乾隆在避暑山庄训斥外国帝王的朗声言词，就连历史老人也会听得不太顺耳了。这座园林，已羼杂进某种凶兆。

四

我在山庄松云峡细读乾隆写了六首诗的那座石碑时，在碑的西侧又读到他儿子嘉庆的一首。嘉庆即位后经过这里，读了父亲那些得意洋洋的诗作后不禁长叹一声：父亲的诗真是深奥，而我这个做儿子的却实在觉得肩上的担子太重了！（"瞻题蕴精奥，守位重仔肩"）嘉庆为人比较懦弱宽厚，在父亲留下的这副担子前不知如何是好。他一生都在面对内忧外患，最后不明不白地死在避暑山庄。

道光皇帝继嘉庆之位时已四十来岁，没有什么才能，只知艰苦朴素，穿的裤子还打过补丁。这对一国元首来说可不是什么佳话。朝中大臣竞相摹仿，穿了破旧衣服上朝，一眼看去，这个朝廷已经没有多少气数了。父亲死在避暑山庄,畏怯的道光也就不愿意去那里了,让它空关了几十年。他有时想想也该像祖宗一样去打一次猎,打听能不能不经过避暑山庄就可以到"木兰围场",回答说没有别的道路,他也就不去打猎了。像他这么个可怜巴巴的皇帝,似乎本来就与山庄和打猎没有缘分的,鸦片战争已经爆发,他忧愁的目光只能一直注视着南方。

　　避暑山庄一直关到1860年9月,突然接到命令,咸丰皇帝要来,赶快打扫。咸丰这次来时带的银两特别多,原来是来逃难的,英法联军正威胁着北京。咸丰这一来就不走了,东走走,西看看,庆幸祖辈留下这么个好地方让他躲避。他在这里又批准了好几份丧权辱国的条约,但签约后还是不走,直到1861年8月22日死在这儿,差不多住了近一年。

　　咸丰一死,避暑山庄热闹了好些天,各种政治势力围着遗体进行着明明暗暗的较量。一场被历史学家称之为"辛酉政变"的行动方案在山庄的几间屋子里制定,然后,咸丰的棺木向北京启运了,刚继位的小皇帝也出发了,浩浩荡荡。避暑山庄的大门又一次紧紧地关住了,而就在这支浩浩荡荡的队伍中间,很快站出来一个二十七岁的青年女子,她将统治中国数十年。

　　她就是慈禧,离开了山庄后再也没有回来。不久又下了一道命令,说热河避暑山庄已经几十年不用,殿亭各宫多已倾圮,只是咸丰皇帝去时稍稍修治了一下,现在咸丰已逝,众人已走,"所有热河一切工程，着即停止。"

这个命令，与康熙不修长城的谕旨前后辉映。康熙的"长城"也终于倾坍了，荒草凄迷，暮鸦回翔，旧墙斑剥，霉苔处处，而大门却紧紧地关着。关住了那些宫殿房舍倒也罢了，还关住了那么些苍郁的山，那么些晶亮的水。在康熙看来，这儿就是他心目中的清代，但清代把它丢弃了，于是自己也就成了一个丧魂落魄的朝代。慈禧在北京修了一个颐和园，与避暑山庄对抗，塞外朔北的园林不会再有对抗的能力和兴趣，它似乎已属于另外一个时代。康熙连同他的园林一起失败了，败在一个没有读过什么书，没有建立过什么功业的女人手里。热河的雄风早已吹散，清朝从此阴气重重、劣迹斑斑。

当新的一个世纪来到的时候，一大群汉族知识分子向这个政权发出了毁灭性声讨，民族仇恨重新在心底燃起，三百年前抗清志士的事迹重新被发掘和播扬。避暑山庄，在这个时候是一个邪恶的象征，老老实实躲在远处，尽量不要叫人发现。

五

清朝灭亡后，社会震荡，世事忙乱，人们也没有心思去品咂一下这次历史变更的苦涩厚味，匆匆忙忙赶路去了。直到1927年6月1日，大学者王国维先生在颐和园投水而死，才让全国的有心人肃然深思。

王国维先生的死因众说纷纭，我们且不管它，只知道这位汉族文化大师拖着清代的一条辫子,自尽在清代的皇家园林里,遗嘱为"五十之后,只欠一死;经此世变,义无再辱"。他不会不知道明末清初为汉族人是束发还是留辫之争曾发生过惊人的血案,他不会不知道刘宗周、黄宗羲、顾炎武这些大学者的慷慨行迹,他更不会不知道按照世界历史的进程,社会巨变乃属必然,但是他还是死了。我赞成陈寅恪先生的说法,王国维先生并不死于政治斗争、人事纠葛,或仅仅为清廷尽忠,而是死于一种文化:

> 凡一种文化值衰落之时,为此文化所化之人,必感苦痛,其表现此文化之程量愈宏,则其所受之苦痛亦愈甚;迨既达极深之度,殆非出于自杀无以求一己之心安而义尽也。
>
> (《王观堂先生挽词并序》)

王国维先生实在无法把自己为之而死的文化与清廷分割开来。在他的书架里,《古今图书集成》、《康熙字典》、《四库全书》、《红楼梦》、《桃花扇》、《长生殿》、乾嘉学派、纳兰性德等都把两者连在一起了,于是对他来说,衣冠举止,生态心态,也莫不两相混同。我们记得,在康熙手下,汉族高层知识分子经过剧烈的心理挣扎已开始与朝廷产生某种文化认同,没有想到的是,当康熙的政治事业和军事事业已经破败之后,文化认同竟还未消散。为此,宏才博学的王国维先生要以生命来祭奠它。他没有从心理挣扎中找到

一个王朝的背影

希望，死得可惜又死得必然。知识分子总是不同寻常，他们总要在政治军事的折腾之后表现出长久的文化韧性，文化变成了生命，只有靠生命来拥抱文化了，别无他途；明末以后是这样，清末以后也是这样。但清末又是整个中国封建制度的末尾，因此王国维先生祭奠的该是整个中国传统文化。清代只是他的落脚点。

今天，我们面对着避暑山庄的清澈湖水，不能不想起王国维先生的面容和身影。我轻轻地叹息一声，一个风云数百年的朝代，总是以一群强者英武的雄姿开头，而打下最后一个句点的，却常常是一些文质彬彬的凄怨灵魂。

简评

如何评价清王朝？余秋雨先生笔下的承德避暑山庄如同一个窗口，可以让我们透过这个窗口窥见许多历史深处的东西。作者主要的看法是："满族是中国的满族，清朝的历史是中国历史的一部分；统观全部中国古代史，清朝的皇帝在总体上还算比较好的，而其中的康熙皇帝甚至可说是中国历史上最好的皇帝之一，他与唐太宗李世民一样使我这个现代汉族中国人感到骄傲。"读者在《一个王朝的背影》中，透过历史的风烟，眼前清晰起来的倒不是谁的背影，却是一个高大的正面形象，这个人就是康熙。余秋雨先生在文章中通过大量的叙述和描写，表达出的看法是：在中国历代帝王中，这位少数民族出身的帝王具有超乎寻常的生命力，他的人格比较健全。

归纳起来有以下几个方面：

其一，康熙说过，"守国之道，惟在修德安民，民心悦则邦本得，而边境自固，所谓'众志成城'者是也。"他在固国上采取的软硬两手则足

146

可见其高明之处。硬的一手是设立"木兰围场"，把生命从深宫里释放出来，强健斗志；软的就是与北方边疆的各少数民族建立友好邦交。康熙眼中的长城是"避暑山庄"，其不仅仅是供皇家休憩度假的园林，更重要的意义在于军事、外交上的功能，它是康熙心中无形的长城。

其二，作者在文中写道："（康熙）大凡经、史、子、集、诗书、音律，他都下过一番功夫，其中对朱熹哲学钻研最深……大规模地组织人力编辑出版了卷帙浩繁的《古今图书集成》《康熙字典》《佩文韵府》《大清会典》，文化气魄铺地盖天。"康熙竟如此热爱汉族的传统文化！此外，他还在故宫和避暑山庄认真研究欧几里德几何学，经常演算习题，又学习了法国数学家巴蒂的《实用和理论几何学》，比较它与欧几里德几何学的差别，等等。

其三，"康熙早在1684年就已经开放海禁，在广东、福建、浙江、江苏分设四个海关欢迎外商来贸易。"不曾想到了乾隆反而关闭了海关。

《一个王朝的背影》是余秋雨先生"文化散文"的代表作之一。余秋雨先生说："在我们中国，许多情绪化的社会评判规范，虽然堂而皇之地传之久远，却包含着极大的不公正。我们缺少人类普遍意义上的价值启蒙，因此这些情绪化的社会评判规范大多是从封建正统观念逐渐引伸出来的，带有很多盲目性。先是姓氏正统论，刘汉、李唐、赵宋、朱明……在同一姓氏的传代系列中所出现的继承人，哪怕是昏君、懦夫、色鬼、守财奴、精神失常者，都是合法而合理的，而外姓人氏若有觊觎，即便有一千条一万条道理，也站不住脚，真伪、正邪、忠奸全由此划分。"接下来余秋雨先生说得更直白："既然说到了唐太宗，我们又不能不指出，据现代历史学家考证，他更可能是鲜卑族而不是汉族之后。如果说先后在巨大的社会灾难中迅速开创了'贞观之治'和'康雍乾盛世'的两位中国历史上最杰出的帝王都不是汉族，如果我们还愿意想一想那位至今还在被全世界历史学家惊叹的建立了赫赫武功的元太祖成吉思汗,那么我们的中华历史观一定会比小学里的历史课开阔得多。"这篇散文的文本规模堪称庞大,视野也显得十分开阔。作者以一位现代知识分子的犀利眼光重新审视中国最后一个封建王朝——清朝的兴衰史,这种审视不仅具有必要的思想深度,也体现了一种过人的语言艺术才华。《一个王朝的背影》对历史的想象,由于运用了一种富有个人风格的散文语言,既有效地彰显了历史感,也收获了文学性,两者相得益彰,共同丰富了文本的蕴涵。

余秋雨以历史文化散文而名世。他凭借自己丰厚的文史知识功底,优美的文辞,引领读者泛舟于千年文明长河之中。依仗着作者渊博的文学和史学功底,丰厚的文化感悟力和艺术表现力所写下的这些文章,不但揭示了中国文化的深厚内涵,而且也为当代散文领域提供了崭新的范例。余秋雨的一系列"文化散文"中,始终贯串着一个鲜明的主题:对中国历史、中国文化的追溯、思索和反问。一个民族的历史,是这个民族共同的精神财富,是这个民族的民族特性中正面因素和负面因素纠结而成的"沉淀物"。马克思曾经盛赞过的18世纪两个最伟大的封建皇帝,康熙即为其中之一。作者在文中说到唐太宗,"他更可能是鲜卑族而不是汉族之后"。那么,开创"贞观之治""康雍乾盛世"的两位杰出帝王均不是汉族。据余秋雨先生的观点,正是康熙皇帝的"圣明",缓和了民族矛盾,促使了汉族知识分子的"归心",文中也列举了汉族知识分子中大名鼎鼎的黄宗羲、李颙等。"这不是变节,也不是妥协,而是一种文化生态意义上的开始认同。"行文至此,一个关系到民族关系问题上的"重磅"问题抛出来了,"既然康熙对汉文化认同得那么诚恳,汉族文人为什么就完全不能与他认同呢?政治军事,不过是文化的外表罢了。"读到这里,让人感觉到文中反复强调的康熙"人格比较健全""异乎寻常的生命力",乃至给唐太宗"认祖归宗",原来意在说清楚的是这一回事。何况这个有作为的封建皇帝,"他是走了一条艰难而又成功的长途才走进山庄的,到这里来喘口气,应该。"在此基础上,指点江山,臧否人物,纵论文化,是本文的出发点,当然,有人从另外的角度解读文本,认为余秋雨先生不该对康熙皇帝封建帝王的本质进行歌颂与赞扬,"这实质上是说,如果统治阶级是高明的,那么它对被统治阶级的任何掠夺和压迫都是合理合法的,而被统治阶级的任何反抗和斗争都是不必要的。"这是否说明了传统知识分子理想主义色彩和现实的冲突呢?聊备参考。

一个王朝的背影

我

与绘画的缘分

◇[英]丘吉尔

本文选自《外国散文》（人民文学出版社1995年版）。温斯顿·丘吉尔（1874—1965），英国政治家、画家、演说家、作家、记者。1940年至1945年和1951年至1955年两度出任英国首相，被认为是20世纪最重要的政治领袖之一。领导英国人民赢得了第二次世界大战的胜利，是"雅尔塔会议三巨头"之一，战后发表《铁幕

年至四十而从未握过画笔，老把绘画视为神秘莫测之事，然后突然发现自己投身到了一个颜色、调色板和画布的新奇兴趣中去了，并且成绩还不怎么叫人丧气——这可真是个奇异而又大开眼界的体验。我很希望别人也能分享到它。

为了得到真正的快乐，避免烦恼和脑力的过度紧张，我们都应该有一些嗜好。它们必须都很实在，其中最好最简易的莫过于写生画画了。这样的嗜好在一个最苦闷的时期搭救了我。1915年5月末，我离开了海军部，可我仍是内阁和军事委员会的一个成员。在这个职位上，我什么都知道，却什么都不能干。我有一些炽烈的信念，却无力把它们付诸实

现。那时候,我全身的每根神经都热切地想行动,而我却只能被迫赋闲。

尔后,一个礼拜天,在乡村里,孩子们的颜料盒帮我忙了。我用他们那些玩具水彩颜料稍一尝试,便促使我第二天上午去买了一整套油画器具。下一步我真的动手了。调色板上闪烁着一摊摊颜料;一张崭新的白白的画布摆在我的面前;那支没蘸色的画笔重如千斤,性命攸关,悬在空中无从落下。我小心翼翼地用一支很小的画笔蘸真正一点点蓝颜料,然后战战兢兢地在咄咄逼人的雪白画布上画了大约像一颗小豆子那么大的一笔。恰恰那时候只听见车道上驶来了一辆汽车,而且车里走出来的不是别人,正是著名肖像画家约翰·赖弗瑞爵士的才气横溢的太太。"画画! 不过你还在犹豫什么哟! 给我一支笔,要大的。"画笔扑通一声浸进松节油,继而扔进蓝色和白色颜料中,在我那块调色板上疯狂地搅拌了起来,然后在吓得簌簌直抖的画布上恣肆汪洋地涂了好几笔蓝颜色。紧箍咒被打破了。我那病态的拘束烟消云散了。我抓起一支最大的画笔,雄赳赳气昂昂地朝我的牺牲品扑了过去。打那以后,我再也不怕画布了。

这个大胆妄为的开端是绘画艺术极重要的一个部分。我们不要野心太大。我们并不希冀传世之作。能够在一盒颜料中其乐陶陶,我们就心满意足了。而要这样,大胆则是唯一的门券。

我不想说水彩颜料的坏话。可是实在没有比油

演说》,揭开了冷战的序幕。1953 年,他凭借《第二次世界大战回忆录》一书取得"诺贝尔文学奖"。据统计,丘吉尔是历史上掌握英语单词数量最多的人之一,被美国杂志《人物》列为近百年来世界最有说服力的演说家之一;还曾荣获诺贝尔和平奖提名。代表作有《第二次世界大战回忆录》《伦道夫·丘吉尔勋爵》《世界危机》《我的早年生活》《英语民族史》等。

画颜料更好的材料了。首先,你能比较容易地修改错误。调色刀只消一下子就能将一上午的心血从画布上"铲"除干净;对表现过去的印象来说,画布反而来得更好。其次,你可以从各种途径达到自己的目的。假如开始时你采用适中的色调来进行一次适度的集中布局,尔后心血来潮时,你也可以大刀阔斧,尽情发挥。最后,颜色调弄起来真是太妙了。假如你高兴,可以把颜料一层层地加上去,你可以改变计划去适应时间和天气的要求。把你所见的景象跟画面作一番比较,简直令人着迷。假如你还没有那么干过的话,在你归天以前——不妨试一试。

当一个人开始慢慢地不感到选择适当的颜色、用适当的手法把它们画到适当的位置上去是一种困难时,我们便面临更广泛的思考了。人们会惊讶地发现在自然景色中还有那么多以前从未注意到的东西。每当走路乘车时,附加了一个新目的,那可真是新鲜有趣之极。山丘的侧面有那么丰富的色彩,在阴景处和阳光下迥然不同;水塘里闪烁着如此耀眼夺目的反光,光波在一层一层地淡下去;表面和边缘那种镀金镶银般的光亮真是美不胜收。我一边散步,一边留心着叶子的色泽和特征,山峦那迷梦一样的紫色,冬天的枝干的绝妙的边线以及遥远的地平线的暗白色的剪影,那时候,我便本能地意识到了自己。我活了四十多岁,除了用普通的眼光,从未留心过这一切。好比一个人看着一群人,只会说"人可真多啊!"一样。

我以为,这种对自然景色观察能力的提高,便是我从学画中得来的最大乐趣之一。假如你观察得精细入微,并把你所见的情景相当如实地描绘出来,结果画布上的景象就会惊人地逼真。

嗣后,美术馆便出现了一种新鲜的——至少对我如此——极其实际的兴趣。你看见了昨天阻碍过你的难点,而且你看见这个难点被一个绘画大师那么轻而易举地就解决了。你会用一种剖析的理解的眼光来欣赏一幅艺术杰作。

一天,偶然的机缘把我引到马赛附近的一个偏僻角落里,我在那儿遇见了两位塞尚的门徒。在他们眼中,自然景色是一团闪烁不定的光,在这里形体与表面并不重要,几乎不为人所见,人们看到的只是色彩的美丽与谐和对比。这些彩色的每一个小点都放射出一种眼睛感受得到却不明其原因的强光。你瞧,那大海的蓝色,你怎么能描摹它呢?当然不能用现成的任何单色。临摹那种深蓝色的唯一办法,是把跟整个构图真正有关的各种不同颜色一点一点地堆砌上去。难吗?可是迷人之处也正在这里!

我看过一幅塞尚的画,画的是一座房里的一堵空墙。那是他天才地用最微妙的光线和色彩画成的。现在我常能这样自得其乐:每当我盯着一堵墙壁或各种平整的表面时,便力图辨别从中能看出的各种各样不同的色调,并且思索着这些色调是反光引起的呢,还是出于天然本色。你第一次这么试验时,准会大吃一惊,甚至在最平凡的景物上你都能看

我与绘画的缘分

153

见那么多如此美妙的色彩。

所以，很显然地，一个人被一盒颜料装备起来，他便不会心烦意乱，或者无所事事了。有多少东西要欣赏啊，可观看的时间又那么的少！人们会第一次开始去嫉妒梅休赛兰。

注意到记忆在绘画中所起的作用是很有趣的。当惠斯特勒在巴黎主持一所学校时，他要他的学生们在一楼观察他们的模特儿，然后跑上楼，到二楼去画他们的画。当他们比较熟练时，他就把他们的画架放高一层楼，直到最后那些高材生们必须拼命奔上六层楼梯到顶楼去作画。

所有最伟大的风景画常常是在最初的那些印象归纳起来好久以后在室内画出来的。荷兰或者意大利的大师在阴暗的地窖里重现了尼德兰狂欢节上闪光的冰块，或者威尼斯的明媚阳光。所以，这就要求对视觉形象具有一种惊人的记忆力。就发展一种受过训练的精确持久的记忆力来说，绘画是一种十分有效的锻炼。

另外，作为旅游的一种刺激剂，实在没有比绘画更好的了。每天排满了有关绘画的远征和实践，——既省钱易行，又能陶情养心。哲学家的宁静享受替代了旅行者的无谓的辛劳。你走访的每一个国家都有它自己的主调，你即使见到了也无法描摹它，但你能观察它，理解它，感受它，也会永远地赞美它。不过，只要阳光灿烂，人们是大可不必出国远行的。业余画家踌躇满志地从一个地方到另一个地方东游西荡，老在寻觅那些可以入画可以安安稳稳带回家去的迷人胜景。

作为一种消遣，绘画简直十全十美了。我不知道还有什么在不筋疲力尽消耗体力的情况下比绘画更使人全神贯注的了。不管面临何等样的目前的烦恼和未来的威胁，一旦画面开始展开，大脑屏幕上便没有它们的立足之地了。它们退隐到阴影黑暗中去了，人的全部注意力都集中到了工作上面。当我列队行进时，或者甚至，说来遗憾，在教堂里一次站上半个钟点，我总觉得这种站立的姿势对男人来说很不自在，老那么硬挺着只能使人疲惫不堪而已。可是却没有一个喜欢绘画的人接连站三四个钟点画画会感到些微的不适。

买一盒颜料，尝试一下吧。假如你知道充满思想和技巧的神奇新世界，一个阳光普照色彩斑斓的花园正近在咫尺等待着你，与此同时你却用高尔夫和桥牌消磨时间，那真是太可怜了。惠而不费，独立自主，能得到新的精神食粮和锻炼，在每个平凡的景色中都能享有一种额外的兴味，使每个空闲的钟点都很充实，都是一次充满了销魂荡魄般发现的无休止的航行——这些都是崇高的褒赏。我希望它们也能为你所享有。

简 评

2002 年，英国 BBC（英国广播公司）举行了一个名为"最伟大的 100 名英国人"的调查，丘吉尔获选为有史以来最伟大的英国人。丘吉尔两度出任英国首相，曾获"诺贝尔文学奖"和"诺贝尔和平奖"提名，同时还涉足演讲和绘画领域，均取得不俗的成就。至少可以说他是一个充满智慧，且长期发奋有为的人。丘吉尔说："为了达到真正的快乐，避免烦恼和脑力的过度紧张，我们应有一些爱好。"这句话是他绘画的缘分所在，也揭示了一个生活的哲理："如果不是绘画给我的精神支持，我恐怕

我与绘画的缘分

155

活不到今天。"对于丘吉尔来说直到他生命的最后,绘画始终是一大乐事,因为"不管面临何等样的目前的烦恼和未来的威胁,一旦画面开始展开,大脑屏幕上便没有它们的立足之地了。它们退隐到阴影黑暗中去了,人的全部注意力都集中到了工作上面"。

画具齐备,只差下笔,可这最初的一笔还是让丘吉尔觉得举步维艰:"调色板上闪烁着一摊摊颜料;一张崭新的白白的画布摆在我的面前;那支没蘸色的画笔重如千斤,性命攸关,悬在空中无从落下。我小心翼翼地用一支很小的画笔蘸真正一点点蓝颜料,然后战战兢兢地在咄咄逼人的雪白画布上画了大约像一颗小豆子那么大的一笔。恰恰那时候只听见车道上驶来了一辆汽车,而且车里走出来的不是别人,正是著名肖像画家约翰·赖弗瑞爵士的才气横溢的太太。'画画!不过你还在犹豫什么哟!给我一支笔,要大的。'画笔扑通一声浸进松节油,继而扔进蓝色和白色颜料中,在我那块调色板上疯狂地搅拌了起来,然后在吓得簌簌直抖的画布上恣肆汪洋地涂了好几笔蓝颜色。紧箍咒被打破了。我那病态的拘束烟消云散了。我抓起一支最大的画笔,雄赳赳气昂昂地朝我的牺牲品扑了过去。打那以后,我再也不怕画布了。"

丘吉尔学习绘画的过程就是这样的:丘吉尔的启蒙老师是他在伦敦的邻居——著名画家约翰·赖弗瑞。后来他又师从号称最后一个"后印象派"大师的保罗·吕西安·梅斯,极其认真地研习德加、透纳、毕莎罗等印象派画家的作品,努力追随他们的光影变幻。慢慢地,丘吉尔的印象风景画自成一格。

本文体现了作者在恬淡、风趣的英国传统散文风格土壤中成长起来的独特个性。准确具体地描写事物的细节,是散文写作的一般要求,但体现在本文的写作中就不是单纯地详述事件的过程本身,而是着重描述事件过程中作者复杂的心理活动。阅读本文不妨立足于此,细心揣摩文章中的心理描写。

作者描写的是自己在处于人生低谷时学画的经历和感悟,表现了他的艺术修养、对艺术的执着精神,以及对自然、艺术、生活的热爱之情,学画看似文章的中心,其实写作的重点不是如何学绘画,而是描述学画的感想、心得,写自己如何把心中的苦闷升华为高尚的精神追求。一颗自信、勇敢和永远年轻的心。他说的绘画,不是躲在家中信手涂鸦,如果有精湛的画技,当然可以专注于手中舞动的画笔,任由公园、田间的行人在你身边走过、驻足和窃窃私语。但年已四十,从未碰过画笔,那刚开始的情形,可就不难想象了。那需要非凡的勇气和自信,他不怕别人的讥笑,不需要乞求别人的肯定,他从中得到无限的快乐。看着自己一天天地进步,这种幸福是无与伦比的,这是一种深深根植于内心深处的成就感,可以远离尘世的喧嚣,是那么的宁静。一个人需要这种勇气与自信,一个国家又何尝不是。在整个欧洲都投降于纳粹德国时,英国毅然决然地选择抵抗,如丘吉尔那篇著名的演讲"我们将在海滩上作战。我们将在陆地上作战。我们将在田野和街道中作战。我们将在山区作战。我们,决不投降!"回望历史,尤其100多年来近现代历史,在紧要的历史关头,我们这个民族真该反思,我们曾经拥有的民族自信心与自豪感,是任何时候都不能忘记的。如果对自己的历史、文化都没有自信,又怎么能期望别人来尊重?从丘吉尔的绘画经历中我们应该有所收获。

　　作者用他的亲身经历告诉我们,艺术是苦闷的升华,是精神回归的家园。作者在现实生活中碰壁,志愿得不到实现,只有转向艺术,他说"这样的嗜好在一个最苦闷的时期搭救了我"。可以说艺术是人在疲倦之后的心灵疗养所,精神回归的家园。艺术虽不能包医精神的百病,但它能给人生存的信念、精神的动力和顽强的意志力。人在现实世界享受不到的精神快乐,或许能在艺术世界中充分享受到。所以人的一生应该有某些精神寄托。

丘吉尔还是一位著名的演说家,他的演说,被美国杂志《人物》列为近百年来世界最有说服力的一大演说家之一;他的演说感人肺腑,富于雄辩。本文虽有别于他的演说,乃一篇随笔式散文,但是,读本文我们似乎感受到了作者演说的气势。作者情之所至,文之所之,自然而又生动地叙述了自己与绘画结缘的过程,写出了从"神秘莫测"到"大开眼界"的种种感受。说的是绘画艺术却包含着人生态度,甚至"作为一种消遣,绘画简直十全十美了","既省钱易行,又能陶情养性",总能给读者以无限的启迪和强烈的感染。

古
城初夏

◇[日]岛崎藤村

我的同僚中有一个理学士,担任物理、化学等课程。

学校放学的时候,我打这位年老学士的教室旁通过。站在门口一看,学士刚刚讲完课,正站在桌子前边向学生们解说着什么。桌上放着大理石碎片,盛盐酸的瓶子,量杯,试管等。点着了蜡烛。学士将手里的量杯微微倾倒给大家看。二氧化碳从玻璃板盖的隙缝里流出来,烛火像水泼一般熄灭了。

天真的学生们一起围到桌子周围,张着嘴,睁大了眼睛瞧着。有的微笑着,有的袖着两手,有的手托着两腮,露出各种复杂的表情来。学士说,要是把鸟或老鼠放进杯中,立即会被闷死。一个学生听罢马

本文选自《岛崎藤村散文选》(百花文艺出版社2009年版)。岛崎藤村(1872—1943),日本诗人、小说家、日本现代浪漫主义文学的代表人物。原名岛崎春树,别号古藤庵。生于长野县筑摩郡没落贵族家庭。1887年进入明治学院。结识北村透谷等人后,开始创作新诗。参加了北村透谷等创办的杂志《文学界》,代表作第一

本浪漫诗集《嫩幕集》，开创了日本近代诗的新境界；散文集《千曲川风情》之后转向小说发展，发表了《破戒》《春》《家》《黎明之前》等，是日本自然主义文学的先驱。

上站起来。

"老师，虫子能活吗?"

"哎，虫子不是和鸟儿一样需要氧气吗?"

发问的那个学生立刻跑出教室，转眼之间，他已站在窗外的桃树旁了。

"哦，他去捉虫啦。"

一个学生朝窗外望去。那青年在院子里的浓密的樱树荫里寻找什么。过一会儿，他捉了个东西回来，交给了学士"是蜂子呀。"学士厌恶地说。

"嗯，正发怒呢，小心螫着。"

学生们七嘴八舌，学士躬着身子，做出极力不被螫着的样子。当他把蜂子放进杯子的时候，学生们都下意识地笑了。"死啦，死啦!"有人喊着。"不顶用的家伙!"有人骂道。那蜂子像是验证着真理一般，在杯中转了几个圈儿，扭着身子，闷死了。

"已经不行了吧?"学士也笑了。

一天，校长和同僚们一起到怀古园中练习射箭，在绿荫丛中，大家一同开辟了十五码的场地。在学士的邀请下，我也从学校直接向古城遗址走去。

我初见学士的时候，只以为他是专到这乡下来隐居的老学者，未曾想到他还这般平易亲切。我们，除了三位同事，都是外来的，其中也有像学士一样饱尝世间辛酸的人。这种人服装极不在意，讲课却很热心，有时候破旧的西服上沾满粉笔灰也不去掸一掸。因此，起初镇上的人都疏远他们。凭服饰和薪水认定一个人的价值，这是一般人的眼光。然而学生的家长们逐渐地不得不承认学士那种亲切、正直和可贵的品格。我从未见过像他这样坦诚布公的人了。不知打什么时候起，我同这位老学士成了好朋友，如同听自己的亲人话旧似的，我听到了他那难于抑压的喟叹和内心深处埋藏的愤怒的声音。

我们聚齐后就出发了。从学士的口中，时时涌流出轻快的法语。每当听到他说法语，我就想起学士那华奢的过去。学士那般无所拘束的风采之中，有些方面似乎仍不失往日的潇洒之态。他的胸前打着别致的领结，那种很少见的领际闪着光亮。看到这些，我有时竟像孩子一般觉得好笑。

白中渗黄的柿子花，早已随处飘落，散放着香气。学士提着弓箭袋和装有松脂油的布包，边走边说道：

"哎，告诉你们一件事吧，我们的第二个儿子，他很喜欢同孩子们一起摔跤，这阵子忽然夸奖起我的这张弓来啦。爱摔跤的人都有一个奇怪的名字，我问他叫什么，他说他叫'海里鲨'。"

我不由得笑了，学士强忍住笑继续说：

"哥哥也是有名字的，我问他你想取个什么名字，他回答说，爸爸喜欢摆弄弓，为了祝福你百发百中，我就叫'箭箭中'吧。你听，叫'箭箭中'，小孩子的话，多有意思。"

听着这位老爷子讲的故事，不觉已到达古城门前。一个骑马的医生，对着我们打了个招呼走过去了。

学者目送着他,又说开了:

"那位先生,养鸡,喂马,玩小鸟,种牵牛花……什么都干呀。到了种菊花的时候就种菊花。不管哪个乡村,总有这样一个医生,一个奇特的人。'其他的都算不上医生,卖江湖膏药的,不值得一提!'瞧他这口气。不过他倒是个很有意思的人。每到乡下来,要是没有药钱也不打紧,给点儿地里出产的就行,大葱什么的拎一把来也成。所以老百姓都很喜欢他……"

要说奇人,不光是这位医生,还有那些旧士族,不甘过着闲散无聊的生活,有人像隐士一般到千曲川垂钓。还有一位和姐姐两人住在城门边,往怀古园内挑水,帮助官府做事。旧士族中奇人多,时世造就了他们成为这样的奇人。

如果你走过这一带士族住居的遗址,看到这里的断垣残坂和只剩下几块石础的桑园,听一听众多离散家族的哀伤的历史,回头再看看本町和荒町生意兴隆的商人之家,你就会感到"时光"的脚步快得有些怕人。不过,到其他地方崭露头角的新人物,大体都是受过教育的士族子弟。

眼下,这位拎着弓箭走在破败的城址坂道上的学士,也是某藩的士族。校长似乎是江户时代的"御家人"。那位学校的干事兼汉学教师的先生是小诸藩的人。听说学士十九岁时参过战。

我游览了这座古城遗址,这里美丽的风景是你无法想象的。透过繁密的绿荫,可以眺望银白的山峦。日本阿尔卑斯山山谷的白雪，从这里望过去就像一道白壁一般。

怀古园内的青藤、木莲、杜鹃和牡丹等花木，一时争妍斗艳，香气四溢，如今已是一片浓绿清新可人。千曲川只有登上天主台才看得见它。山谷之深，由此可以想象。浅间山一带有大海般的广阔的斜坡，走在黑幽幽的松荫下边，仰头可以窥见六月的天空横曳着一线山坡来。我给你介绍过的乌帽子山麓的牧场以及 B 君居住的根津村等地方，虽然看不见，但从那里可以朝松林的对面直插过去。从高高的石墙上可以看见下面榉树和枫树的绿荫遮掩着我们的靶场。

境内有一座十分漂亮的茶馆，我取出预先寄存在那里的弓箭，同学士一道走下长满青苔的石阶。静寂的靶场里也可以遇到校外的人。

"自从练习射大弓以来，到明天就满周年了。"

"尽管练了一年，停了一段时间再也射不中了，说来真是笑话啊。"

"真棒！是'尺二'大靶哩，完全拜托你啦。"

"霹雳！"

"这样干不行——"

操着强弩的汉学先生和体操教师之间进行了上述的谈话。理学士操着一张最弱的弓，但由于很认真，所以百发百中。

说起古城遗址，你可以想象，那里几乎没有什么人居住。我向你讲过那个城门旁边的守门人和园内的茶馆,此外还住着一个养鸡人。这人疾病在身,终日无聊苦恼,跑到我们的靶场看热闹。他站在我们背后,时常发出奇警的批评。看到我们一齐拉满弓,尾羽蹭着面颊,他就开玩笑说:"瞧,你先生连拉弓都厌了,干脆到靶场上喂鸟去!到了那一天,这地方就归我啦……不过,这射箭的事总是没完没了的。"他不停絮叨着,有的人好容易憋足了气力,经他一说又松了劲儿,连弓也拉不动了。

对于来到小诸隐居的学士来说,这绿荫看上去好比是藏在深处的乐园。当他所宝爱的鹰羽箭一齐飞向白色的靶子的时候,学士似乎把一切都忘了。

忽然降起热雨来了,传来了雷鸣。浅间山的山麓被云彩掩没了,看上去灰濛濛一片。几块云层在风的吹动下,打我们的头顶飘过去,向山那边移动。雨点儿一旦停歇,又猛然降落下来。"看来动真格的啦。"学士一边说,一边去拆卸自己新近制作的七寸靶子。

城址的桑园内有人淋着雨在劳动。大家正在眺望流云的当儿,初夏的阳光忽然透过绿叶照射下来。弓箭手们开始雄纠纠地射出了一箭。不一会儿,又是一阵大雨。大家只得断了念,一同折回到茶馆里。

我和学士一起从高高的颓败的石垣上下来,踏上归途的时候,看到东方天空有一道颜色鲜烈的彩虹。然而,学士只是慢悠悠地走自己的路。

简评

　　本文作者岛崎藤村的创作风格早期为浪漫主义,后转变为现实主义,但受到当时流行的自然主义的影响,作品又具有自然主义特点。他出生于一个封建世家。1891年,他从明治学校毕业,进军文艺界,1897年第一部诗集《嫩幕集》的出版,奠定了他在日本文学史上的重要地位。1901年将自己的生活经历写成《千曲川风情》发表。《千曲川风情》是作者的散文代表作。之后转向小说发展,发表了《破戒》《春》《家》《黎明之前》等,开创了日本自然主义文学的先驱。作者生活在明治维新之后,这个时代正是日本社会摆脱封建束缚,大力发展资本主义的时期,一切皆成向上的姿态。反映在文学上,也体现出破旧立新的要求。具体体现在这本书里,就是作者采用了言文一致的文体,即把书面语和口语结合起来,融入写作之中。这无疑是明治时期,日本文学在文体方面最有益的探索之一。《千曲川风情》是作者岛崎藤村在信浓山区居住时对当地景物、人物、风土人情,风俗习惯的速写集,也是作者成名作。作者由城市移居乡村,在乡村居住三四年后,开始动手写作这些散文,想借助文字,把他对乡村生活的体验和感受分享给更多没有乡村生活经验的读者。《古城初夏》是其中很有特色的一篇散文佳作。

　　岛崎藤村是日本近代著名的一位诗人和小说家,因为日本文化多源于中国文化的缘故,文字间渗透了古典美学的传统,日本文字很多借用了汉字,在翻译时更容易准确地变成汉字,在传递原文精髓方面要大大超过英语等别的文字,所以我们更容易体验到作者的心境。尤其是:川端康成、谷崎润一郎、佐藤春夫、村上春树、渡边淳一、太宰治、村上龙等。川端康成的迷幻感觉,谷崎润一郎的病态爱欲,佐藤春夫的浪漫抒情,太宰治的消极颓废,村上春树的激进叛逆,渡边淳一的婚外快餐,都让人感兴趣和享受。其实,大江健三郎、村上春树的文章也水平极高,

古城初夏

尽管他们的语言离传统的味道有点远,但是和岛崎藤村还是有一定的相似之处。读岛崎藤村的散文自然别有一番滋味。比如:"我第一次发现太阳的美,并不是在日出的瞬间,额尔是在日落的时刻。我已经上18岁的青年了。当时在我的周围,虽然也有人教给我对大自然的很淡然的爱,但是没有人批示我说:你看那太阳。"(《太阳的话》)再如:"在城里,只有冬天来到杂木丛生和布满武藏也都时候,才能看到薄薄的、令人喜悦的微霜……。"再如:"这儿的桑园,要是来上三四场霜,那就看吧,桑叶会骤然缩成卷儿像烧焦了似的,田野里的土块也会迅速松散开来……看了这种景象,着实有点怕人哩。"(《落叶》)

阅读岛崎藤村的作品,总让人联想起英国浪漫主义诗人拜伦,虽然岛崎藤村在世界文学史上的地位不能和拜伦相提并论,但以其对浪漫主义的青睐,我们可以明确地感受到,他们都是现实社会的愤世嫉俗者,都是未来完美世界的热衷构想者。本文不仅在于文字技巧的娴熟,更在于一颗恬淡的心发出的真诚的对于生活的热爱,对于世俗的超越,正适合当下物欲世界中的我们寻一刻的纯净静谧的时光。作者笔下古城的人仿佛生活在世外桃源里。同事中承担着物理和化学等课程教学的理学士、以校长为首的所有的同事、城门旁的看门人以及疾病缠身的养鸡人,都心平气和地做着自己的事。看似简单却很难得。"我初见学士的时候,只以为他是专到这乡下来隐居的老学者,未曾想到他还这般平易亲切。我们,除了三位同事,都是外来的,其中也有像学士一样饱尝世间辛酸的人。"他们的生活都是那样平静。"一天,校长和同僚们一起到怀古园中练习射箭,在绿荫丛中,大家一同开辟了十五码的场地。在学士的邀请下,我也从学校直接向古城遗址走去。"这就是他们的古城生活。

这里的人是非常有趣的,"那位先生,养鸡,喂马,玩小鸟,种牵牛花……什么都干呀。到了种菊花的时候就种菊花。不管哪个乡村,总有这样一个医生，一个奇特的人。'其他的都算不上医生，卖江湖膏药的，不值得一提！'瞧他这口气。不过他倒是个很有意思的人。每到乡下来，要是没有药钱也不打紧，给点儿地里出产的就行，大葱什么的拎一把来也成。所以老百姓都很喜欢他……"对于旧士族来说，为的是打发闲散的日子。

文章的结尾，"我"和学士行走在古城初夏的雨后，像一幅素描，给读者留下了隽永的印象，是难以忘怀的。"城址的桑园内有人淋着雨在劳动。大家正在眺望流云的当儿，初夏的阳光忽然透过绿叶照射下来。弓箭手们开始雄赳赳地射出了一箭。不一会儿，又是一阵大雨。大家只得断了念，一同折回到茶馆里。"

我们还必须注意到，读作者这一时期的散文，我们还很容易感受到，淡淡的哀愁是日本传统文化的一个重要组成部分。在日本著名作家排行榜上作家，吉田兼好如是，川端康成如是，本文的作者亦如是。尤其川端康成，荣获1968年度诺贝尔文学奖三年多之后，1972年4月16日，突然采取含煤气管的自杀方式离开了人世。没有留下一个字的遗书，或许，他早在1962年1月就说过："自杀而无遗书，是最好不过的了。无言的死，就是无限的活。"

本文不是单纯的自然描写或风景描写，作者成功地表现了自然与人的相互关系，清淡、恬静的文字间飘逸着若隐若现的淡淡的愁绪，这是日本现当代文学的特点之一。

苦难记忆

——为奥斯维辛集中营解放四十五周年而作

◇ 刘小枫

本文选自刘小枫《这一代人的怕和爱》（生活·读书·新知三联书店1996年版）。刘小枫（1956—），重庆人。中国人民大学文学院教授、博士生导师。当代哲学家、散文家。主要著作有《诗化哲学》《拯救与逍遥》《走向十字架上的真》《现代性与现代中国：现代性社会理论绪论》《沉重的肉身》《这一代人的怕和爱》《刺猬的温顺》

"当无辜者在一方，而罪人们在另一方时，这叫作什么？"

"我不知道，小姐。"

"动动脑筋，傻瓜。"

"我不知道，小姐。"

"如果人们将一切毁灭，一切都已失去，但太阳还在升起，空气仍旧清新……"

法国电影艺术家戈达尔在其故事新编《芳名卡门》的结尾处写下的这段对白，使我无法释然。

卡门小姐——一位美丽、热情、任性、富有女性特有生命直觉的女孩子，身饮冲锋枪弹，躺在血泊中，以最后一丝生命的气息，提出了两个在我解答不了的问题。人类的历史、个人的生存都受到这两个问题的严峻拷问。然而，死者毕竟已经死去，活着的人在死者的问题中活着。而且，太阳还在升起，空气仍旧清新……

今年1月，我第一次看电影《芳名卡门》，正值20世纪的苦难标志之一——奥斯维辛集中营解放四十五周年之际。卡门小姐的临终提问，使我想到在奥斯维辛惨遭不幸的成千上万死者。"解放"一词的意义已显得苍白无力，它毕竟无法让死者复活，亦不能补偿无辜者遭受的折磨。在奥斯维辛死去的无辜者中，不知有多少年轻美丽的少男少女。

奥斯维辛的罪恶不仅是西方人的耻辱，也是中国人的耻辱；奥斯维辛的不幸，不仅是西方人的不幸，也是中国人的不幸。因为，它是人类犯下的罪恶，而且是有知识的人犯下的罪恶，亦是人类所遭受的不幸，因而是属所有人的不幸。只要是生存的人，都无法摆脱它的阴影。中国人同样处身于卡门式的带有绝对普遍性的问题之中。我们与奥斯维辛苦难的关系，绝非所谓国际主义问题，而是一个生存论（existenial）的问题。

奥斯维辛事件以后，西方思想家通过哲学、神学和各种文艺形式，一直在沉痛反思奥斯维辛的罪恶和不幸。卡门式的问题尽管至今无法回答，却也不可搁置。活着的人与无辜死者同在，难道我们与奥斯维辛以后的苦难反思无关？

《圣灵降临的叙事》《重启古典诗学》《现代人及其敌人》《拣尽寒枝》《儒教与民族国家》《斯特劳斯的路标》《罪与欠》《共和与经纶》等。

169

奥斯维辛以后

在西方的思想著作中,"奥斯维辛以后"(After Auschwitz)已成为一个术语。以此为题的专著,就我所不下十余种——法国哲人利科(Paul·R icoeur)有言,当今哲学所面临的决定性挑战乃是"恶"。

"奥斯维辛以后"成为一项哲学课题,也许当归于德国哲学家阿多尔诺(T·W·Adorno)对奥斯维辛苦难的哲学反思。Nach Auschwitz gibt es keine Gedichte mehr(奥斯维辛以后诗已不复存在)。他的这一名言至今仍未失去鸣声悲切的分量。

对于阿多尔诺,奥斯维辛首先是个人自身的主体性痛苦。尽管阿多尔诺在纳粹时代流亡美国,未尝过集中营之苦,他仍然感到奥斯维辛关涉自己个人生存的理由。阿多尔诺对自己提过这样的问题:奥斯维辛以后是否还有理由让自己活下去? 在奥斯维辛以后继续活下去,已多少使冷漠成为一种主体性原则,怀疑意识作为对野蛮经验的必然反应,也具有了正当理由。然而,当人们由生命所迫继续活着时,就必须负起一种责任,使奥斯维辛不再重复。

作为哲学家,阿多尔诺把这种责任引入其形而上学的思考,并把奥斯维辛作为其哲学的基本经验来看待。《否定辩证法》一书中,"形而上学的沉思"一章的开章标题即是"奥斯维辛以后"。阿多尔诺认定:奥斯维辛既是惶然失措、深受伤害的世界过程之密码，是从深渊中发出声响的一个苦涩的词，也是历史哲学和认识论的密码。在这一密码中，生活世界接近了预知的恐怖。哲学理应认清这种恐怖，却显得那么束手无策——哲人既无法靠分析逻辑从概念上来把握奥斯维辛，也无法为之找到形而上学的安慰。

阿多尔诺看到，奥斯维辛是现代启蒙运动失败的公开证明，是一切致力于完美世界的构想彻底失败的标志。奥斯维辛对启蒙理想的历史成就及其理想投下了永不消退的阴影。在此阴影之下，哲学的思辨理性除了绝望和痛苦，已明显不能把握人类的苦难和不幸，至多客观地描述历史的苦难和不幸，由此表达渴求拯救的主体冲动。只有记忆的力量和由悲哀与痛苦构成的情状，才是希望的超验之光的酵素。

奥斯维辛不仅迫使哲学不能从表面现象理解历史材料，而且要摸清历史发生的深隐结构，并迫使哲学之思禀具一种绝对必要的品质：以苦难记忆为基础的主体意志。唯有如此，哲学才能在已被践乱了的存在踪迹中寻找到自己的生存位置。

无辜负疚

奥斯维辛以后，活着的和将要活着的人的生存是负疚的。这是生存论意义上的负疚，而非心理学意义上的负疚。正如奥斯维辛是生存论上的苦难和耻辱记号,而非一种地域性或民族性的苦难和耻辱记号。这一具有普遍意义的记号意味着,20世纪的罪恶和野蛮是独特的。以世界理想和人类未来为口实制造的苦难和不幸,已抹去了人的存在基础。一旦我们记起那些无辜的死者,那些被毁灭了的年轻美丽的生命在一方,而罪恶的人们在另一方,我们暗遣年华的生存就受到质询。

以纳粹集中营为题材的电影作品,我看过不少。《索菲的抉择》提出了令我至今困思的一个问题:无辜负疚。尽管这部作品在描写集中营中不堪卒睹的折磨方面远不如《为时间演奏》(*Playing for Time*),甚至也不是以描写集中营为主题,但它提出的问题相当尖锐:人的无辜负罪及其对迟来幸福的影响。

在被送往集中营的路上,纳粹强令索菲将自己的孩子——一个儿子和一个女儿交出,要把他们送往死亡营。索菲竭力想说明自己的出身清白,甚至以自己的美貌去诱惑纳粹军官,以图能留下自己的儿女。纳粹军官告诉她,两个孩子可以留下一个,至于留哪一个,让索菲自己选择。索菲几乎要疯了,她喊叫着,她根本不能作出这种选择。纳粹军官的回答是:那么两个孩子都死。在最后的瞬间,索菲终于喊出:把儿子留下。

索菲的抉择使我对萨特先生的自由抉择说感到抑止不住的厌恶。索菲的抉择表明这种学说至少在生存论上是不真实的。当存在的结构因某些人的作恶而在生存论上带有罪恶性质时,自由的抉择是不存在的。卡夫卡很懂得这一点，甚至即便从存在结构的自然本体论性质来看，自由抉择也是不存在的。人的生存必须抉择，而人又置身于生存的裂伤之中，抉择必然是负罪的，尽管是一种无辜的负罪。索菲的抉择应从寓意角度来理解，其涵义远远超逾了事件本身。

深深爱着索菲的那位青年作家，希望与索菲远奔他乡，圆成幸福。人毕竟只能活过一次，任何幸福的机会都暗催残岁。索菲知道这一点，但她忆述了这段苦难往事，拒绝了幸福。

体现在索菲这次抉择中的负疚感，源于对无辜不幸的苦难记忆。令人震慑的是，它是无辜的负疚！尽管索菲是苦难的蒙受者，是无辜不幸者，她仍然要主动担起苦难中罪的漫溢。索菲觉得，她已不是一个好母亲，她已失去了获得幸福的权利。

在汉语语境中，生存品质已被败坏，以人类的解放者自居，以历史的推动者自居，以新世界的制造者自居，连罪责应负的负疚都没有，谈何无辜的负疚！负疚感的缺失，表明精神质素已然丧失最基本的怜惜感，这正是罪恶产生的根源之一。我们能说无辜负疚作为一种精神品质与我们毫不相干吗？

《索菲的抉择》末尾那段长时间的索菲特写镜头，让我终生难忘：泪早已流尽，干涩的双眼仍张得大大的，在盼望着什么。这是苦难记忆的印记——印在这张茹苦蒙辱、涩泪无端的脸上的无辜负疚，向已然被意识形态败坏了的人类品质提出了无言的

苦难记忆

质问。

爱与死

描写苏比波集中营的电影，我看过两部。一部是纪实性的，另一部是故事片。我更有感于后者，它提出了受苦中的爱的问题。

苏比波集中营之闻名，不仅因为它是仅次于奥斯维辛的大死亡集中营之一，更因为在那里曾发生过一次真实的大逃亡事件。电影《逃离苏比波》就以这次逃亡事件为题材。

整部电影从头至尾都让人战栗。

在死亡集中营里，异死不是未确定的偶然，而是已确定的眼下必然；不是人将走向异死，而是异死已走向人。从生命的自然形态来看，一切将不复存在，正义、良善、爱在异死的阴影中显得无凭无端。尽管正义、良善、爱已被历史罪恶和意识形态颠倒，以至于诸多现代主义者对它们的怀疑、解构和嘲弄不无理由，然而在死亡集中营里，却仍有人不忍抛掷正义、良善和爱。

有一次，十多位难友排成一行，站在其余难友面前，他们曾企图逃离，不幸没有成功，现在正等待现场枪决，当众难友之面"杀一儆百"……一位年轻的难友突然昏倒在地，他承受不了这种异死。这时，一位牧师走出来，申请代替年轻人被枪决……他被允许了。

在爱的面前，异死丧失了骇人的力量。

还有另一种爱。

犹太姑娘丽莎在集中营里爱上了一位俄国中尉，她热情大胆地向这位俄国战俘表白自己的爱情。俄国中尉总是回避这位姑娘，这不是因为在死亡集中营里谈恋爱显得荒唐，而是因为在遥远的俄土有他的妻子和儿女……直到策动逃离暴动发生的前一天夜里，俄国中尉才轻轻吻过犹太姑娘一次。

第二天大逃亡时，犹太姑娘被枪弹打死了……她没有能越过集中营铁网与附近树木之间的那片开阔地——她毕竟是孱弱的姑娘，从背后射进她体内的机枪子弹，使她轻轻扑倒在地，再也没有起来。

俄国中尉活下来了。像许多其他有幸逃离的难友一样，他成了审判纳粹刽子手法庭的见证人——但他也是死亡集中营里爱的见证人。

我不知道俄国中尉心里是否曾有过悔意，懊悔自己在集中营里不曾回答犹太姑娘的爱，懊悔自己当初没有好好地爱她，感到对不起这位在异死的阴影中爱他的姑娘。

爱是真实之发生，而非伦理的规则。伦理规则应以爱的宗教为基础。在爱的宗教中，被钉十字架的爱打破了一切由自然构成的法则，在神性的死中战胜了自然性的死，在自然性的死中复活了真实的爱。在被钉十字架的爱之肯定和否定——肯定生命中的肯定和否定生命中的否定中，基督的爱支撑着每一位活着的人无根无据的残身。

人毕竟是人,既非不死的,也非不朽的。爱应在生之中战胜死,补偿性的爱不在……

走进无辜

在电影《逃离苏比波》中,有一幅画面令人震慑:集中营焚尸炉的烟囱矗立在美丽的田野上,背景是绚丽的太阳,空气那么透明清新……

你觉得这不谐调吗?你觉得集中营的焚尸烟尘污染空气吗?

可是,大自然没有提出抗议,它仍然以自己美丽的身躯为人间罪恶提供背景,不曾为人间苦难流过一滴泪水。

自然性的存在从来就对人间罪恶和人所遭受的无辜不幸默不作声,没有也无从对一切伤害提出指控,更不曾也不能抚慰不幸的悲惨,以至于罪恶和不幸成了自然而然的事。

不仅大自然如此,历史也如此。如果人的生息最终是建立在自然或历史之上的,人间罪恶和人之不幸就会是自然而然的。

只有超自然、超历史的神圣存在,才构成了对人间罪恶的绝对否定,才能抚慰人所遭受的无端不幸。只有当人的生息在超自然、超历史的神圣怀抱之中有一席之地,人间罪恶和人之不幸才不会是自然而然的。

从近代到现代,人类思想醉心于人之存在的自然性延长:制造技术及其组织、扩大语言覆盖面并试图从中找到或确立人的终极根基——人是劳动的生物,人是语言的生物,人是社会存在的生物。结果怎样呢？ 在二十世纪,人类面对种种杀人机器——技术化的杀人机器和意识形态话语的杀人机器,哑然失语,束手无策。奥斯维辛的罪恶就是在技术化和一种特定的话语系统中发生的。由技术组织和特定的话语系统制造的罪恶,在奥斯维辛之前就已问世,在奥斯维辛之后,亦有更新。奥斯维辛不过是二十世纪无数诸般罪恶的一般性标志。

无辜者在一方,罪恶的人在另一方——历史至今没有改变这种现实,大自然的阳光没有对此提出异议,作为受害的无辜者,至多只能提出一个问题而已。

甚至某些神圣存在也默不作声！并不是所有的神圣存在都对人间罪恶提出过指控:形而上学的神圣存在没有,神秘主义的神圣存在没有,"天何言哉"的神圣存在没有,大象无迹的神圣存在没有。

只有在"各各他"成人的神圣存在不默不作声。耶稣基督不仅指控人间罪恶,而且亲身走进无辜者之中。只有这位在十字架上成人的神圣存在看到了人们将一切毁灭,但太阳还在升起、空气仍旧清新时,由此感到莫大的痛楚——他无法容忍,因此要成人,而且自愿选择了无辜受难的方式成人,以便与每一位无辜者相遇。基督的上帝并未给无辜不幸和无端异死提供任何意义说明,而是以神圣恒在者的身份与人一同受苦受死。甚至艺术家罗丹也懂得：基督的上帝是一位自愿舍弃彼岸的他者，他伸向这个世界的手（"上帝之手"）只是一只战栗的爱之手，托支着裸然男女瑟瑟的拥抱。正是由于这位神圣存在降身于无辜不幸和无辜负罪之中，从古至今的每一位无辜死者才不允许被遗忘。

记忆苦难

在一次神学研讨会上，搞马克思主义哲学的马尔科维奇向神学家默茨（Metz）和拉纳提问："奥斯维辛以后祈祷是否也已不复存在？"

这显然是在利用阿多尔诺的那句著名的话向神学家发难。默茨为这一问题所震慑，没有回避问题，而是承接其中的沉重含义：奥斯维辛对基督信仰同样是不可回避的挑战，"奥斯维辛以后"。基督信仰同样面临正当性危机：基于预定论的基督信仰，是恰当的吗？基督信仰关于历史意义的传统陈述是恰当的吗？

天主教神学家默茨提出：绝不存在一种能漠视奥斯维辛去拯救的历史意义，绝不存在一种能漠视奥斯维辛去维护的历史真理，也绝不存在一位能漠视奥斯维辛去祈告的历史之上帝。基督神学必须能够在历史的否定性中去感受历史，即在历史的灾难性本质中去感受历史。从实践——政治的角度记住每一位受难者，应成为基督神学的内在要求。

默茨使得圣经中的 memoria passionis（苦难记忆）这一深刻的范畴重新显得极为耀眼。他主张，苦难记忆应成为普遍的范畴、拯救的范畴。丧失了这一范畴，人的主体生活就会日益成为人本中心主义，人的主体存在就会日益成为没有记忆的智力和具有柔性功能的机器。因此，默茨迫切地要求基督神学陈说苦难记忆，并为苦难记忆一再进入公共意识而努力。

　　由圣经展示出的苦难记忆是独一无二的，在一切哲学和其他东方宗教中，找不到与之相关的范畴。苦难记忆既是一种主体精神的品质，亦是一种历史意识。作为历史意识，苦难记忆拒绝认可历史中的成功者和现存者的胜利必然是有意义的，拒绝认可自然的历史法则。苦难记忆相信历史的终极时间的意义，因此它敢于透视历史的深渊，敢于记住毁灭和灾难，不认可所谓社会进步能解除无辜死者所蒙受的不幸和不义。苦难记忆指明历史永远是负疚的、有罪的。

　　作为主体精神的价值质素，苦难记忆不容将历史中的苦难置入一个与主体无关的客观秩序之中，拒绝认可所谓历史的必然进程能赋予历史中的苦难以某种客观意义，拒绝认可所谓历史发展之二律背反具有其正当性。苦难记忆要求每一个体的存在把历史的苦难主体意识化，不把过去的苦难视为与自己的个体存在无关的历史，在个人的生存中不听任过去无辜者的苦难之无意义。苦难记忆因而向人性品质提出了更高的要求。默茨看到,在奥斯维辛以后,每一个体已不可能将历史中的无辜受难者的存在撇在一边去求得自身的自由、幸福和获救。

上帝要求我们记住每一位无辜的死者和历史中的每一次罪恶。

终究意难平的歉然

歌德的一位挚友策尔特(Zelter)不幸失去了年幼的独子,悲痛万分。歌德写信用不朽(Unsterblich-keit)这个词语来安慰他。然而,歌德自己也马上感到,这种表白过于单薄了。

的确,当记起奥斯维辛的无数死难者,忆起在种种人为制造的苦难中死去的无辜者的亡灵,我无法不惘然失语,难写安慰之言。即便是苦难记忆也不能使活着的人感到安然,真正的"终究意难平"……我还活着,他们却死了,而且那么年轻,比我年轻……

小的时候,我看《冰山上的来客》,有句话一直不懂。中尉把古兰丹姆救出来,自己却中了黑枪,临死前,古兰丹姆对已死的中尉说:"记住我,我叫古兰丹姆。"活着的人竟然恳求死者记住自己,难道不是很荒唐的要求?

现在我懂了,让活着的人记住死者,对活着的人来说,仍是一种奢侈,面对无辜的死者,活着的人对生命总是亏欠的。我只有恳请无辜的死者记住我,因为，他们活着，永远活着，而我是将死的——我属于他们，所以恳请他们记住我。

不管在奥斯维辛还是苏比波，如今遍地铺满了鲜花，还有为死难者塑的各种雕像。尽管中国离那里很远，我还是想能有一天到那里，献上几束中国的鲜花。因为我记得许多无辜死者至今无葬身之地，更没有鲜花，没有墓志铭，我只得把鲜花带去奥斯维辛……

1990年4月　柏克莱

简评

本文作者刘小枫先生的主要学术研究领域为中西方古典思想、基督教思想史、德国近现代思想史、政治哲学；主要研究和教学方向为古希腊哲学、先秦及两汉思想、古希腊语文学、德国近现代思想、宗教、政治哲学。本文是作者"为奥斯维辛集中营解放四十五周年而作"，实际上不仅仅局限于此，而是对20世纪所发生的全人类的一切苦难、罪恶的哲学反思。让活着的人记住死者，对活着的人来说，仍是一种奢侈，面对无辜的死者，活着的人对生命总是亏欠的。作者把一个严肃而又沉重的"生与死"的问题摆放在活着的所有人的面前。"关于奥斯维辛集中营的故事我们并不陌生……它使我真正感到震憾的，是关于犹太民族在大限来临时刻显示出来的无与伦比的力量。这个人类历史上最为不幸的民族几乎是上帝为了证明人类的罪恶而生成的，然而在万般苦难、无家可归的1800年历史中，犹太民族不但为人类文化创造了极其灿烂的成就，而且创造了一个民族以文化立国的奇迹。它以血淋淋的历史向世界证明：一个民族的兴亡，并不取决于国家疆土的大小，也不取决于种族体质的强弱,民族的生命力取决于它的文化,即有没有一种使民族长期在苦难威胁下而精神立于不败的凝聚力。"这是复旦大学教授陈思和先生看了电影《辛德勒的名单》之后,发自内心的感慨,不仅如此,还集中地体现了人类对苦难本身不可或缺的反思。

因此,我们同样感受到,德国哲学家阿多尔诺振聋发聩的声音:"奥斯维辛以后诗已不复存在"的深刻内涵:"对于阿多尔诺,奥斯维辛首先是个人自身的主体性痛苦。尽管阿多尔诺在纳粹时代流亡美国,未尝过集中营之苦,他仍然感到奥斯维辛关涉自己个人生存的理由。阿多尔诺对自己提过这样的问题:奥斯维辛以后是否还有理由让自己活下去? 在奥斯维辛以后继续活下去,已多少使冷漠成为一种主体性原则,怀疑意识作为对野蛮经验的必然反应,也具有了正当理由。然而,当人们由生命所迫继续活着时,就必须负起一种责任,使奥斯维辛不再重复。"

文中引述《索菲的抉择》影片中主人公痛苦的抉择之后,体现在其中负疚感,源于对无辜不幸的苦难记忆:"体现在索菲这次抉择中的负疚感,源于对无辜不幸的苦难记忆。令人震撼的是,它是无辜的负疚!尽管索菲是苦难的蒙受者,是无辜不幸者,她仍然要主动担起苦难中罪的漫溢。索菲觉得,她已不是一个好母亲,她已失去了获得幸福的权利。"作者提出了"无辜负疚"的命题,把"人类的罪恶是某个个人的罪恶还是整个群体的罪恶?"这一深刻的命题置于每一个人的面前。

作者认为"负疚感的缺失",是一部分中国人精神上的一个重要缺憾,是罪恶产生的根源之一,而且这种"缺失"的后果是非常可怕的。文章一开始作者就指出:"奥斯维辛的罪恶不仅是西方人的耻辱,也是中国人的耻辱;奥斯维辛的不幸,不仅是西方人的不幸,也是中国人的不幸。因为,它是人类犯下的罪恶,而且是有知识的人犯下的罪恶,亦是人类所遭受的不幸,因而是属所有人的不幸。只要是生存的人,都无法摆脱它的阴影。中国人同样处身于卡门式的带有绝对普遍性的问题之中。"

让我们读一读下面这一首写在奥斯维辛的《一个日落余晖的傍晚》诗句吧：

> 在紫色的、日落余晖的傍晚，
> 在一片开着大朵粟子花的树林下
> 门槛上落满花粉昨天、今天、天天都这样。
> 树上的花在散发着美
> 又是那么可爱，树干苍老
> 我都有些害怕去抬头偷窥
> 它们绿色和金色的冠冕
> 太阳制作了一顶金色的面纱
> 如此可爱，让我的身体战栗起来。
> 在上苍，蓝色的天空发出尖利的声音
> 也许是我微笑得不是时候。
> 我想飞翔，可是能去哪儿，又能飞多高？
> 假如我也挂在枝头，既然树能开花
> 为什么我就不能？我不想就这样凋谢！

这位小诗人没有留下自己的名字。即使在空间有限的集中营，小诗人也看到了令他战栗的美景。在他们被扭曲的世界里，树能开花，太阳有金色的面纱，天空可以是紫色的，这些再普通不过的景色，在孩子的眼中，既因为大自然的造化而美丽，也因为孩子们危险的处境而珍贵。"奥斯维辛"是一个充满着血腥和暴戾的词语，是人性与道德脆弱至几近泯灭的标志，"奥斯维辛之后，写诗是野蛮的，也是不可能的。"这是德国哲学家阿多尔诺的一句名言。可是有多少人真正地记得、懂得他和他的名言呢？

2015年1月27日是奥斯威辛集中营解放70周年。虽然不少集中营幸存者已年届九旬，对当年惨况依然记忆犹新。95岁的帕辛斯基是首批送到集中营的700名波兰战俘之一，他抵达后随即被分配到理发部门，更被点名为集中营指挥官鲁道夫赫斯剪发。帕辛斯基称自己手执理发刀时，曾经闪过刺杀对方的念头，"但我知道后果，就是营内一半人会立即被处死"。解放集中营时，苏联红军士兵马丁纽斯金只有21岁，他忆述当时仅高层事前知悉集中营内的惨况，他和很多士兵是在攻入后才发现真相，"你很难直视幸存者，我记得他们每个人的脸孔，尤其是他们的眼睛，反映了他们经历了何等苦难"。人类苦难最黑暗的一页早已翻过去，那撕心裂肺的哀嚎也已渐行渐远，终究要淹没在历史深处。中国著名电影《冰山上的来客》里有一句看似平常的台词，当中尉把古兰丹姆救出来，自己却中了黑枪，临死前，古兰丹姆对死者说："记住我，我叫古兰丹姆。"刘小枫先生提出了一个看似简单，实为直击人类心灵的问题：活着的人竟然恳求死者记住自己，难道不是很荒唐的要求吗？问题的答案就在于作者对我们活着的人的提醒："让活着的人记住死者，对活着的人来说，仍是一种奢侈，面对无辜的死者，活着的人对生命总是亏欠的。我只有恳请无辜的死者记住我。因为，他们活着，永远活着，而我是将死的——我属于他们，所以恳请他们记住我。"刘小枫先生对奥斯维辛集中营中的死难者是不会忘记的！

奥斯维辛集中营的幸存者、诺贝尔和平奖获得者魏瑟尔说过一句话，既是对死者的悼念，更是对生者的激励，我们把它记在这里：忘掉历史无异于对历史的受害者进行第二次屠杀！

沙

漏

◇［比利时］梅特林克

我们常会面对不可知物。那么，我们不妨一开始就畅叙我们对此的理解。亨利·朗贝尔先生撰著了一篇才华横溢的论文，篇名是《关于物理演变和能量玄学的假设》，他的文章一语破的，这是唯一现实、理智和逻辑的态度，超越了一切神秘主义、怀疑主义和犬儒主义①，持此态度的人面对冥冥的未知，丝毫也不梦想承认冥冥未知或许可知；而是努力知之。

于是，我们便有了"不可知物"。这个并非合适的字眼显得过于武断，除非我们醒悟：不可知物永远

---

①犬儒主义：犬儒主义是一种源于古希腊犬儒学派学者主张的哲学思潮，该派的本意是指人不应被一切世俗的事物，包括宗教、礼节、惯常的衣食住行方面等习俗束缚，提倡对道德的无限追求，同时过着极简朴而非物质的生活。

本文选自《沙漏——外国哲理散文选》（生活·读书·新知三联书店1998年版，田智译）。莫里斯·梅特林克（1862—1949），比利时剧作家、诗人、散文家。1889年，他发表诗集《温室》和第一部剧本《玛莱娜公主》。1908年发表的六幕梦幻剧《青鸟》，是梅特林克戏剧的代表作，也是欧洲戏剧史上熔神奇、梦幻、象征于一炉的杰作。1911年，由于他多

方面的文学才华，尤其是在戏剧方面的杰出贡献，获得"诺贝尔文学奖"。梅特林克是象征派戏剧的代表作家，代表剧作有：《青鸟》《盲人》《佩利亚斯与梅丽桑德》《蒙娜·凡娜》等。早期作品充满悲观颓废的色彩，宣扬死亡和命运的无常，后期作品研究人生和生命的奥秘，思索道德的价值，取得很大成功。主要散文集有《双重的花园》《死亡》《蚂蚁的生活》等。

只属于个人，永远只是暂时的。不可知物的存在，仅仅相对于你、相对于我、相对于我们每一个人。倘若照字面理解，它就会将人幽禁于神秘之中，毫无逃脱的希望。但是，我们每天都从曾经幽禁我们的神秘中浮现出来。不可知物只是更高范畴的冥冥未知，比我们无忧无惧、冒昧探赜①的冥冥未知更玄虚、更渺茫。它本不存在，但将成为明日的未知。我们缩小了不可知物的疆域，以同冥冥的未知奋战。

一旦最棘手、最紧迫的问题得以回答，一个声音便永远在黑夜里回答我们，仿佛那只是人皆有之的潜意识同谋的声音。

亡人享有特权。我们遗忘了他们的过失；我们只记得那些会原谅他们的事情；我们只夸大他们的善良品质。纵然是身后发现的邪恶、罪过、背叛和堕落，我们也几乎视而不见；似乎不可能让死者对某些事负责，他们若是活着的话，这些事会令他们惶惑之极。他们逝去之后，我们才开始热爱他们，真挚、笃诚而深厚。

对于生者和死者，我们为何不一视同仁？一视同仁，生命便是美丽的；亦是安逸、悦人和微笑的。但我们从未这么做。难道说，那是遥不可及的么？

时间是永恒的零么？空间是无限的零么？

"当一切伟大或渺小的死者伫立在御座之前"

---

① 探赜(zé)：探索奥秘。

（《启示录》语），那将怎样呢？依然是每日发生的一切。我们肉体和精神中的那一切生命，曾经长久伫立在永恒的御座前，亦将永远伫立在永恒的御座前。

我们深信，对于我们暂时钟爱的友人，他的亡故亦将留下永远无法弥补的鸿沟。

对于我们所爱的人，我们所知甚少，这是我们永远的遗憾。他们仿佛只在亡故之时，才表现自己。他们若是死而复活，瞬间就会丧失死亡所赋予他们的一切。

死者不像生者那样极易失去爱，他们珍藏着我们的爱，直至我们也化为黄土。

吕歇尔·德·夏托布里昂[①]写道："没有任何事情像死亡那样，将我们驱离了未来。"她所言极是；死亡即是我们的全部未来。我们还活着的时候，幸存者便逝去了，未来降临的时候，我们已不再属于未来。

神秘的吕歇尔的话，丝毫也不容辩驳。更确切地说：没有任何事情像死亡的思想那样，将我们驱离了未来的岁月。

我们若能像远眺昔日那样，远眺未来，那从未存在的乌有就不会像消逝的生命那样令我们颓丧。

我们为何不如此远眺未来呢？生命的习惯，即是学会求知。昔日和未来对今日的影响几乎毫无二致，这种影响的唯一依傍，即是我们自己。

---

①斯芬克斯：希腊神话中的带翼狮身女怪。

自童年起，人们就毕生守望着那不知名的未知，他们认为，他们守望着那遥遥无期的未知。他们迫不及待，就像在荡气回肠的恋情中，迫不及待地盼望第一次幽会。直至最后一刻，他们才恍然大悟，他们渴盼已久的冥冥未知不过是死亡罢了；有人一无所为，静心守望；有人则煞有介事地忙碌，他们没有那么悲哀。但实质上，他们的生命是一样的。

在思索的瞬间，我们才真实地活着，沉思是生命中唯一敏锐的瞬间。一切思想必是忧郁的，尘寰之中，人的命运仅只是悲剧，终于悲哀、痛苦和死亡。然而，一位美国哲人曾说："宁与柏拉图同悲，不与槽猪同乐。"

想想：我们那秩序井然的宇宙将溃陷于混沌（如若混沌可能存在的话）。茫茫混沌之中，必将出现新的秩序，否则，混沌本身即是秩序。新秩序会优于旧秩序么？何以如此？秩序摧毁后的发展、新秩序的诞生，必有无数机会浮现在先于一切时间的永恒里。即使是毫无意义、永无止境的发展，我们亦应臻于完美。未臻完美，是因为完美并不存在——不仅绝不存在于我们的地球，亦不存在于一切星球。假如某个星球已臻完美，已至全知全能的境界，它就会竭力让茫茫的宇宙受益于它的完美。谁能阻止呢？什么能阻止呢？

什么是完美？难道不是稳定、静止、永恒和死亡么？渴望完美，或许是我们最可怜的精神弱点。

严格地说,人,能够想象一种空间的混沌;于是,我们亦应该想象时间的混沌。时间的混沌是怎样的呢?

我们永远不要裁决自然,责备自然,谴责自然。我们应该裁决自己,责备自己,谴责自己,因为自然赋予我们智慧和理智,赋予我们攻击她的武器。贬低自然,即是贬低我们自己。

上帝对耶利米说:"我在子宫里创造你之前,就已深知你;你从子宫里诞生之前……"(《耶利米书》)我们那微细的细胞即可这样对一切尚未诞生的孩子诉说。

我们的思想若想超脱我们,最好就不要超脱尘世。它们离不开尘世,它们的渊源即是尘世。在异乡,思想有何作为呢?那无所不在的思想难道还有异乡?

物质失落的一切,被精神获取;精神摈弃的一切,返归于物质。

我们无须长途跋涉,去询问斯芬克斯,祈请她的秘密。秘密在我们心中,一样的庄严,一样的渺茫,比斯芬克斯的秘密更生动。

我们的眼睛一旦凝望明星,我们便凝望着明星的光芒,虽然它已为亿万的光年所磨灭;我们建立了交流和联系。我们只须阐释。

不要幻想在死亡的时刻融入上帝、返归上帝。我们早已融入上帝。我们不可能身在他方，亦不可能找到上帝身外的地方。但我们仍不知自己已融入上帝。我们会醒悟么？在死亡之时，我们会醒悟么？这问题即是一切。

睡时方垂髫，醒来已黄发。我们在摇篮的旅途中，发现自己身在坟墓的边缘。

我们那么好奇，想知道生活在山侧那悦人的小镇里的人在做什么。你希望他们做什么呢？他们正等待着死亡。等待也罢，不等待也罢，死亡总是如期降临。谁选择了那个时刻呢？毋庸置疑，是我们自己。

在我们的世界，生存的斗争是一切生命的基本原则——即，死亡所萦绕的生命——在一切领域皆如此，只矿物界例外，矿物界的秘密仍不为人所知，何以这样呢？这难道不像想象爱的原则、善的原则和乐的原则那样轻松吗？通过爱、善、乐的德行，生命才欢乐而安逸。这难道不是一个烦人的象征么？世上发生的一切为何不发生在异域？世界为何该遭受这般奇特的诅咒？

我们在预兆中发现，未来常混淆于昔日。这岂不证明未来、昔日本相邻么？这岂不证明，未来、昔日一衣带水，共存今日么？

我们的一切都归功于亡人，他们不是死者，他们活在我们中间，或活在身体的细胞里，或活在灵魂的回忆里。我们不与他们往来，我们只与生者往来，他们曾经是、依然是，也将永远是那些生者。作为死者，他们已不再生存，他们从未给予我们生命的迹象。

有人曾问我，那微渺的胚芽和细胞永藏着对死者的回忆，这是什么意思。我说的是世代相传的神秘胚芽，深藏于男人和女人身上：染色体，或诸如此类的东西，如让·罗斯唐所说："遗传物质的特殊基因座。"远古的祖先将它们传给我们，活在我们身上；它们亦将永远活着，被我们传给最遥远的后代。也许，这就是人们常说的灵魂，但不再是无影无踪的灵魂，不再是假设的灵魂了。在显微镜下，不时会瞥见它们，它们的灵性比呼吸的奥秘要低么？

它们贮存着先辈的一切经历、一切禀赋、一切瑕疵、一切体魄和德行，这一切亦将永存于后辈的细胞里。它们代表着我们生命中一切活着的死者，也代表着一切即将诞生的孩子。它们是人类和民族的全部过去和全部未来，也将吸收我们的熟人留给我们个人的回忆，因为，我们置身茫茫的人海，亦是人类的后代。在这些细胞的生命里，我们仅只是一瞬，细胞的生命将如地球那么漫长，人类灭绝，它们才随之消失。它们珍藏着整个历史，甚至珍藏着史前史和人类未来的全部历史。

让我们谨记，在这方面，人类如此，天地间一切生命亦是如此。

幸福和悲哀:什么是命运的奥秘?我们应遵奉《福音书》的说法:"无人知之,天使亦不知。"

人死之后,我们为何不再纪念他的华诞?纪念仙逝的周年,即是纪念新生。

信奉灵魂的人与怀疑回忆的人,衣饰虽异,差异却远非我们所想的那么多。

生存即是浪掷我们所欠死亡的光阴,永恒的死亡,却不浪掷光阴。

让我们承认灵魂的存在;不因幻象的必要,而因我们要合情合理地告诉自己:不管你以为灵魂多么伟大、多么完美,它永远不会像主宰宇宙的灵魂那么伟大、那么完美、那么全知、那么强劲;否则,宇宙就不复存在了,或者说,从来就不曾存在。

那么,我是在叙说上帝吗?为什么不呢?怎样称呼"他",随你心之所欲。名称于我,无关宏旨;我只断定,哪一个是。

对于"冥冥的未知",或称上帝为灵魂,或称灵魂为上帝,或此或彼,毫无二致。

什么是存在与虚无的区别?一切与虚无,不存在任何比较。我们所谓的虚无即是存在,我们说不存在,即是创造了存在,虚无是难以想象的。勉强而思虚无,我们就将虚无化为存在;否则,我们的思想就没有价值。我们只能否定其存在,以肯定存在。

人们辩道:虚无是邪恶的灵魂,是魔鬼,是上帝的敌人。这即是说,邪恶的灵魂并不存在;这也许是真理。邪恶的灵魂只能是我们的无知;否则,宇宙就不会存在,从来亦不曾存在;宇宙若不存在,什么会存在呢?那是无法想象的:一条鸿沟、一个真空、一个深渊?但是,鸿沟、真空和深渊永远存在于某物。它们必困于墙内;否则,它们就是无限而永恒的空间,就此而言,上帝没有敌人。若有一个敌人,他就不再是上帝了。

虚无是胡言,是疯话。

倘若我们只有"非存在"或"虚无"的敌人,那么我们便可以高枕无忧了。除了我们的无知,我们还有敌人吗?这是终极的无知、难逃的无知、绝望的无知么?缄默的人永远学不会阅读么?谁会造次而言呢?

时间和空间都是上帝的存在。有了时间和空间,我们方能创造宇宙存在的思想。他不只在时空的核心;他即是时间和空间,或者说,是无限和永恒。我们无法想象改头换面的"他"。

记不清谁说过,我们能以思想消除宇宙万物,却不能消除宇宙。

说上帝创造了宇宙,说宇宙创造了上帝,是同样的无稽之谈。上帝和宇宙浑然一体,共同存在,无生无死,因一切永恒而存在。

让人们说,生命即是宇宙;宇宙若无生命,便不

沙漏

存在。我们可以艰难地想象出一个僵死的宇宙，因为我们的幻想是拟人的，并不知何为生命，何为死亡；但僵死的宇宙不是静止的宇宙，而是虚无的宇宙。迄今，我们仍不能表现任何虚无。

一切都是运动。要紧的不是运动的结果，而是运动本身。两种相悖而中和的运动，变成他物，遵循另一种方向。这一切的结局都必是漫无止境的混乱吗？为什么呢？这混乱只是我们视而不见的秩序。一无所失，一无所获，因为一切都发生在无限所包围的容器里。万物不能逃离没有出口的地方，万物亦不能深入没有入口的地方。

我们难以领悟一无所失，我们以为，万物皆在外部，万物皆发生在我们身外；而宇宙中，万物皆在内部，万物皆发生在宇宙之中。

万物皆无终极，唯一可以想象的终极就是静止，或抵达虚无——不毁灭自己便不能存在的虚无。

我们告慰死者："我们将会重逢"；这极可能。芸芸的组合在漫漫的岁月里，重新组合成今日的情形。这一切芸芸的组合意味着什么呢？在我们称为死亡的长睡中，它们倏忽即逝。因此，告慰死者："聚首再相逢！"并非愚行，对于亡人，时间已不复存在。

我们若不在身外相逢，我们亦在灵魂里重逢，他们避在我们的灵魂里，我们必与他们相逢。

悠悠的岁月流逝之后，我们与众多的亡灵重聚，这又有何裨益呢？三四十年后，我们与友人相逢，却再也认不出他了。我们几乎无话可说。同我们从不交谈，却偶尔照面的邻人相比，他更淡然，更陌生。

一切先人、一切后辈若不活在我们的灵魂里，那么，他们仍活在来世吗？他们已活在来世了吗？迄今为止，我们毫无理由这么认为。但来世存在吗？为什么不呢？那只能是我们视而不见的世界；但是，说我们视而不见，即是说来世并不存在。

亡魂影响我们么？亡魂在我们的灵魂里么？当然！因为亡魂的生命在我们的灵魂里，我们只能是亡魂。当然，我们深知，只有我们的先辈活在我们的灵魂里。异乡的亡魂、血缘不同的亡魂，只能以他们的回忆、他们的典范影响我们，——那是我们所唤醒的回忆和典范。

当亡魂仍在我们的灵魂里，仍在那微渺的胚芽中时，我们的后辈便已继承了我们一切思想的回声、我们一切经历、一切痛苦的果实，在出世以前的黑暗中，他们即准备受益于这一切；而我们那无影无踪的先辈，则默默地沉浸在新的获取和征服的欢乐中，——获取和征服我们那永恒的生命。

我们深信，我们的后辈将会认识和理解我们所不认识、所不理解的许多事情。在我们的灵魂里，在我们生命那黑暗的深渊，他们早已认识了总有一天会在耀眼的白日里学习和认识的事情，那一天，他们将如约降生尘世。

我们常常拥有他们将要认识、将要理解的事物，这是极可能的；因为，我们即是未来的他们；即便我们仍是我们的祖先。

可以这么说：我们的意识、我们的理智虽不知晓，我们却早已活在我们的本能中，活在我们那更真诚、更深沉的生命中，那是我们孩子的生命，亦是孩子的孩子的生命。我们分享他们的生命，正如我们依然分享着我们父母的生命。我们来自过去，纵然我们仍在今日，我们亦会步入未来。

只要我们活着，昨日和明日便会存在。当我们不复存在的时候，纵然我们仍是明日，我们亦将变为昨日。

在我的最后一本书《面对伟大的寂静》里，我幻想：我们熟知的亡魂和我们同宗的亡魂前来拜访我们，仿佛我们曾邀请他们参加午餐。人们亦可以想象相反的情景；这一次，演员是活在我们的灵魂里却仍未诞生的人。我们未来的孩子、我们的子孙后代，正等待着未来降生人世的时刻，他们将敲响我们的大门，闯入我们的饭厅。我们生育了那些将要参加午宴的人们，他们早已是未来的他们了，想想我们的茫然、我们的惶惑，想想我们的恐惧吧！……我们将变成什么样的工程师、化学家、发明家、冒险家、英雄、医生和罪犯呢？我们将变成什么样的奴隶和悲惨的苦命人呢？在消亡的人类中，我们将变成什么样的遗物呢？我们会目睹巨人或侏儒么？我们会目睹健壮的体魄或不治的堕落么？什么是生物学和医学呢？我们希望什么，恐惧什么呢？

那千年之后将代表我们的人呢？我们是史前先父的孩子，当我们在他的穴居前走下汽车和飞机，邀请他参加野餐，他会怎么说呢？我们的进化日新月异，我们今日正置危难之秋，难道岁月流逝之后我们不比他更惊讶么？

此时，我们需要亘古未见的先知天赋，三思之后，我们方知，从"先知"一词的可信意义和词源意义来看，从未有过先知。让我们将此留给每一个人，留给他心中的寂静和秘密，让他自己想象他那未来的孩子；那是他应得的孩子；也是他的奖励和惩罚。

我们一旦死去，我们就融入了宇宙。

时间之零以前是什么，有人曾经疑惑么？这就像询问非存在之前有何非存在，虚无之前有何虚无。虚无的地方，哪有存在？因为你所谓的虚无早已存在了。

什么也不能毁灭宇宙，宇宙的毁灭只能是新的建设。

我们只是那活着的死者。

死亡的时刻，我们丧失了理智的意识。但另一种意识、我们的潜意识，将支撑我们的整个生命，引导我们的整个生命，表现我们肉体生命和理智生命那一切基本的行为、一切繁琐得惊人的行为。我们丧失了肉体,便会丧失这种意识么? 这不是永远存在的么? 这不会永远存在么? 这不是非瞬息、非个人回忆的真实意识,而只是对民族、对族类、对电子的永恒回忆和一切回忆么?

我们的生命,毕竟只有一天,永远是同一天。我们在尘世的生命,或历经万年,或历经二万五千年,这无关宏旨。土鳖爬行十码也罢,爬行二十五码也罢,它永远只知道土鳖的欢乐与悲哀。

生存,即是遗忘死亡;死亡,即是遗忘生存。

死亡是永生,因为死亡是生命。

今夜的梦中,我分明看见了母亲的幻影,她替我承受不幸,或挡开不幸,或减弱不幸。我深信这种事情比我们想象的还多,芸芸众生有幸获得了不该得到的庇护。——那是回忆,抑或真实的存在? 在我们身内,抑或在我们身外? 回忆是否足以解释这些庇护的先见和效验呢?

对于生者的预感,我们一无所知。若是死者的预感,我们又知道什么呢?

精神主宰着宇宙么? 什么精神呢? 类似我们的精神么? 我们有什么权利这么想象呢? 宇宙即是精神。

人们大多享受着生命,因为他们忘却了他们还活着。

精神干预物质的世界么？精神无所不在，精神是物质生命的唯一方面，是物质生命的精髓。

你若愿意，就称这精神为上帝吧；人们若同意你这么称呼，你立刻就会推断，他是你的上帝；你若是基督徒，他就是基督，你若是穆斯林，他就是真主，你若是佛徒，他就是佛；如此等等。我们早已有了分歧；我们不再说同一种语言；我们再也不能相互理解了。

我们的时间只是一个小小的幻想花园，那是我们在永恒那无垠的沙漠中开垦的花园。

让其他演员再演同一场戏吧：让我们不再邀请亡灵参加我们的盛宴，不再邀请未诞生的孩子，让我们邀请自己吧；即，在人生旅程各阶段的我们。你曾见哭泣而悲伤的婴孩吗？你曾见或骚乱、或忧郁的少年吗？你曾见或缄默、或善辩、但永远积极的青春吗？你曾见博览群书、傲视天下的迷人青年吗？你曾见此后一切辉煌的人生岁月吗？你曾见宁静淡泊的年华吗？我们谁也不认识了。我们将感到惊讶，有时亦感到有趣，而更多的是沮丧，我们只希望尽可能礼貌、尽可能迅速地离开盛宴……

生者就这么活着，死亡将临，他们才恍然大悟。

你以为一个天使、一个纯洁的精灵能沉醉于富有生命的肉体之美么？能沉醉于容貌、身姿、建筑和风景之美么？他必冷淡这一切，讨厌这一切，仿佛这是贫民窟孩子的破布娃娃。

天才即是无意识；即，一切的生命、万物的生命；瞬间便浮现在意识外表的宇宙生命。

我们虽不怀疑，但我们几乎可以深信，我们的思想和行动永远影响着我们那无影无踪的生命；永远影响着我们继承的生命，那是他人亦将继承的生命；永远影响着我们那永恒的生命，影响着我们的命运、我们后辈的命运。

柏格森说："回忆是灵魂与物质的交点。"在人类的眼里，这是极真的，但这的确是空话，因为灵魂与物质只是一，并没有交点。灵魂是记忆的物质，物质是遗忘的灵魂。

什么也别询问，什么也别希望；只需期待恶劣的境遇，在寂静中默受。

死者留下的空虚不同于生者留下的空虚。后者只是人们随心所欲地填补的鸿沟；前者是一座坟茔，人们在里面珍藏着温柔而崇高的思想。

在死亡的时刻，那易死的，便死去了。然而，信仰者所称的灵魂、我们所称的回忆——那是我们将要传给后世的回忆——并不随之消亡。回忆是灵魂，不受任何教义的压抑；任何怀疑都不敢否认其存在。在我们生命的深渊，回忆更亲近我们，比现实更真切。我们所爱的男人或女人还活着的时候，我们亲睹了他们的形象，但这形象仍在我们身外。经过死亡的道路，这形象已铭心刻骨，珍藏在我们的灵魂里，游荡，丰富，净化。我们悲悼亡魂，在他们身上发现的一切美德使形象更为崇高；于是，这些美德便成为我们的美德。伟大的亡魂享有特权，将忠诚他们的人的思想和情感提高到他们的境界，于是，在坟茔之外，他们一如在生命的旅途中那样，继续行善，更见功绩。

今夜，让我们沉睡，在百万个世纪后醒来——这只是永恒的一瞬。几颗明星微移，颜色微黄微红。或许我们将有新的太阳，或许我们将失去月亮。银河依然如故；宇宙依然是宇宙，超越于一切星系和总星系之上；即，性质、规律一如既往；没有革新，没有创造，万物永远与宇宙并存。出乎意料的，只是宇宙的永恒，我们无法察知，亦无法彻悟。百万个世纪之中，宇宙一分钟也未衰老。宇宙将仍如今日那么年轻，宇宙并不存在于时间里。

友人去世了。他没有游入我的房间，唯灵论者过于敏感，以至不敢相信，不敢断言——我以为，这并非不可能——但是，活着的友人从未像亡友那样骚扰我的回忆。这是奇迹么？随便你怎么说；万物皆是奇迹——凝望的清眸、歌唱的小鸟、潺湲的溪水，等等。这不是奇迹，而是未得阐释的事实。

回忆是永恒的，就像信徒的心灵。回忆就像心灵，有着欢乐与悲哀、奖励与惩罚、敌人和友人。回忆就像心灵，或升华而纯洁，或堕落而卑鄙。回忆的消逝，即是返归忘却，那不是虚无，而是回忆的无限；就像心灵只能消逝于上帝之中。

剥夺了我们生命的回忆、期望和死亡，将留下什么呢？生命再不能呼吸；没有空气，没有空间，生命将在狭窄的细胞里窒息而死。

回忆的衰退，即是生命高度的下降，这是可以看见的。当心！死亡已经不远了。遗忘一切的人，已感觉到将临的死亡。

生命的途中，有时仿佛可以听见"永恒"最初的吱嘎声。

人的幻想多么神奇！人类深知自己的渺小、宇宙的无限，深知没有来世，因为来世永远是万物的核心；但他永远不能摆脱梦想——梦想一个可以逍遥山林的世界。何去何从？这是他心灵高尚的明证么？这是崇高的抱负么？这是精神的狂妄，抑或无限的预感？绝非如此：这仅仅是愚蠢。

萦绕语言的寂静常比语言重要。神秘主义者告诉我们，人们只在寂静里向上帝诉说。

生命若如梦，死亡必清醒。这无疑是真实的；然而，清醒是返归我们不能像认识梦幻那样认识的现实么？这是我们正遨游其中的梦。这即是死亡那伟大的奥秘。

时间消灭了死亡,至少消灭了死亡的恐惧。过去的死亡不再以恐惧惊吓我们,我们亦不再轻弹悲泪了。死亡已是老相识了。其中的死亡业已消失;那只是生命的回忆。我们所称的亡魂,只是那些被回忆的生者。我们凝视棺木里的亡人,就像凝视着我们的父母,在我们的眼里,他们不是死者,而是生者。人们会说,回忆逃脱了死亡;回忆企盼超脱死亡;回忆不与死亡共存。

时间是死亡的主人,死亡从不想反抗时间。时间消灭死亡、废除死亡、歼灭死亡,时间如此殚精竭虑,以至死亡已不复存在,也从未存在。在时间的面前,一切亡魂是什么呢?询问光阴吧;遗留的,只有生命的回忆。

死亡,即将恐怖地袭来,当死亡降临眼前的时候,几周之后便失去了威慑的力量,我们再也看不见死亡了。死亡消除我们的悔恨,擦干我们的泪水,将一切化作回忆。死亡并不直接进攻我们的回忆,而是取而代之,迫使回忆升入更崇高、更隐秘的境界,回忆在那里学会了融入随心所欲的生命,因为回忆将被传给我们的后代。沙漏与镰刀是不可分离的,它们将用自己的标记标明人类的一切居所。

我们抵及了死亡,却不知已经抵及死亡。死亡并不走向我们。死亡并不骚动。我们走向死亡,我们竭力遗忘我们别无去处。

死亡,不是不存在,而是不再是此刻的我们;死亡是我们一无所知的他物。

惧怕死亡，便不敢思索死亡；养成思索死亡的习惯，便不再惧怕死亡。

不返归虚无，而返归宇宙的生命，返归永恒，返归无限，难道这不是返归上帝吗？你若认为不是，那是因为你的上帝仍是一个人。

永恒即是静止的空间里那静止的时间——永恒因无限而静止，永不变动，因为上下左右的万物皆是永恒。

就此而言，只要我们活着，时间和永恒、空间和无限，就只存在于我们的灵魂里。

繁星若不是寂静的，我们会听见什么呢？穿越以太的繁星会发出什么声音呢？声音若是存在，纯洁的精灵会听见么？除了我们，其他耳朵为何不能听见呢？

迄今我们仍无法抚慰那些为母亲、孩子、妻子、亡友而悲泣的人。除了悲凉之词，我们别无他言。但时间的抚慰是无言的。寻得告慰之辞以前，难道我们不能像时间那样么？时间是怎样安慰他们的呢？一无所为。时间静默地流逝，那就够了。

在亡魂的房间里，我们不会发现坟茔外那生命的奥秘，任凭母亲和情人怎么热爱、怎么许诺，他们亦从未泄漏丁点秘密。这些秘密只在我们的幻想里么？抑或我们不能听见，不能理解呢？我们一无所知的秘密有可能存在么？这是伟大创始的奥秘：黑暗,虚无,一切吗?

生命的长河中,我们永远孤独,甚至没有自己做伴,因为我们对自己一无所知,我们若不在日子和日子间沉浮,便在荣誉和荣誉、年轮和年轮间沉浮。

要结束孤寂,我愿意同孩提的我、青春的我共度余生吗?

人,永远不会彻悟:面对创造他的"他",他能够对万物负责。

我们身上的亡魂,即是我们的亡魂,思索他们,即是思索我们自己;否则,我们就从不会思索他们了,甚至不会想到他们的存在。

但是,那在我们身外的人、我们一无所知的人:他们存在么? 他们怎样了呢?

死者必然活着。他们的死,是不可理喻的。但是……

我们所忘记的为何不如我们所回忆的同样重要呢? 珍藏我们的回忆、磨灭我们的回忆的规律是什么呢? 身价相同的人,为什么一人死去、一人幸存呢? 亡魂的回忆对生命有什么影响呢? 难道不是亡魂的回忆迫使我们在某个时刻做出我们并不理解、令我们沮丧、惶惑的陌生决定和行动么? 亡魂的回忆难道不是我们命运那冥冥未知的要素么?

意识丧失后,什么将来临呢? 还有存在么? 万物皆系于此。如若一无所有,为什么抱怨呢? 虚无岂不胜于"有"么？就此而言，我们所谓的虚无即是万物；即，他人只知道我们称之为上帝。

死者若不返归我们，我们就会返归死者，死者对我们的恐惧不同于我们对死者的恐惧么？

死者对复活的恐惧（如若可能）和我们对死亡的恐惧不一样大么？

学会永远不以希望而希望，那是一切英雄主义的奥秘。

毫无疑问，最幸福的人，在不幸的边缘、在死亡的边缘消度生命。

有人将你从一次深沉而仁慈的睡眠中唤醒，将你重新投入生命的烦恼中，就像唤醒被定罪的罪犯，将他投入死亡之中。你为什么唤醒我呢？亡灵会说，他如若复活……

上帝不能异于他创造的宇宙。他即是宇宙。他是一切存在，他不能是虚无。宇宙不是上帝，又是什么呢？是上帝的创造么？但创造只是上帝的运动。

我们生活在"隐形人"中；即，生活在我们不再看见的生命中，生活在我们仍未看见的生命中，生活在我们永远不会看见的生命中。人，应该不时更新视野，提醒自己的盲目；否则，生命就会消逝于虚空，远离了现实。

通过肉体，我们方知真正的痛苦；其他一切痛苦都是幻想；甚至幻想也只能诞生于肉体。愤怒的上帝怎能永远折磨不复存在的肉体呢？怎能永远折磨只通过肉体或因为肉体而存在的灵魂呢？肉体仅只是一抔黄土罢了。像教义所说的那样重造肉体么？那与我们今日的肉体有何共同之处呢？我仍是我自己么？

我们不会死亡：我们消失，我们远奔他乡。哪里呢？总有一天我们会知道。我们甚至可以说，我们正开始领悟。

不要说，大自然憎恶虚空。大自然一无所憎，因为一切存在只是她自己。她只会憎恶我们对她的认识。但是，这些认识并不真正存在，她甚至不会怀疑这些认识会自以为存在。

人，拒绝相信他只是过客，于是便身遭一切不幸。作为一个永不离开的过客，他永远不会放弃那不解的迷梦……

简评

莫里斯·梅特林克是中国读者比较熟悉的比利时作家。1911年梅特林克获诺贝尔文学奖，他的作品在英美和日本广泛流行，带来了象征主义翻译批评的热潮，稍后亦流行于中国。1915年陈独秀在《现代欧洲文艺史谭》已经提到了梅特林克的戏剧。1921年沈雁冰（笔名孔常）翻译的菲尔柏斯《梅特林克评传》全面地介绍了梅特林克其人及作品。应该指出的是："他的著作虽然大半是散文，人家却称他作诗人——而且由于我们不知不觉间，觉得他的著作有诗的性质和精神的缘故——而且常常称他为'比利时的莎士比亚'。"这个评价在当时的文学界产生了广泛的影响。

沙漏

梅特林克1862年诞生于比利时的根特市。他从小就爱好文学,但他的父亲希望他成为一个律师。1887年,他来到巴黎就学,开始对写作发生兴趣。不久其父去世,于是他又回到比利时,以后就很少离开他的祖国。他的作品除《青鸟》外,尚有《盲人》《佩利亚斯与梅丽桑德》《蒙娜·凡娜》和《圣安东的奇迹》等20余种。1889年,年轻的梅特林克正式从事写作。开始时,并不为人们所注意,但由于他那丰富的想象和惊人的创作能力,不久便被誉为"比利时的莎士比亚"。梅特林克的剧本充满诗意,被称之为诗剧。他的作品具有富有哲理的思想、富丽的想象以及诗情画意的特色。他的童话不仅给人以广阔的美好的幻想,而且也让人尽情地得到美的享受。梅特林克是象征派戏剧的代表作家,先后写了20多部剧本,也是一位多产的剧作家。他在早期的一些剧本中,充满了悲观无望、颓废厌世的思想,突出地表现资本主义社会中没落阶级的病态心理,死亡的不可回避,命运的无法违抗。他生在两个世纪新旧交替的关头,当时科学已经相当发达。他一只眼睛看科学世界,一只眼睛看神秘事物,在他的心灵上,两者是可以融会贯通的,于是科学与诗熔铸成一体。这便是他的作品为他获得极高声誉的特色。

早期作品充满神秘、悲观的色彩,表现死亡的无从避免、命运的不可违抗。我们今天读作者这一类的作品,是一个比较复杂的问题。1896年,梅特林克离开比利时,移居至法国巴黎等地。这一年他公开出版的散文集《卑微者的财宝》是他第一阶段思想的总结,书中他试图从悲观主义中挣脱出来,研究生命的奥秘,思索道德的价值。

作者的代表作《沙漏》,全面、深刻探讨了生命的意象,是一篇充满灵性的文字。文章中作者力图解答道德和人生观的问题,表现了他逐渐形成的哲理观点。概括起来说:你是谁?你从哪里来?要到哪里去?现在何方?什么是存在与虚无的区别?

柏格森说:"回忆是灵魂与物质的交点。"在人类的眼里,确实如此，但也的确是空话，因为灵魂与物质只是一种平行的现象，并没有交点。灵魂是记忆的物质；物质是遗忘的灵魂。什么也别询问，什么也别希望；只需期待恶劣的境遇，在寂静中默受。死者留下的空虚不同于生者留下的空虚。后者只是人们随心所欲地填补的鸿沟；前者是一座坟茔，人们在里面珍藏着温柔而崇高的思想。关于生命的神秘，能有人说得清？"通过肉体，我们方知真正的痛苦；其他一切痛苦都是幻想；甚至幻想也只能诞生于肉体。即使是上帝又怎能永远折磨不复存在的肉体呢？抑或又怎能永远折磨只通过肉体或因为肉体而存在的灵魂呢？到头来肉体仅只是一抔黄土罢了。像教义所说的那样重造肉体么？那与我们今天实实在在的肉体又有何共同之处呢？就连我仍然是我自己么？也纠缠不清。"那么，答案究竟在何处呢？"幸福和悲哀：什么是命运的奥秘？有人觉得，我们应遵奉《福音书》的说法：'无人知之，天使亦不知'。"可是，"上帝不能异于他创造的宇宙。他即是宇宙。他是一切存在，他不能是虚无。宇宙不是上帝，又是什么呢？是上帝的创造么？但创造只是上帝的运动。"梅特林克在《沙漏》中试图回答这个问题："关于生与死，关于生命的永恒之谜……他说：对于生者和死者，我们为何不一视同仁？一视同仁，生命便是美丽的；亦是安逸、悦人和微笑的。我们在预兆中发现，未来常混淆于昔日。这岂不证明未来、昔日本相邻么？这岂不证明，未来、昔日一衣带水，共存今日么？生存，即是遗忘死亡；死亡，即是遗忘生存。死亡是永生，因为死亡是生命。时间是永恒的零么？空间是无限的零么？物质失落的一切，被精神获取；精神摈弃的一切，返归于物质。"尽管他的解释难免依然虚无，但其中满含着他的追求，给人以独特的启发。

梅特林克的一生都在追求光明与美，他的戏剧作品就有很强的象征主义色彩，也有很强的浪漫主义精神。梅特林克不仅仅是一位戏剧大师，还是一位杰出的散文作家，或者说散文大师。散文是最不规范的文体,也最难成功,世界上靠写散文成功的屈指可数,可梅特林克的散文和普里什文、蒙田、佩索阿这些大师相比毫不逊色。他的散文作品分为两类,一类是写人生哲理的如《卑微者的财富》,很容易让人想到的法国蒙田的散文和美国的富兰克林的那些箴言《穷理查历书》;另一类是写大自然的各种生物的,如《蜜蜂的生活》《花的智慧》,这些作品很有科学深度,很容易让人想起法国法布尔的《昆虫记》,他没有法布尔科学性的描写和阐释,但同样有着细致的观察和独特的思考,当然作家的文笔比起法布尔来是要高出许多了。梅特林克1911年的作品《花的智慧》获诺贝尔文学奖。获奖理由是:"由于他在文学上多方面的表现,尤其是戏剧作品,不但想象丰富,充满诗意的奇想,有时虽以神话的面貌出现,还是处处充满了深刻的启示。这种启示奇妙地打动了读者的心弦,并且激发了他们的想象。"

散文《沙漏》就带给了我们很多的想象,尽管这种想象有可能是因人而异,丰富多彩的。

不朽

——我的宗教

◇ 胡适

不朽有种种说法，但是总括看来，只有两种说法是真有区别的。一种是把"不朽"解作灵魂不灭的意思。一种就是《春秋左传》上说的"三不朽"。

一　神不灭论

宗教家往往说灵魂不灭，死后须受末日的裁判：做好事的享受天国天堂的快乐，做恶事的要受地狱的苦痛。这种说法，几千年来不但受了无数愚夫愚妇的迷信，居然还受了许多学者的信仰。但是古今来也有许多学者对于灵魂是否可离形体而存在的问题，不能不发生疑问。最重要的如南北朝人范缜的

本文选自《胡适散文选集》（百花文艺出版社1990年版）。胡适（1891—1962），字适之，安徽绩溪人。幼年就读于家乡私塾。思想上深受程朱理学影响。曾留学美国，师从著名教育家约翰·杜威，1917年夏回国，受聘为北京大学教授。1918年加入《新青年》编辑部，大力提倡白话文，宣扬个性解放、思想自由，与陈独秀、李

大钊、鲁迅等同为新文化运动的领袖。曾任北京大学校长、台湾中央研究院院长等职。他首先采用了近代西方哲学的体系和方法研究中国先秦哲学。著有《白话文学史》《胡适文存》《尝试集》《中国哲学史大纲》等。

《神灭论》说："形者神之质,神者形之用。……神之于质,犹利之于刀;形之于用,犹刀之于利。……舍利无刀,舍刀无利。未闻刀没而利存,岂容形亡而神在?"宋朝的司马光也说:"形既朽灭,神亦飘散,虽有剉烧舂磨,亦无所施。"但是司马光说的"形既朽灭,神亦飘散",还不免把形与神看作两件事,不如范缜说的更透切。范缜说人的神灵即是形体的作用,形体便是神灵的形质。正如刀子是形质,刀子的利钝是作用;有刀子方才有利钝,没有刀子便没有利钝。人有形体方才有作用:这个作用,我们叫做"灵魂"。若没有形体,便没有作用了,便没有灵魂了。范缜这篇《神灭论》出来的时候,惹起了无数人的反对。梁武帝叫了七十几个名士作论驳他,都没有什么真有价值的议论。其中只有沈约的《难神灭论》说:"利若遍施四方,则利体无处复立;利之为用正存一边毫毛处耳。神之与形,举体若合,又安得同乎? 若以此譬为尽耶,则不尽;若谓本不尽耶,则不可以为譬也。"这一段是说刀是无机体,人是有机体,故不能彼此相比。这话固然有理,但终不能推翻"神者形之用"的议论。近世唯物派的学者也说人的灵魂并不是什么无形体,独立存在的物事,不过是神经作用的总名;灵魂的种种作用都即是脑部各部分的机能作用;若有某部被损伤,某种作用即时废止;人幼年时脑部不曾完全发达,神灵作用也不能完全,老年人脑部渐渐衰耗,神灵作用也渐渐衰耗。这种议论的大旨,与范缜所说"神者形之用"正相同。但是有许多人总舍不得把灵魂打消了，所以咬住说灵魂另是一种神秘玄妙的物事，并不是神经的作用。这个"神秘玄妙"的物事究竟是什么，他们也说不出来，只觉得总应该有这么一件物事。既是"神秘玄妙"，自然不能用科学试验来证明他，也不能用科学试验来驳倒他。既然如此，我们只好用实验主义（Pragmatism）的方法，看这种学说的实际效果如何，以为评判的标准。依此标准看来，信神不灭论的固然也有好人，信神灭论的也未必全是坏人。即如司马光、范缜、赫胥黎一类的人，说不信灵魂不灭的话，何尝没有高尚的道德？更进一层说，有些人因为迷信天堂，天国，地狱，末日裁判，方才修德行善，这种修行全是自私自利的，也算不得真正道德。总而言之，灵魂灭不灭的问题，于人生行为上实在没有什么重大影响；既没有实际的影响，简直可说是不成问题了。

二　三不朽说

《左传》说的三种不朽是：（一）立德的不朽，（二）立功的不朽，（三）立言的不朽。"德"便是个人人格的价值，像墨翟耶稣一类的人，一生刻意孤行，精诚勇猛，使当时的人敬爱信仰，使千百年后的人想念崇拜。这便是立德的不朽。"功"便是事业，像哥伦布发见美洲，像华盛顿造成美洲共和国，替当时的人开一新天地，替历史开一新纪元，替天下后世的人种下无量幸福的种子。这便是立功的不朽。"言"便是语言著作，像那《诗经》三百篇的许多无名诗人，又像陶潜杜甫萧士比亚易卜生一类的文学家，又像柏拉图卢骚弥儿一类的文学家，又像牛敦达尔文一类的科学家，或是做了几首好诗使千百年后的人欢喜感叹；或是做了几本好戏使当时的人鼓舞感动，使后世的人发愤兴起；或是创出一种新哲学，或是发明了一种新学说，或在当时发生思想的革命，或在后世影响无穷。这便是立言的不朽。总而言之，这种不朽说，不问人死后灵魂能不能存在，只问他的人格，他的事业，他的著作有没有永远存在的价值。即如基督教徒说耶稣是上帝的儿子他的神灵永永存在，我们正不用驳这种无凭据的神话，只说耶稣的人格，事业，和教训都可以不朽，又何必说那些无谓的神话呢？又如孔教会的人到了孔丘的生日，一定要举行祭孔的典礼，还有些人学那"朝山进香"的法子，要赶到曲阜孔林去对孔丘的神灵表示敬意！其实孔丘的不朽全在他的人格与教训，不在他那"在天之灵"。大总统多行两次丁祭，孔教会多走两次"朝山进香"，就可以使孔丘格外不朽了吗？更进一步说，像那《三百篇》里的诗人，也没有姓名，也没有事实，但是他们都可说是立言的不朽。为什么呢？因为不朽全靠一个人的真价值，并不靠姓名事实的流传，也不靠灵魂的存在。试看古今来的多少大发明家，那发明火的，发明养蚕的，发明缫丝的，发明织布的，发明水车的，发明舂米的水碓的，发明规矩的，发明秤的，……虽然姓名不传，事实湮没，但他们的功业永远存在，他们也就都不朽了。这种不朽比那个人的小小灵魂的存在,可不是更可宝贵,更可羡慕吗?况且那灵魂的有无还在不可知之中,这三种不朽——德,功,言——可是实在的。这三种不朽可不是比那灵魂的不灭更靠得住吗?

以上两种不朽论,依我个人看来,不消说得,那"三不朽说"是比那"神不灭说"好得多了。但是那"三不朽说"还有三层缺点,不可不知。第一,照平常的解说看来,那些真能不朽的人只不过那极少数有道德,有功业,有著述的人。还有那无量平常人难道就没有不朽的希望吗?世界上能有几个墨翟耶稣,几个哥伦布华盛顿,几个杜甫陶潜,几个牛敦达尔文呢?这岂不成了一种"寡头"的不朽论吗?第二,这种不朽论单从积极一方面着想,但没有消极的裁制。那种灵魂的不朽论既说有天国的快乐,又说有地狱的苦楚,是积极消极两方面都顾着的。如今单说立德可以不朽,不立德又怎样呢?立功可以不朽,有罪恶又怎样呢?第三,这种不朽论所说的"德,功,言"三件,范围都狠含糊。究竟怎样的人格方才可算是"德"呢?怎样的事业方才可算是"功"呢?怎样的著作方才可算是"言"呢?我且举一个例。哥伦布发见美洲固然可算得立了不朽之功,但是他船上的水手火头又怎样呢?他那只船的造船工人又怎样呢?他船上用的罗盘器械的制造工人又怎样呢?他所读的书的著作者又怎样呢?……举这一条例,已可见

不朽

"三不朽"的界限含糊不清了。

因为要补足这三层缺点，所以我想提出第三种不朽论来请大家讨论。我一时想不起别的好名字，姑且称他做"社会的不朽论"。

三　社会的不朽论

社会的生命，无论是看纵剖面，是看横截面，都像一种有机的组织。从纵剖面看来，社会的历史是不断的；前人影响后人，后人又影响更后人；没有我们的祖宗和那无数的古人，又那里有今日的我和你？没有今日的我和你，又那里有将来的后人？没有那无量数的个人，便没有历史，但是没有历史，那无数的个人也决不是那个样子的个人。总而言之，个人造成历史，历史造成个人。从横截面看来，社会的生活是交互影响的：个人造成社会，社会造成个人，社会的生活全靠个人分工合作的生活，但个人的生活，无论如何不同，都脱不了社会的影响；若没有那样这样的社会，决不会有这样那样的我和你；若没有无数的我和你，社会也决不是这个样子。来勃尼慈（Leibnitz）说得好：

> 这个世界乃是一片大充实，（Plenum，为真空 Vacuum 之对），其中一切物质都是接连着的。一个大充实里面有一点变动，全部的物质都要受影响，影响的程度与物体距离的远近成正比例。世界也是如此。每一个人不

但直接受他身边亲近的人的影响，并且间接又间接的受距离很远的人的影响。所以世间的交互影响，无论距离远近，都受得着的。所以世界上的人，每人受着全世界一切动作的影响。如果他有周知万物的智慧，他可以在每人的身上看出世间一切施为，无论过去未来都可看得出，在这一个现在里面便有无穷时间空间的影子。（见 Monadology 第六十一节）

从这个交互影响的社会观和世界观上面，便生出我所说的"社会的不朽论"来。我这"社会的不朽论"的大旨是：

我这个"小我"不是独立存在的，是和无量数小我有直接或间接的交互关系的；是和社会的全体和世界的全体都有互为影响的关系的；是和社会世界的过去和未来都有因果关系的。种种从前的因，种种现在无数"小我"和无数他种势力所造成的因，都成了我这个"小我"的一部分。我这个"小我"，加上了种种从前的因，又加上了种种现在的因，传递下去，又要造成无数将来的"小我"。这种种过去的"小我"，和种种现在的"小我"，和种种将来无穷的"小我"，一代传一代，一点加一滴；一线相传，连绵不断；一水奔流，滔滔不绝——这便是一个"大我"。"小我"是会消灭的，

不朽

217

"大我"是永远不灭的。"小我"是有死的,"大我"是永远不死,永远不朽的。"小我"虽然会死,但是每一个"小我"的一切作为,一切功德罪恶,一切语言行事,无论大小,无论是非,无论善恶,——都永远留存在那个"大我"之中。那个"大我",便是古往今来一切"小我"的纪功碑,彰善祠,罪状判决书,孝子慈孙百世不能改的恶谥法。这个"大我"是永远不朽的,故一切"小我"的事业,人格,一举一动,一言一笑,一个念头,一场功劳,一桩罪过,也都永远不朽。这便是社会的不朽,"大我"的不朽。

那边"一座低低的土墙,遮着一个弹三弦人。"那三弦的声浪,在空间起了无数波澜;那被冲动的空气质点,直接间接冲动无数旁的空气质点;这种波澜,由近而远,至于无穷空间;由现在而将来,由此刹那以至于无量刹那,至于无穷时间——这已是不灭不朽了。那时间,那"低低的土墙"外边来了一位诗人,听见那三弦的声音,忽然起了一个念头;由这一个念头,就成了一首好诗;这首好诗传诵了许多人;人读了这诗,各起种种念头;由这种种念头,更发生无量数的念头,更发生无数的动作,以至于无穷。然而那"低低的土墙"里面那个弹三弦的人又如何知道他所发生的影响呢?

一个生肺病的人在路上偶然吐了一口痰。那口痰被太阳晒干了,化为微尘,被风吹起空中,东西飘散,渐吹渐远,至于无穷时间,至于无穷空间。偶然一部分的病菌被体弱的人呼吸进去,便发生肺病,由他一身传染一家,更由一家传染无数人家。如此展转传染,至于无穷空间,至于无穷时间。然而那先前吐痰的人的骨头早已腐烂了,他又如何知道他所种的恶果呢?

一千五六百年前有一个人叫做范缜说了几句话道:"神之于形,犹利之于刀;未闻刀没而利存,岂容形亡而神在?"这几句话在当时受了无数人的攻击。到了宋朝有个司马光把这几句话记在他的《资治通鉴》里。一千五六百年之后,有一个十一岁的小孩子,——就是我,——看《通鉴》到这几句话,心里受了一大感动,后来便影响了他半生的思想行事。然而那说话的范缜早已死了一千五六百年了!

二千六七百年前,在印度地方有一个穷人病死了,没人收尸,尸首暴露在路上,已腐烂了。那边来了一辆车,车上坐着一个王太子,看见了这个腐烂发臭的死人,心中起了一念;由这一念,展转发生无数念。后来那位王太子把王位也抛了,富贵也抛了,父母妻子也抛了,独自去寻思一个解脱生老病死的方法。后来这位王子便成了一个教主,创了一种哲学的宗教,感化了无数人。他的影响势力至今还在;将来即使他的宗教全灭了,他的影响势力终久还存在,以至于无穷。这可是那腐烂发臭的路毙所曾梦想到的吗?

以上不过是略举几件事,说明上文说的"社会的不朽"，"大我的不朽"。这种不朽论，总而言之，只是说个人的一切功德罪恶，一切言语行事，无论大小好坏，一一留下一些影响在那个"大我"之中，一一都与这永远不朽的"大我"一同永远不朽。

上文我批评那"三不朽论"的三层缺点：（一）只限于极少数的人，（二）没有消极的裁制，（三）所说"功，德，言"的范围太含糊了。如今所说"社会的不朽"，其实只是把那"三不朽论"的范围更推广了。既然不论事业功德的大小，一切都可不朽，那第一第三两层短处都没有了。冠绝古今的道德功业固可以不朽，那极平常的"庸言庸行"，油盐柴米的琐屑，愚夫愚妇的细事，一言一笑的微细，也都永远不朽。那发见美洲的哥仑布固可以不朽，那些和他同行的水手火头，造船的工人，造罗盘器械的工人，供给他粮食衣服银钱的人，他所读的书的著作家，生他的父母，生他父母的父母祖宗，以及生育训练那些工人商人的父母祖宗，以及他以前和同时的社会，……都永远不朽。社会是有机的组织，那英雄伟人可以不朽，那挑水的，烧饭的，甚至于浴堂里替你擦背的，甚至于每天替你家掏粪倒马桶的，也都永远不朽。至于那第二层缺点，也可免去。如今说立德不朽，行恶也不朽；立功不朽，犯罪也不朽；"流芳百世"不朽，"遗臭万年"也不朽；功德盖世固是不朽的善因，吐一口痰也有不朽的恶果。我的朋友李守常先生说得好："稍一失脚，必致遗留层层罪恶种子于未来无量的人，——即未来无量的我，——永不能消除，永不能忏悔。"这就是消极的裁制了。

中国儒家的宗教提出一个父母的观念，和一个祖先的观念，来做人生一切行为的裁制力。所以说，"一出言而不敢忘父母，一举足而不敢忘父母。"父母死后，又用丧礼祭礼等等见神见鬼的方法，时刻提醒这种人生行为的裁制力。所以又说，"斋明盛服，以承祭祀，洋洋乎如在其上，如在其左右。"又说，"斋三日，则见其所为斋者；祭之日，入室，僾然必有见乎其位；周还出户，肃然必有闻乎其容声；出户而听，忾然必有闻乎其叹息之声。"这都是"神道设教"，见神见鬼的手段。这种宗教的手段在今日是不中用了。还有那种"默示"的宗教，神权的宗教，崇拜偶像的宗教，在我们心里也不能发生效力，不能裁制我们一生的行为。以我个人看来，这种"社会的不朽"观念很可以做我的宗教了。我的宗教的教旨是：

> 我这个现在的"小我"，对于那永远不朽的"大我"的无穷过去，须负重大的责任。对于那永远不朽的"大我"的无穷未来，也须负重大的责任。我须要时时想着，我应该如何努力利用现在的"小我"，方才可以不辜负了那"大我"的无穷过去，方才可以不遗害那"大我"的无穷未来？

（跋）这篇文章的主意是民国七年年底当我的母亲丧事里想到的。那时只写成一部分，到八年二月十九日方才写定付印。后来俞颂华先生在报纸上指出我论社会是有机体一段很有语病，我觉得他的批评很有理，故九年二月间我用英文发表这篇文章时，我就把那一段完全改过了。十年五月，又改定中文原稿，并记作文与修改的缘起于此。

简评

　　季羡林先生说："在中国近现代史上，胡适是一个起过重要作用但争议又非常多的人物。过去，在极左思想的支配下，我们曾一度把他完全抹煞，把他说得一文不值，反动透顶。十一届三中全会以后，我们看问题比较实事求是了。因此对胡适的评价也有了一些改变。"胡适先生的人品比他的才学更让人钦羡，胡适先生仙逝后，"德学俱隆"的评价是十分恰当的。胡适先生兴趣广泛，著述丰富，他在哲学、史学、考据学、教育学、伦理学、文学、红学等诸多领域都有深入的研究，并有一定的代表性。胡适先生去世时，有人送了这样一副挽联："先生去了，黄泉如遇曹雪芹，问他红楼梦底事；后辈知道，今世幸有胡适之，教人白话做文章。"较为形象地概括了他生平的业绩。

　　胡适曾在他的《易卜生主义》一文中表现了一种对自由主义肯定的乐观态度，同时也注意到了对自由含义的全面阐发，但胡适对自由主义的强调还主要在个人主义（即自由权利）方面，到《不朽——我的宗教》，很显然胡适更注重于个人（"小我"）的责任意义。但是，《不朽——我的宗教》与其说是对《易卜生主义》的否定，不如说是一种补充与发展。这一点只要看一下稍后于《不朽——我的宗教》的《少年中国之精华》及《非个人主义的新生活》就更加清楚了。如果说在《易卜生主义》一文中，胡适的人生观价值取向是以单一的西方文化为价值原型，并借此对东方文化予以潜在的整合的话,那么,《不朽——我的宗教》一文则表现为人生观价值取向的多元文化特色,其潜在的文化整合变为了自觉而显形的系统构建努力。《不朽——我的宗教》是胡适从终极关怀的层面来讨论人生价值、意义问题的。它的副标题为"我的宗教",足见其理论层次之高。作为中国传统"三不朽论"的发展,在怎样改造的问题上,胡适先生吸取了西方人本主义思想、基督教的"原罪"学说、天堂地狱观念以及佛教的因果轮回学说,并以此来弥补传统"三不朽论"只能扬善不能抑恶的功能阙失,思想意蕴丰厚,语言风趣幽默,不失为散文中的精品佳作。

因为《不朽——我的宗教》是胡适从终极关怀的层面来讨论人生价值、意义问题的。所以在文章中,胡适称"社会不朽论"乃是人生的"宗教",其"教旨"是:"我这个现在的'小我',对于那永远不朽的'大我'的无穷过去,须负重大的责任,对于那永远的'大我'的无穷未来也须负重大的责任。我需要时时想着,我应该如何努力利用现在的'小我',方才可以不辜负了那'大我'的无穷过去。方才可以不遗害那'大我'的无穷未来。"胡适先生从讨论人生的价值和意义的现实性角度,将传统的两种有区别的不朽,即"一种是把'不朽'解作灵魂不灭的意思。一种就是《左传》上说的'三不朽'"进行了全面的比较、分析之后,明确地说:"因为要补足这三层缺点,所以我想提出第三种不朽论来请大家讨论。我一时想不起别的好名字,姑且称他做'社会的不朽论'。"社会的不朽即是本文的核心——"我的宗教"。作者主要的观点可以概括为以下几个方面:

其一,社会不朽论——世界上只有社会不朽。世界上的物体总是会朽的,而不朽的是整个社会,人是会死的,但是社会是不会灭亡的。物种是会灭绝的,但是生物是不会灭绝的。"社会的生命,无论是看纵剖面,是看横截面,都像一种有机的组织。从纵剖面看来,社会的历史是不断的;前人影响后人,后人又影响更后人;没有我们的祖宗和那无数的古人,又那里有今日的我和你?没有今日的我和你,又那里有将来的后人?没有那无量数的个人,便没有历史,但是没有历史,那无数的个人也决不是那个样子的个人。"

其二,"小我"以"大我"而不朽论——个人因为在社会中所作而从社会获得不朽。一个人不论善恶,只需要存在就因为其对社会的影响而获得不朽。比如佛祖因为看到一具腐烂而无人埋葬的死尸而顿悟出家。那死尸因为被佛祖看到而影响了世界获得了不朽。"我这个'小我'不是独立存在的,是和无量数小我有直接或间接的交互关系的;是和社会的全体和世界的全体都有互为影响的关系的;是和社会世界的过去和未来都有因果关系的。种种从前的因,种种现在无数'小我'和无数他种势力所造成的因,都成了我这个'小我'的一部分。我这个'小我',加上了种种从前的因,又加上了种种现在的因,传递下去,又要造成无数将来的'小我'。这种种过去的'小我',和种种现在的'小我',和种种将来无穷的'小我',一代传一代,一点加一滴;一线相传,连绵不断;一水奔流,滔滔不绝——这便是一个'大我'。'小我'是会消灭的,'大我'是永远不灭的。"

其三,人的善恶对未来会造成广泛而且深远的影响,所以人要对此负担责任。比如一个得肺病的人吐口痰,可能这口痰里的细菌就传播了1000万人造成了一场瘟疫。所以作者在文章的结尾提出了自己的看法:"我这个现在的'小我',对于那永远不朽的'大我'的无穷过去,须负重大的责任。对于那永远不朽的'大我'的无穷未来,也须负重大的责任。我须要时时想着,我应该如何努力利用现在的'小我',方才可以不辜负了那'大我'的无穷过去,方才可以不遗害那'大我'的无穷未来?"

实际上,在胡适先生看来个人才是本位的。他说:"你要想有益于社会,最好的法子莫如把你自己这块材料铸造成器,方才可以希望有益于社会。真实的为我,便是最有益的为人。把自己铸造成了自己独立的人格,你自然会不知足,不满意于现状,敢说老实话,敢攻击社会上的腐败情形做一个'平贱不能移,富贵不能淫,威武不能屈'的斯铎曼……""现在有人对你们说:'牺牲你们个人的自由,去求国家的自由!'我对你们说:'自由平等的国家不是一群奴才建造得起来的!'"

"五四时期人文学科的成就事实上成了本世纪(编者按:指20世纪)的顶点。……尤其是鲁迅和胡适,我以为,鲁迅一生都在批判一个旧中国,胡适一生都在探索怎样建设一个新中国,他们二者的对立统一,奠定了中国新文化的基础。"房向东著《鲁迅:最受污蔑的人·导言》)胡适的上述看法是中国传统的"三不朽论"的发展。他的"社会不朽论"只是把那"三不朽论"的范围扩大了。我们所说的"朽"与"不朽",并不是指物质的毁灭,而是一个物质存在状态的变化。那么,胡适所说的一切也只是那些常态不变的、有价值的东西。

桃
源 与 沅 州

◇ 沈从文

本文选自《湘行散记》（人民文学出版社2003年版）。沈从文（1902—1988），湖南凤凰县人，中国著名作家、历史文物研究家。原名沈岳焕，笔名休芸芸、甲辰、上官碧、璇若等，乳名茂林，字崇文。1918年16岁时，自家乡小学毕业后，随当地部队流徙于湘、川、黔边境与沅水流域一带，后正式参军。1924年开始文学创作，

全中国的读书人，大概从唐朝以来，命运中注定了应读一篇《桃花源记》，因此把桃源当成一个洞天福地。人人皆知道那地方是武陵渔人发现的，有桃花夹岸，芳草鲜美。远客来到，乡下人就杀鸡温酒，表示欢迎。乡下人都是避秦隐居的遗民，不知有汉朝，更无论魏晋了。千余年来读书人对于桃源的印象，既不怎么改变，所以每当国体衰弱发生变乱时，想做遗民的必多，这文章也就增加了许多人的幻想，增加了许多人的酒量。至于住在那儿的人呢，却无人自以为是遗民或神仙，也从不曾有人遇着遗民或神仙。

桃源洞离桃源县二十五里。从桃源县坐小船

226

沿沅水上行,船到白马渡时,上南岸走去,忘路之远近乱走一阵,桃花源就在眼前了。那地方桃花虽不如何动人,竹林却很有意思。如椽如柱的大竹子,随处皆可发现前人用小刀刻划留下的诗歌。新派学生不甘自弃,也多刻下英文字母的题名。竹林里间或潜伏一二翦径壮士,待机会霍地从路旁跃出,仿照《水浒传》上英雄好汉行为,向游客发个利市,使人措手不及,不免吃点小惊。桃源县城则与长江中部各小县城差不多,一入城门最触目的是推行印花税与某种公债的布告。城中有棺材铺,官药铺,有茶馆酒馆,有米行脚行,有和尚道士,有经纪媒婆。庙宇祠堂多数为军队驻防,门外必有个武装同志站岗。土栈烟馆既照章纳税,就受当地军警保护。代表本地的出产,边街上有几十家玉器作,用珉石染红着绿,琢成酒杯笔架等物,货物品质平平常常,价钱却不轻贱。另外还有个名为"后江"的地方,住下无数公私不分的妓女,很认真经营她们的职业。有些人家在一个菜园平房里,有些却又住在空船上,地方虽脏一点倒富有诗意。这些妇女使用她们的下体,安慰军政各界,且征服了往还沅水流域的烟贩,木商,船主以及种种因公出差过路人。挖空了每个顾客的钱包,维持许多人生活,促进地方的繁荣。一县之长照例是个读书人,从史籍上早知道这是人类一种最古的职业,没有郡县以前就有了它,取缔既与"风俗"不合,且影响到若干人生活,因此就很正当的定下一些规章制度,向这些人来抽收一种捐税(并采取了个美

撰写了《长河》《边城》等小说。抗战爆发后到西南联大任教,1946年回到北京大学任教,1949年后在中国历史博物馆和中国社会科学院历史研究所工作,主要从事中国古代历史的研究,1988年病逝于北京。代表作有短篇小说集《蜜柑》《雨后及其他》《石子船》《虎雏》等,中篇小说《一个母亲》《边城》,长篇小说《旧梦》《长河》,散文集《记胡也频》《记丁玲》《湘行散记》《湘西》等,论文集《沫沫集》《废邮存底》《云南看云集》。

丽名词叫作"花捐"），把这笔款项用来补充地方行政，保安，或城乡教育经费。

桃源既是个有名地方，每年自然就有许多"风雅"人，心慕古桃源之名，二三月里携了《陶靖节集》与《诗韵集成》参考资料和文房四宝，来到桃源县访幽探胜。这些人往桃源洞赋诗前后，必尚有机会过后江走走。由朋友或专家引导，这家那家坐坐，烧盒烟，喝杯茶。看中意某一个女人时，问问行市，花个三元五元，便在那龌龊不堪万人用过的花板床上，压着那可怜妇人胸膛放荡一夜。于是纪游诗上多了几首无题艳遇诗，把"巫峡神女""汉皋解佩""刘阮天台"等典故，一律被引用到诗上去。看过了桃源洞，这人平常若是很谨慎的，自会觉得应当即早过医生处走走，于是匆匆的回家了。至于接待过这种外路"风雅"人的神女呢，前一夜也许陆续接待过了三个麻阳船水手，后一夜又得陪伴两个贵州省牛皮商人。这些妇人照例说不定还被一个散兵游勇，一个县公署执达吏，一个公安局书记，或一个当地小流氓长时期包定占有，客来时那人往烟馆过夜，客去后再回到妇人身边来烧烟。

妓女的数目占城中人口比例数不小。因此仿佛有各种原因，她们的年龄都比其他大都市更无限制。有些人年在五十以上，还不甘自弃，同十六七岁孙女辈行来参加这种生活斗争，每日轮流接待水手同军营中火夫。也有年纪不过十四五岁，乳臭尚未脱尽，便在那儿服侍客人过夜的。

她们的技艺是烧烧鸦片烟，唱点流行小曲，若来客是粮子上跑四方人物，还得唱唱军歌党歌，与时下电影明星的新歌，应酬应酬，增加兴趣。她们的收入有些一次可得洋钱二十三十，有些一整夜又只得一块八毛。这些人有病本不算一回事。实在病重了，不能作生活挣饭吃，间或就上街到西药房去打针，六零六、三零三扎那么几下，或请走方郎中配副药，朱砂茯苓乱吃一阵，只要支持得下去，总不会坐下来吃白饭。直到病倒了，毫无希望可言了，就叫毛伙用门板抬到那类住在空船中孤身过日子的老妇人身边去，尽她咽最后那一口气。死去时亲人呼天抢地哭一阵，罄所有请和尚安魂念经，再托人赊购副四合头棺木，或借"大加一"买副薄薄板片，土里一埋也就完事了。

桃源地方已有公路，直达号称湘西咽喉的武陵（常德），每日都有八辆十辆新式载客汽车，按照一定时刻在公路上奔驰。距常德约九十里，车票价钱一元零。这公路从常德且直达湖南省会长沙，汽车路程约四小时，车票价约六元。公路通车时，有人说这条公路在湘省经济上具有极大意义，意思是对于黔省出口"特货"运输可方便不少。这人似乎不知道特货过境每次必三百担五百担，公路上一天不过十几辆汽车来回，若非特货再加以精制，每天能运输多少？关于特货的精制，在各省严厉禁烟宣传中，平民谁还有胆量来作这种非法勾当。假若在桃源县某种铺子里，居然有人能够设法购买一点黄色粉末药物，作为谈天口气,随便问问,就会明白那货物的来源是有来头的。信不信由你,大股东中大头脑有什么"龄"字辈"子"字辈,还有沿江之督办,上海之闻人。且明白出产并不是桃源县城,运输出口时或用轮船直往汉口,却不需借公路汽车转运长沙。

真可称为桃源名产值得引人注意的,是家鸡同鸡卵。街头巷尾无处不可以发现这种冠赤如火庞大庄严的生物,经常有重达一二十斤的。凡过路人初见这地方鸡卵,必以为鸭卵或鹅卵。其次,桃源有一种小划子,轻捷,稳当,干净,在沅水中可称首屈一指。一个外省旅行者,若想到湘西的永绥、乾城、凤凰研究湘边苗族的分布状况,或想从湘西往四川的酉阳,秀山调查桐油的生产,往贵州的铜仁调查朱砂水银的生产,往玉屏调查竹科种类,注意造箫制纸的手工业,皆可在桃源县魁星阁下边,雇妥那么一只小船,沿沅水溯流而上,直达目的地,到地时取行李上岸落店,毫无何等困难。

一只桃源小划子上只能装载一二客人。照例要个舵手,管理后梢,调动船只左右。张挂风帆,松紧帆索,捕捉河面山谷中的微风。放缆拉船,量渡河面宽窄与河流水势,伸缩竹缆。另外还要个拦头工人,上滩下滩时看水认容口,出事前提醒舵手躲避石头、恶浪与㳦流,出事后点篙子需要准确稳重。这种人还要有胆量,有气力,有经验。张帆落帆都得很敏捷的即时拉桅下绳索。走风船行如箭时,便蹲坐在船头叫喝呼啸,嘲笑同行落后的船只。自己船只落后被人嘲骂时，还要回骂；人家唱歌也得用歌声作答。两船相碰说理时，不让别人占便宜。动手打架时，先把篙子抽出拿在手上。船只逼入急流乱石中，不问冬夏，都得敏捷而勇敢的脱光衣裤，向急流中跳去，在水里尽肩背之力使船只离开险境。掌舵的因事故不能尽职，就从船顶爬过船尾去，作个临时舵手。船上若有小水手，还应事事照料小水手，指点小水手。更有一份不可推却的职务，便是在一切过失上，应与掌舵的各据小船一头，相互辱宗骂祖，继续使船前进。小船除此两人以外，尚需要个小水手居于杂务地位，淘米，烧饭，切菜，洗碗，无事不作。行船时应荡桨就帮同荡桨，应点篙就帮同持篙。这种小水手大都在学习期间，应处处留心，取得经验同本领。除了学习看水，看风，记石头，使用篙桨以外，也学习挨打挨骂。尽各种古怪希奇字眼儿成天在耳边反复响着，好好的保留在记忆里，将来长大时再用它来辱骂旁人。上行无风吹，一个人还负了纤板，曳着一段竹缆，在荒凉河岸小路上拉船前进。小船停泊码头边时，又得规规矩矩守船。关于他们经济情势，舵手多为船家长年雇工，平均算来合八分到一角钱一天。拦头工有长年雇定的，人若年富力强多经验，待遇同掌舵的差不多。若只是短期包来回，上行平均每天可得一毛或一毛五分钱，下行则尽义务吃白饭而已。至于小水手，学习期限看年龄同本事来，有些人每天可得两分钱作零用，有些人在船上三年五载吃白饭。上滩时一个不小心，闪不知被自己手中竹篙弹入乱石激流中,泅水技术又不在行,在水中淹死了,船主方面写得有字据,生死家长不能过问。掌舵的把死者剩余的一点衣服交给亲长说明白落水情形后,烧几百钱纸,手续便清楚了。

一只桃源划子,有了这样三个水手,再加上一个需要赶路,有耐心,不嫌孤独,能花个二十三十的乘客,这船便在一条清明透澈的沅水上下游移动起来了。在这条河里在这种小船上作乘客,最先见于记载的一人,应当是那疯疯癫癫的楚逐臣屈原。在他自己的文章里,他就说道:"朝发汪渚兮,夕宿辰阳。"若果他那文章还值得称引,我们尚可以就"沅有芷兮澧有兰"与"乘舲上沅"这些话,估想他当年或许就坐了这种小船,溯流而上,到过出产香草香花的沅州。沅州上游不远有个白燕溪,小溪谷里生长芷草,到如今还随处可见。这种兰科植物生根在悬崖罅隙间,或蔓延到松树枝桠上,长叶飘拂,花朵下垂成一长串,风致楚楚。花叶形体较建兰柔和,香味较建兰淡远。游白燕溪的可坐小船走,船上人若伸手可及,多随意伸手摘花,顷刻就成一束。若崖石过高,还可以用竹篙将花打下,尽它堕入清溪洄流里,再从溪里把花捞起。除了兰芷以外,还有不少香草香花,在溪边崖下繁殖。那种黛色无际的崖石,那种一丛丛幽香眩目的奇葩,那种小小洄旋的溪流,合成一个如何不可言说迷人心目的圣境!若没有这种地方,屈原便再疯一点,据我想来,他文章未必就能写得那么美丽。

什么人看了我这个记载,若神往于香草香花的沅州,居然从桃源包了小船过沅州去,希望实地研究解决《楚辞》上几个草木问题。到了沅州南门城边,也许无意中会一眼瞥见城门上有一片触目黑色,因好奇想明白它,一时可无从向谁去询问。他所见到的只是一片新的血迹,并非什么古迹。大约在清党前后,有个晃州姓唐的青年,北京农科大学毕业生,在沅州晃州两县,用党务特派员资格,率领了两万以上四乡农民和一群青年学生,肩持各种农具,上城请愿。守城兵先已得到长官命令,不许请愿群众进城。于是双方自然发生了冲突。一面是旗帜,木棒,呼喊与愤怒,一面是居高临下一尊机关枪同十枝步枪。街道既那么窄,结果站在最前线上的特派员同四十多个青年学生与农民,便全在城门边牺牲了。其余农民一看情形不对,抛下农具四散跑了。那个特派员的尸体,于是被兵士用刺刀钉在城门木板上示众三天。三天过后,便连同其他的牺牲者,一齐抛入屈原所称赞的清流里喂鱼吃了。几年来本地人在内战反复中被派捐拉夫,在应付差役中把日子混过去,大致把这件事也慢慢的忘掉了。

桃源小船载到沅州府,舵手把客人行李扛上岸,讨得酒钱回船时,这些水手必乘兴过南门外皮匠街走走。那地方同桃源的后江差不多,住下不少经营最古职业的人物,地方既非商埠,价钱可公道一些。花五角钱关一次门,上船时还可以得一包黄油油的上净烟丝,那是十年前的规矩。照目前百物昂贵情形想来，一切当然已不同了，出钱的花费也许得多一点，收钱的待客也许早已改用"美丽牌"代替"上净丝"了。

或有人在皮匠街蓦然间遇见水手，对水手发问："弄船的，'肥水不落外人田'，家里有的你让别人用，用别人的你还得花钱，这上算吗？"

那水手一定会拍着腰间麂皮抱兜，笑眯眯的回答说："大爷，'羊毛出在羊身上'，这钱不是我桃源人的钱，上算的。"

他回答的只是后半截，前半截却不必提。本人正在沅州，离桃源远过六七百里，桃源那一个他管不着。

便因为这点哲学，水手们的生活，比起"风雅人"来似乎洒脱多了。若说话不犯忌讳，无人疑心我"袒护无产阶级"，我还想说，他们的行为，比起那些读了些"子曰"，带了《五百家香艳诗》去桃源寻幽访胜，过后江讨经验的"风雅人"来，也实在还道德的多。

一九三五年三月作于北京

简评

1918 年 16 岁时，沈从文先生自家乡小学毕业后，随当地土著部队流徙于湘、川、黔边境与沅水流域一带，后正式参军。1922 年，沈从文先生脱下军装，1923 年来到北京，意欲改变自己的生活。他渴望上大学，可是他仅受过小学教育，又没有半点经济来源，前途渺茫。几经努力，1923 年底报考燕京大学国文班仍未被录取，只得在北京大学旁听。1924 年开始文学创作，《长河》《边城》等小说陆续在《晨报》《语丝》《晨报副刊》《现代评论》上发表。通过他的这些小说，引起文学界的关注，文坛终于接纳了这位年轻的作者。

沈从文又是一个比较有争议的作家。沈从文先生文学成就是史有公论的。车前子先生《云头花朵·说沈从文》的评价别具一格:"沈从文文章的妙处,在于拖泥带水而不浑浊。这是一只干净的杯子所盛起的泥水,泥沉杯底,清水浮了上来。但他并不把泥倒掉。这泥,是他的野性,是他的生命力,也是他隐秘的话语。后来一些向他学习的人,只有清水而无泥,故显得小器。"沈从文是现代作家中成书最多的一个,20世纪中国最为优秀的文学家之一。他的作品被译成日本、美国、英国、前苏联等四十多个国家的文字出版,并被美国、日本、韩国、英国等十多个国家或地区选进大学课本,曾两度被提名为诺贝尔文学奖评选候选人。坎坷的生活经历不仅磨炼了沈从文先生,也成就了他;沈从文先生不仅是作家,还是历史学家、考古学家。

京派代表作家沈从文先生出生于荒凉偏僻而风光如画、富有传奇性的湘西凤凰县。祖母刘氏是苗族,其母黄素英是土家族,祖父沈宏富是汉族。他的文学作品中有许多对于苗族风情的描述。他身上流淌着的苗、汉、土家族的血液,这或许给他带来一种特殊的气质和多彩的幻想。

1934年1月7日,沈从文从北平启程回家乡凤凰,探望病危的母亲,这是他阔别家乡十几年之后第一次返乡,历时近一个月。行程中,沈从文给妻子张兆和写了近50封信,回到北平后,这近50封书信,经作者整理、加工后,以系列散文的形式在杂志上发表,后结集为《湘行散记》。《湘行书简》是写给新婚妻子的,《湘行散记》是公开发表的,两个文本之间的差异是明显的。还有《湘西》一书,大体也是写作于这一段时间,主要介绍湘西的景物、特产、民情等。两部作品,在内容上互为表里,在结构上互为经纬,是以湘西历史、现实与未来的发展为中心,融汇着作者对湘西社会生活与社会问题的观察与思考,这两部散文,代表着沈从文散文创作的最高成就。1934年完成的《边城》,是沈从文先生这

桃源与沅州

类"牧歌"式小说的代表,也是沈从文小说创作的一个高峰。

"我的作品稍稍异于同时代的作家处,在一开始写作时,取材的侧重在写我的家乡,我生于斯长于斯的一条延长千里水路的沅水流域。对沅水和它的五个支流、十多个县分宝贵的城镇及几百大小水码头给我留下的人事哀乐、景物印象,想试试作综合处理,看是不是能产生点散文诗的效果。"(《沈从文散文选·题记》)沈从文先生比较看好的《桃源与沅州》是《湘行散记》重要的一篇。《湘行散记》那如抒情诗般行云流水的文字深深地镌刻在读者的心里。林语堂说过,没有什么目的心的阅读最快乐。读沈从文的《湘行散记》,如同一幅幅引人入胜的水墨画,在我们面前徐徐展开,引领着我们进入一种清新淡雅的境界中去,忘情欣赏并不自觉地陶醉其中。不会带有任何的功利色彩,一切都是那么的自然,生动。作者笔下的岩壁、石窟、码头、河流、水手、小船、落日、云影都微微地敷上了一层闲适淡然的色彩,悠悠地在宣纸上行走。仅有黑白两种主色,却晕染出多层次的质感。墨黑纸白,画面澄明清澈,简洁美丽。景物灵动,俊秀轻盈,宛如走进画中,但又是那么真实。

在《桃源与沅州》中,桃花、竹林、兰芷、女子、游客、水手皆一一入画。看落花飞散,水月流辉,人世几多沧桑,在淡墨轻描中,不经意地流露出了作者自己的悲悯和反思。看似处处有着落,却又处处不留痕迹。任人目光在画卷流离,思绪在"留白"的艺术下慢慢沉淀。在沈从文先生的笔下,我们看到,桃源县城又是这样一幅色彩明亮的风俗画:"桃源县城则与长江中部各小县城差不多,一入城门最触目的是推行印花税与某种公债的布告。城中有棺材铺,官药铺,有茶馆酒馆,有米行脚行,有和尚道士,有经纪媒婆。庙宇祠堂多数为军队驻防,门外必有个武装同志站岗。土栈烟馆既照章纳税,就受当地军警保护。代表本地的出产,边街上有几十家玉器作,用珉石染红着绿,琢成酒杯笔架等物,货物品质平平常常,价钱却不轻贱。另外还有个名为'后江'的地方,住下无数公私不分的妓女,很认真经营她们的职业。"客观地说沈从文笔下的桃源县城的刻画,今天读来依然栩栩如生,甚至为研究那个时代的凤凰古城,提供了社会学、经济学、政治学的标本。

　　沈从文的散文长于将风景、地理、民俗与传说、神话、历史有机地结合在一起,构成一幅充满魅力的图画。作者笔下的湘西,神秘而又奇异。作品在叙述中,层层剥开"神秘"的外衣,裸露出湘西社会种种人生现象的原生态。长长的码头,湿湿的河街,湍急的青浪滩,美丽的酉水河,满江浮动的橹歌和白帆,两岸去水三十丈的吊脚楼,无数的水手柏子和水手柏子的情妇们都永远留在沈从文的作品中。同时,山川的秀丽、出产的丰饶、人民的忍苦耐劳,与现实的政治黑暗相映照,无形中也加重着对"牧民者"批判的分量。

　　《湘行散记》和《湘西》里的散文还弥漫着强烈的情感因素。作者立足现实,评说历史,思索未来,结合着对湘西历史发展的思考,揉进自己的情感,显示出一种深沉强烈的感人力量。读《桃源与沅州》中的这一段文字,我们似乎嗅到了作者湘西系列散文中少见的"血腥味":"到了沅州南门城边,也许无意中会一眼瞥见城门上有一片触目黑色,因好奇想明白它,一时可无从向谁去询问。他所见到的只是一片新的血迹,并非什么古迹。大约在清党前后,有个晃州姓唐的青年,北京农科大学毕业生,在沅州晃州两县,用党务特派员资格,率领了两万以上四乡农民和一群青年学生,肩持各种农具,上城请愿。守城兵先已得到长官命令,不许请愿群众进城。于是双方自然发生了冲突。一面是居高临下,旗帜,木棒,呼喊与愤怒,一面是一尊机关枪同十枝步枪。街道既那么窄,结果站在最前线上的特派员同四十多个青年学生与农民,便全在城门边牺牲了。其余农民一看情形不对,抛下农具四散跑了。那个特派员的尸体,于是被兵士用刺刀钉在城门木板上示众三天。三天过后,便连同其他牺牲者,一齐抛入屈原所称赞的清流里喂鱼吃了。"

作者猛烈地抨击了湘西"牧民者"所采取的对湘西的"方略",就是从政治上对湘西人的歧视与迫害,而外来商人则完全控制了湘西的经济命脉。忘不掉的是,桃源城门上的斑斑血迹,凤凰两位朋友的坟墓,是大革命失败后国民党实行反革命大屠杀的历史见证。在《桃源与沅州》里,沈从文先生有意将国民党的反革命大屠杀与沅州的幽兰香芷、屈原的放逐行吟放在一起描写,暗藏着对"杀人屠夫"的政治性的讽刺,沈从文先生表面上似乎不动声色,没有慷慨陈词,但处处语藏锋芒,顽强地表达出自己的爱憎。作者没有在痛苦的现实面前跌入悲观失望的深渊,他写到了湘西人民的勤劳、勇敢与不断激发出来的反抗。《厢子岩》《虎雏再遇记》《五个军官和一个煤矿工人》等篇章都表现出这种倾向。北伐时期湘西的农民运动也进入了作家的视野。沈从文先生相信,历史的发展,一定会使湘西获得新的转机,并把转机的希望,"寄托到年轻一代的觉醒上"(沈从文《一个传奇的本事·附记》)。

书厄小史

◇散木

见《读书》2001年第10期上有人从程千帆、沈祖棻对学人与藏书的离合故事说到"不应该忘记这一页惨痛的学者卖书史",真有遇到知音的欢喜,因为这个题目也是我早已关注的了。

愚生也晚,"中国学者卖藏书"这一如今看来近乎匪夷所思的荒诞剧,我只亲睹了其中两次"高潮"的末一个,那就是一些晚辈后生们居然对之有了"距离美"的所谓"十年浩劫"。其实中国共产党的《历史决议》早已标明:"实践证明,'文化大革命'不是也不可能是任何意义上的革命或社会进步。"即使如所谓"文化"吧,思想上造成的混乱迄今"后遗症"难去,其对科学文化教育事业造成的破坏和摧残更是为后人

本文原载 2002 年 4 月 11 日《中国图书商报·书评周刊》。散木,原名郭汾阳,当代学者,1956 年出生,山西定襄人。1977 年考入山西大学历史系,曾在博物馆、文物局等处工作。1985 年调入浙江大学社会科学系从事中国革命史等课程的教学。长期致力于中国近现代史、现代文学史、地方史、中共党史等研究,曾在国内多种报刊上发表文章。

所亲尝,历史文化遗产蒙受之巨大毁灭性破坏为历史上兵燹所难能及,等等,可惜,我们今天仍匮乏一张对此详尽而得的清单,例如陈登原《古今典籍聚散考》之类的著作今尚阙如。如"典籍",善本也好,稿本也好,作为"文本",其劫难,历史上添一"文革"之肆虐;不过,那却是在"革命"的神圣光环下,在"革命"的名义和招牌下干的勾当。也是后来人们才明白:犁庭扫穴般的大革命风暴早已埋下矫枉必过正的权力话语和公众情结。夹带世纪初的雷霆,激进的话语何其多哉,虽说其中不乏真知灼见,却在历史行进途中变形放大,也就前后圆凿方枘,翻变为历史上常见的正剧始而喜剧终矣。推溯源头,后来为仁人君子们疾首万状的,若鲁迅翁对中国书的"不看"、吴稚晖更上一层楼的所谓掷之"茅厕"、钱玄同乃亟言"欲废孔学、欲剿灭道教,惟有将中国书籍一概束之高阁之一法",为什么?请听其言:"中国文字自来即专用于发挥孔门学说及道教妖言",而"中国书籍千分之九百九十九都是这两类之书"。影响所及,青年毛泽东亦"主张将唐宋以后之文集诗集焚诸一炉"为快。一俟回黄转绿,反抗者的呐喊迁变为权力场的磁核,即使是文坛泰斗郭沫若也不免绝非惺惺作态地称其所著书悉为"臭茅屎缸",自邻以下的众般白面书生只有引吭《臭老九歌》:"专政全凭知识少,反动皆因文化有"了。这在前一个"高潮"的1957年之后,尚有汪曾祺效力军台,不意间在乡下书店购得《癸巳类稿》《十驾斋养新录》及《容斋随笔》的妙事

（其大喜过望后心生疑惑：如何进得此书？如非我买岂非它将人老珠黄？），然而十年后全无此桩消息矣。

假如有这样一部"书厄史"的记录，各种"文本"中，有处可寻的，若劫后余生的"书贼"康生、江青之流劫掠王利器、傅惜华等学人藏书的无耻痕迹，或者竟有"大书"若今之杭州岳庙重新修缮的说明告白，而无处可寻的，以人们遗忘历史的速度计，大概就百不数一了。不过亡羊补牢，我们今日可做的事还有很多，比如写这一部《书厄史》吧就是一桩。

思及彼时的书厄：一、出于"知识越多越反动"的反智主义和全社会对知识分子"臭老九"的定位，知识载体的书籍其价值急剧下跌，乃至无价值可言，而写书的学人更是潦倒不堪，几与书籍相同命运。也是彼时，似刘盼遂、许政扬诸学人与"文本"偕之而去的大概不知凡几。所谓黄垆腹痛，若乎物失人在，恐怕忘不了诸如大破"四旧""一号命令"下达后仓皇倾卖藏书时惨景：吆喝收破烂的板车那几日真是风光无限，不需劳驾已是家家罄其所有，忍作别姬，目送手挥。学人卖书的不堪之情，纵南唐后主再世，怕也传达不尽那"别是一番滋味"的"别时容易见时难"。二、对知识分子的不信任到迫害，随之是生活待遇的贬值，如住房面积大幅度降低，几家合住或者高楼迁矮屋等，人无居，书（知识、思想）何存？

随手翻几本书，就可以让人回味若许。这一、书的归宿，《卖尽藏书岂为贫》语及的沈从文、张中行等之外，彼时不外几类，如《梁漱溟问答录》："最使我痛心的是红卫兵烧了我家三代的藏书、手稿和字画"，红卫兵说"有《新华字典》就足够了"(后来周总理说及回赠外宾，人家有各种百科全书，我们只有《新华字典》)；另一个"梁"，是梁启超公子了，梁思成的藏书，什么《哈佛古典文献全集》以及乃父的《饮冰室文集》等都送进了废品收购站，其夫人林徽因在笔记本上记有："为了处理那些封、资、修的书籍，雇三轮拉了一整天，共运45车次，计售人民币35元"(转引自费慰梅《梁思成与林徽因》)。45车35元，真是"惊呼热中肠"。这算什么，太多的例子了。陈垣先生明智，遗嘱捐书4万册，俾得所归，而陈校长所在北师大更有学人刘盼遂夫妇为书烈死的惨烈故事。不独刘先生，为书遭了罪的还有黄药眠、钟敬文、启功、李长之、谭丕谟、陆宗达、穆木天、袁翰青等。惨烈之余，就有许多近乎"黑色幽默"的成分，比如黄教授家藏一部《廿四史》，迨罡风起时，实行"大破四旧"，"四旧"——旧思想、旧文化、旧风俗、旧习惯，当然还有"旧"的物质载体——古籍，黄教授的一部连木箱在内的《廿四史》原来是好友、明史专家丁易先生的转赠，此时顾不得了，急如星火地奔忙处理，如果卖给收废纸的当然再便当不过，可是也太可惜了，只好送人，给助教邓魁英。邓不敢接受，一是怕连带保护"四旧"的罪名，再说谁家也不宽敞，何况邓先生已有一部"图书集成"版的《廿四史》了，也就拱手谢免了，不过建议黄先生可将书连同木箱平排起来当床，让小孩子睡在上面，庶几可保平安。黄教授却没有采纳建议,将书搁在家中过道上,那意思仿佛是"鸡肋"——食之无味却弃之可惜的,后终被勒令搬家,这才叫读书人的"挥泪对宫娥"。书堆放在一边,有个青年站在一边好奇地看,黄教授索性问道:这书你懂不懂?青年人说倒是颇愿一读。黄教授自是大喜过望,所谓踏破铁鞋无觅处,得来全不费工夫,连说:拿去!拿去!未想世风日下这个小伙子却犹有士风,讷讷地说:没有钱,怎么好意思白拿。黄教授急问:那你有多少钱?青年说只有20元。黄教授不假思索:足矣。楚弓楚得,也是书得所归。说书厄,再不妨看那不显山不显水的。二、中华书局《1949—1981年古籍整理编目》,合32年所出1559种,其中1966—1976年,仅78种,再其中1966年所出悉为5月之前;1967—1971这四年,一书不具;1971年后除《二十四史》标点本以及法家人物著作、作为"政治教材"的《石头记》等外,今人研究,其作品只有1971年章士钊《柳文指要》一书,而此书得以问世也尽在"红太阳"恩准以特例对待的(尼克松访华以之馈赠,赠田中首相则是大字本《离骚》),这算不算"书厄"之一例?三、学人半成品的书稿,如陈直先生等,手稿亦不得存,勒令上交,不忍,藏匿煤堆中,被发现尽焚之,马寅初亦自焚其所著《农书》。再如顾颉刚先生等,先前如何高产,后来"牛鬼"而已,于是十年学术纪录,只有标点史籍的"伟业"了,但这已经很幸运了,而原来那些谨守治学之道,以为"四十岁以前要博,以后要逐渐收缩,五十岁以后应该开花结果,写点东西了"(何兹全)的一代学人在本该厚积薄发的学术巅峰期,与几代青年一样,蹉跎了岁月,一场浩劫,不但没有开花结果,"差点连根挖掉"。于是有人终于恍然,若王亚南华东医院弥留之际对家人喃喃:"专制制度下面只有两种人,一种是哑子,一种是骗子。""哑子"不写书,"骗子"写假书,乃众人大多"失语"为哑,作"万马齐喑"状。若不甘,则有顾准式的"地下话语";再不甘,欲"地上"作文字魔障,遇罗克、张志新以及苏州图书馆副馆长陆兰秀之作嗤类而不可得矣。则寻例可得更有其人后来自忏之"依傍党内'权威'的现成说法"度日,结果教训却是"学术上的结论是要靠自己的研究得来的"云云。

"反右"和"文革"的书厄,有形如卖书、焚书以及"刘项原来不读书"的社会推崇,无形则如《编目》的空缺和学人学术年谱的积年荒芜,以及学人的充聋作哑以及骗和被骗虚假繁荣的"评法批儒""评《水浒》"之类的出版业。若据以勾勒一部《中国书厄史》,大概可以让人从中窥见国家、民族、学人几重的悲哀吧。

简评

"不应该忘记这一页惨痛的学者卖书史",有意无意的淡化和遗忘是在很多人身上出现是无可奈何的必然,但是,请不要说回溯往事不是为了咀嚼逝去的苦难。不能忘记的是:从中窥见国家、民族、学人几重的悲哀。

中国是世界四大文明古国之一,也是古代文化典籍最丰富、藏书最早的国家。丰富的史料说明古人对书籍十分钟爱,常以香气浓郁的复叶芸草护书,宋代沈括《梦溪笔谈》有云:"古人藏书辟蠹用芸。"因而以芸香、芸编、芸帙代称书,以芸窗、芸馆指书斋,以芸扁谓藏书处。古代官府藏书发轫于商代甲骨和周代守藏室,私家藏书则出现于春秋战国之际的诸子藏书。汉魏以后,藏书楼开始出现,历代相沿不绝。清末四大藏书楼以秘册精椠、庋藏丰富闻名一时,它们是:浙江湖州陆氏皕宋楼、杭州丁氏八千卷楼、江苏常熟瞿氏铁琴铜剑楼、山东聊城杨氏海源阁。各家所藏动辄几万卷,甚至达到几十万卷。寻绎这四座藏书楼盛衰聚散的命运,更能昭示出文化事业"与国脉休戚与共"的至理。每当时代变更、社会动荡、国运沧夷、兵火天灾、民生凋蔽、文化环境恶劣,藏书楼也就不可避免地受到殃及,以至于书厄频仍,在劫难逃。

散木先生在《书厄小史》首先把把书的"厄运"置于现实的大背景的前提下:"'文化大革命'不是也不可能是任何意义上的革命或社会进步。"即使如所谓"文化"吧,思想上造成混乱迄今"后遗症"难去,其对科学文化教育事业造成的破坏和摧残更是为后人所亲尝,历史文化遗产蒙受之巨大毁灭性破坏为历史上所有兵祸所难及。可惜,我们今天仍匮乏一张对此详尽而得的清单,例如,陈登原《古今典籍聚散考》之类的著作今尚不能见到。

在野蛮的烈焰和肮脏的洪水中,泱泱中华文化毁灭时中国人民流过的"血和泪"一定会凝成我们这个民族自己今后不再经受那样的厄运的智慧,关键是,我们的民族再也经不起这样的遗忘!鲁迅先生说得好:"抉心自食,欲知本味。创痛酷烈,本味何能知?……痛定之后,徐徐食之,然心已陈旧,本味又何由知?"让历史、让后人记住"书厄的历史"吧,决不是为了"咀嚼逝去的苦难"。

1966年八九月间,"破四旧"运动在全国如火如荼展开,所有带封、资、修的文物古迹已严重损毁,有些地方已破坏无遗。只有保存在民间的私人图书字画还完好无损。不久,红卫兵采取了抄家行动,那些藏在民间的东西也就成了重点搜查的目标。开始是"牛、鬼、蛇、神"的家庭首当其冲,接着便是从派出所、居委会那儿搞来的居民资料而确定的对象，最后抄家就有了很大的随意性。

民主同盟副主席章伯钧，建国初期任国务院交通部长，被划右派。他一生只喜欢书籍，别无所好，一生就爱买书藏书和读书，常常戏称自己是条"书虫"，曾经几次对亲友们说过，那些书在他死后要全部捐给国家。"文革"之前，他的藏书总数已逾万册。他家的住房也很大，附近一所中学征用他家做红卫兵总部，他的所有藏书便成了红卫兵头头们顺手牵羊的对象，后来，除少数珍贵古籍被北京图书馆收去之外，其他的藏书全被送到造纸厂打成了纸浆。

爱国民主人士梁漱溟先生是一位国学大师，他也同样遭到红卫兵抄家的厄运。后来他回忆这件事情时，心情十分沉重地说，红卫兵在他家里撕字画，砸古玩，一面撕一面砸还骂是"封建主义的玩意儿，留着干啥？"最后红卫兵的头头发出了指令，把他曾祖、祖父和他父亲在清朝三代为官购置的书籍和字画，还有他自己保存的书籍，统统堆到院子里付之一炬，他们还围着火堆呼口号，喊得震天响，而他却被红卫兵堵在小房里，连看一眼的机会都没有，有泪不敢流，一声不吭忍耐着，只觉得心里一阵阵发痛。

著名作家沈从文在中国历史博物馆工作，他的书籍都放在那里，以为红卫兵进不去，可以侥幸保存下来。没有多久，造反派带几个人走了进去，指着他工作室里的几架书籍说："我们来帮你消消毒，把这些封、资、修的东西都烧掉，你舍不舍得？"沈从文无可奈何地回答："没有什么舍不得，要烧就烧吧。"其实，答不答应都是烧定了。于是，他的几书架珍贵书籍都搬到外面的空坪里，一把火全部化成了灰烬。

中央文史馆副馆长沈尹默是一位声誉满天下的上海书法家，那时已是八十四岁的高龄，老人担心自己费尽毕生心血收藏的字画和自己的作品会累及家人，不得不横下心来，待家人走后，他一边老泪纵横，一边将自己的作品，还有明清大书法家的真迹一一撕成了碎片，他不敢烧掉,怕燃烧纸片的火光和烟味被人发现,惹来红卫兵抄家之祸,只好放在洗脚盆里泡成纸浆,再捏成纸团,放进菜篮,让儿子在夜深人静的时候偷偷带出家门,倒进苏州河里,一了百了。

　　长期在上海居住的画家林风眠被抄了家,大部分个人作品和收藏字画都被搜查出来烧掉了。那时抄家已经没有了规矩,只有随意性,有的家庭反复被抄,当地的红卫兵抄过还有外地的红卫兵来抄,抄家次数多的高达八次。在风声鹤唳中,他万般无奈,只好将红卫兵没有搜查出来的几件作品浸入浴缸,化成纸浆,倒进马桶,冲入粪池,以绝再次被抄之祸。

　　南京有个著名的书法家林散之,他一生珍藏的字画以及自己所有的作品全部被红卫兵毁之一炬,连人也被扫地出门,赶回安徽老家,参加劳动改造,他在被抄家的书画家队伍中算得上"抄"得最彻底的一人。

　　"若据以勾勒一部《中国书厄史》,大概可以让人从中窥见国家、民族、学人几重的悲哀吧。"梨枣之灾,遍及华林,被毁掉的典籍、善本,谁能确切地知道有多少呢?

怀

李叔同先生

◇丰子恺

本文选自《缘缘堂随笔》(人民文学出版社1957年版)。丰子恺(1898—1975),原名丰润,曾用名丰仁、婴行,号子恺,字仁。浙江崇德人。我国现代画家、散文家、美术教育家、音乐教育家、漫画家和翻译家,是一位多方面卓有成就的文艺大师。1914年入杭州浙江省第一师范学校,从李叔同学习音乐和绘画。1931年,他的第一

距今二十九年前,我十七岁的时候,最初在杭州的浙江省立第一师范学校里见到李叔同先生,即后来的弘一法师。那时我是预科生;他是我们的音乐教师。我们上他的音乐课时,有一种特殊的感觉:严肃。摇过预备铃,我们走向音乐教室,推进门去,先吃一惊:李先生早已端坐在讲台上。以为先生总要迟到而嘴里随便唱着、喊着、或笑着、骂着而推进门去的同学,吃惊更是不小。他们的唱声、喊声、笑声、骂声以门槛为界限而忽然消灭。接着是低着头,红着脸,去端坐在自己的位子里。端坐在自己的位子里偷偷地仰起头来看看,看见李先生的高高的瘦削的上半身穿着整洁的黑布马褂,露出在讲桌上,宽广

得可以走马的前额，细长的凤眼，隆正的鼻梁，形成威严的表情。扁平而阔的嘴唇两端常有深涡，显示和爱的表情。这副相貌，用"温而厉"三个字来描写，大概差不多了。讲桌上放着点名簿、讲义，以及他的教课笔记簿、粉笔。钢琴衣解开着，琴盖开着，谱表摆着，琴头上又放着一只时表，闪闪的金光直射到我们的眼中。黑板（是上下两块可以推动的）上早已清楚地写好本课内所应写的东西（两块都写好，上块盖着下块，用下块时把上块推开）。在这样布置的讲台上，李先生端坐着。坐到上课铃响出（后来我们知道他这脾气，上音乐课必早到。故上课铃响时，同学早已到齐），他站起身来，深深地一鞠躬，课就开始了。这样地上课，空气严肃得很。

有一个人上音乐课时不唱歌而看别的书，有一个人上音乐时吐痰在地板上，以为李先生不看见的，其实他都知道。但他不立刻责备，等到下课后，他用很轻而严肃的声音郑重地说："某某等一等出去。"于是这位某某同学只得站着。等到别的同学都出去了，他又用轻而严肃的声音向这某某同学和气地说："下次上课时不要看别的书。"或者："下次痰不要吐在地板上。"说过之后他微微一鞠躬，表示"你出去罢"。出去的人大都脸上发红。又有一次下音乐课，最后出去的人无心把门一拉，碰得太重，发出很大的声音。他走了数十步之后，李先生走出门来，满面和气地叫他转来。等他到了，李先生又叫他进教室来。进了教室，李先生用很轻而严肃的声音向他和

本散文集《缘缘堂随笔》由开明书店出版。1949 年后曾任中国美术家协会主席、上海中国画院院长、上海对外文化协会副会长等职。被国际友人誉为"现代中国最像艺术家的艺术家"。丰子恺风格独特的漫画作品影响很大，深受人们的喜爱。他的作品内涵深刻，耐人寻味。著有《子恺漫画》《子恺画集》《西洋美术史》《缘缘堂随笔》《子恺小品集》等。他一生出版的著作达一百八十多部。

气地说："下次走出教室，轻轻地关门。"就对他一鞠躬，送他出门，自己轻轻地把门关了。最不易忘却的，是有一次上弹琴课的时候。我们是师范生，每人都要学弹琴，全校有五六十架风琴及两架钢琴。风琴每室两架，给学生练习用；钢琴一架放在唱歌教室里，一架放在弹琴教室里。上弹琴课时，十数人为一组，环立在琴旁，看李先生范奏。有一次正在范奏的时候，有一个同学放一个屁，没有声音，却是很臭。钢琴及李先生十数同学全部沉浸在亚莫尼亚气体中。同学大都掩鼻或发出讨厌的声音。李先生眉头一皱，管自弹琴（我想他一定屏息着）。弹到后来，亚莫尼亚气散光了，他的眉头方才舒展。教完以后，下课铃响了。李先生立起来一鞠躬，表示散课。散课以后，同学还未出门，李先生又郑重地宣告："大家等一等去，还有一句话。"大家又肃立了。李先生又用很轻而严肃的声音和气地说："以后放屁，到门外去，不要放在室内。"接着又一鞠躬，表示叫我们出去。同学都忍着笑，一出门来，大家快跑，跑到远处去大笑一顿。

李先生用这样的态度来教我们音乐，因此我们上音乐课时，觉得比上其他一切课更严肃。同时对于音乐教师李叔同先生，比对其他教师更敬仰。那时的学校，首重的是所谓"英、国、算"，即英文、国文和算学。在别的学校里，这三门功课的教师最有权威；而在我们这师范学校里，音乐教师最有权威，因为他是李叔同先生的缘故。

李叔同先生为甚么能有这种权威呢？不仅为了他学问好，不仅为了他音乐好，主要的还是为了他态度认真。李先生一生的最大特点是"认真"。他对于一件事，不做则已，要做就非做得彻底不可。

他出身于富裕之家，他的父亲是天津有名的银行家。他是第五位姨太太所生。他父亲生他时，年已七十二岁。他坠地后就遭父丧，又逢家庭之变，青年时就陪了他的生母南迁上海。在上海南洋公学读书奉母时，他是一个翩翩公子。当时上海文坛有著名的沪学会，李先生应沪学会征文，名字屡列第一。从此他就为沪上名人所器重，而交游日广，终以"才子"驰名于当时的上海。所以后来他母亲死了，他赴日本留学的时候，作一首《金缕曲》，词曰："披发佯狂走。莽中原暮鸦啼彻几株衰柳。破碎河山谁收拾，零落西风依旧。便惹得离人消瘦。行矣临流重太息，说相思刻骨双红豆。愁黯黯，浓于酒。　　漾情不断淞波溜。恨年年絮飘萍泊，遮难回首。二十文章惊海内，毕竟空谈何有！听匣底苍龙狂吼。长夜西风眠不得，度群生那惜心肝剖。是祖国，忍孤负？"读这首词，可想见他当时豪气满胸，爱国热情炽盛。他出家时把过去的照片统统送我，我曾在照片中看见过当时在上海的他：丝绒碗帽，正中缀一方白玉，曲襟背心，花缎袍子，后面挂着胖辫子，底下缀带扎脚管，双梁厚底鞋子，头抬得很高，英俊之气，流露于眉目间。真是当时上海一等的翩翩公子。这是最初表示他的特性，凡事认真。他立意要做翩翩公子，就彻底的做一个翩翩公子。

后来他到日本,看见明治维新的文化,就渴慕西洋文明。他立刻放弃了翩翩公子的态度,改做一个留学生。他入东京美术学校,同时又入音乐学校。这些学校都是模仿西洋的,所教的都是西洋画和西洋音乐。李先生在南洋公学时英文学得很好;到了日本,就买了许多西洋文学书。他出家时曾送我一部残缺的原本《莎士比亚全集》,他对我说:"这书我从前细读过,有许多笔记在上面,虽然不全,也是纪念物。"由此可想见他在日本时,对于西洋艺术全面进攻,绘画、音乐、文学、戏剧都研究。后来他在日本创办春柳剧社,纠集留学同志,共演当时西洋著名的悲剧《茶花女》(小仲马著)。他自己把腰束小,扮作茶花女,粉墨登场。这照片,他出家时也送给我,一向归我保藏;直到抗战时为兵火所毁。现在我还记得这照片:卷发,白的上衣;白的长裙拖着地面,腰身小到一把,两手举起托着后头,头向右歪侧,眉峰紧蹙,眼波斜睨,正是茶花女自伤命薄的神情。另外还有许多演剧的照片,不可胜记。这春柳剧社后来迁回中国,李先生就脱出,由另一班人去办,便是中国最初的"话剧"社。由此可以想见,李先生在日本时,是彻头彻尾的一个留学生。我见过他当时的照片:高帽子、硬领、硬袖、燕尾服、史的克、尖头皮鞋,加之长身、高鼻,没有脚的眼镜夹在鼻梁上,竟活像一个西洋人。这是第二次表示他的特性:凡事认真。学一样,像一样。要做留学生,就彻底的做一个留学生。

他回国后,在上海太平洋报社当编辑。不久,就被南京高等师范请去教图画、音乐。后来又应杭州师范之聘,同时兼任两个学校的课,每月中半个月住南京,半个月住杭州。两校都请助教,他不在时由助教代课,我就是杭州师范的学生。这时候,李先生已由留学生变为"教师",这一变,变得真彻底:漂亮的洋装不穿了,却换上灰色粗布袍子、黑布马褂、布底鞋子。金丝边眼镜也换了黑的钢丝边眼镜。他是一个修养很深的美术家,所以对于仪表很讲究。虽然布衣,却很称身,常常整洁。他穿布衣,全无穷相,而另具一种朴素的美。你可想见,他是扮过茶花女的,身材生得非常窈窕。穿了布衣,仍是一个美男子。"淡妆浓抹总相宜",这诗句原是描写西子的,但拿来形容我们的李先生的仪表,也很适用。今人侈谈"生活艺术化",大都好奇立异,非艺术的。李先生的服装,才真可称为生活的艺术化。他一时代的服装,表出着一时代的思想与生活。各时代的思想与生活判然不同,各时代的服装也判然不同。布衣布鞋的李先生,与洋装时代的李先生、曲襟背心时代的李先生,判若三人。这是第三次表示他的特性:认真。

我二年级时,图画归李先生教。他教我们木炭石膏模型写生。同学一向描惯临画,起初无从着手。四十余人中,竟没有一个人描得像样的。后来他范画给我们看。画毕把范画揭在黑板上。同学们大都看着黑板临摹。只有我和少数同学,依他的方法从石膏模型写生。我对于写生，从这时候开始发生兴味。我到此时，恍然大悟：那些粉本原是别人看了实物而写生出来的。我们也应该直接从实物写生入手，何必临摹他人，依样画葫芦呢？于是我的画进步起来。此后李先生与我接近的机会更多。因为我常去请他教画，又教日本文。以后的李先生的生活，我所知道的较为详细。他本来常读性理的书，后来忽然信了道教，案头常常放着道藏。那时我还是一个毛头青年，谈不到宗教。李先生除绘事外，并不对我谈道。但我发见他的生活日渐收敛起来，仿佛一个人就要动身赴远方时的模样。他常把自己不用的东西送给我。他的朋友日本画家大野隆德、河合新藏、三宅克等到西湖来写生时，他带了我去请他们吃一次饭；以后就把这些日本人交给我，叫我引导他们（我当时已能讲普通应酬的日本话）。他自己就关起房门来研究道学。有一天，他决定入大慈山去断食，我有课事，不能陪去，由校工闻玉陪去。数日之后，我去望他。见他躺在床上，面容消瘦，但精神很好，对我讲话，同平时差不多。他断食共十七日，由闻玉扶起来，摄一个影，影片上端由闻玉题字："李息翁先生断食后之像，侍子闻玉题。"这照片后来制成明信片分送朋友。像的下面用铅字排印着："某年月日，入大慈山断食十七日，身心灵化，欢乐康强——欣欣道人记。"李先生这时候已由"教师"一变而为"道人"了。学道就断食十七日，也是他凡事"认真"的表示。

但他学道的时候很短。断食以后，不久他就学佛。他自己对我说，他的学佛是受马一浮先生指示的。出家前数日，他同我到西湖玉泉去看一位程中和先生。这程先生原来是当军人的，现在退伍，住在玉泉，正想出家为僧。李先生同他谈得很久。此后不久，我陪大野隆德到玉泉去投宿，看见一个和尚坐着，正是这位程先生。我想称他"程先生"，觉得不合。想称他法师，又不知道他的法名（后来知道是弘伞）。一时周章得很。我回去对李先生讲了，李先生告诉我，他不久也要出家为僧，就做弘伞的师弟。我愕然不知所对。过了几天，他果然辞职，要去出家。出家的前晚，他叫我和同学叶天瑞、李增庸三人到他的房间里，把房间里所有的东西送给我们三人。第二天，我们三人送他到虎跑，我们回来分得了他的"遗产"，再去望他时，他已光着头皮，穿着僧衣，俨然一位清癯的法师了。我从此改口，称他为"法师"。法师的僧腊二十四年。这二十四年中，我颠沛流离，他一贯到底，而且修行工夫愈进愈深。当初修净土宗，后来又修律宗。律宗是讲究戒律的。一举一动，都有规律，严肃认真之极。这是佛门中最难修的一宗。数百年来，传统断绝，直到弘一法师方才复兴，所以佛门中称他为"重兴南山律宗第十一代祖师"。他的生活非常认真。举一例说：有一次我寄一卷宣纸去，请弘一法师写佛号。宣纸多了些，他就来信问我，余多的宣纸如何处置？又有一次，我寄回件邮票去，多了几分。他把多的几分寄还我。以后我寄纸或邮票,就预先声明:余多的送与法师。有一次他到我家。我请他藤椅子里坐。他把藤椅子轻轻摇动,然后慢慢地坐下去。起先我不敢问。后来看他每次都如此,我就启问。法师回答我说:"这椅子里头,两根藤之间,也许有小虫伏着。突然坐下去,要把它们压死,所以先摇动一下,慢慢地坐下去,好让它们走避。"读者听到这话,也许要笑。但这正是做人极度认真的表示。

如上所述,弘一法师由翩翩公子一变而为留学生,又变而为教师,三变而为道人,四变而为和尚。每做一种人,都做得十分像样。好比全能的优伶:起青衣像个青衣,起老生像个老生,起大面又像个大面……都是"认真"的缘故。

现在弘一法师在福建泉州圆寂了。噩耗传到贵州遵义的时候,我正在束装,将迁居重庆。我发愿到重庆后替法师画像一百帧,分送各地信善,刻石供养。现在画像已经如愿了。我和李先生在世间的师弟尘缘已经结束,然而他的遗训——认真——永远铭刻在我心头。

一九四三年四月,弘一法师圆寂后一百六十七日,作于四川五通桥客寓

简评

丰子恺先生是我国现代画家、文学家、艺术教育家。早年曾从李叔同学习绘画、音乐,深受其佛学思想影响。五四后,开始进行漫画创作。丰子恺是我国新文化运动的启蒙者之一,早在20年代他就出版了《艺术概论》《音乐入门》《西洋名画巡礼》等著作。早期漫画作品多取自现实题材,带有"温情的讽刺",后期常作古诗新画,特别喜爱作儿童题材。他的漫画风格简易朴实意境隽永含蓄,是沟通文学与绘画的一座桥梁。丰子恺出生时，他的母亲已生了六个女儿，他是家里第一个儿子。因为父亲也只有一个妹妹，他便是丰家烟火得以继承的希望，备受珍惜。父亲为他取乳名为"慈玉"，他确实是家人眼中的宝玉，祖母溺爱他，父母、姑姑疼爱他，姐姐们怜爱他，连家里染坊中的伙计们也喜欢他。丰子恺自小便被包围在脉脉的温情中，这种温情后来跟随了他一生，浸透在他的性格里，使他总是以温柔悲悯的心来看待事物；发散在他的笔下，就变成平易的文字和纯仁的画风。俞平伯曾这样评价丰子恺的画作："一片片的落英，都含蓄着人间的情味……"他的绘画、文章在几十年沧桑风雨中保持一贯的风格：雍容恬静。丰子恺先生作品流传极广，失散也很多，就是结集出版的五十余种画册也大多绝迹于市场，给读者带来极大遗憾。在丰子恺先生的作品中，漫画恐怕是最为著名的了。往往是寥寥几笔，就勾画出一个意境，比如《人散后，一钩新月天如水》，几个茶杯，一卷帘栊，便是十分心情。丰先生的许多以儿童作为题材的漫画获得了极高的声誉，受到普遍的欢迎。例如：《阿宝赤膊》《你给我削瓜，我给你打扇》《会议》。读丰子恺先生的散文，我们也能感受到他"人格精神中也具有一种童趣的率真"。

丰子恺先生在心灵上曾皈依弘一法师（李叔同），所以他的文章和漫画中充满体悟的旨趣。他强调"童心"，精研佛理，使得散文有一股平和自然而又深远绵长的气韵。丰子恺先生的文学创作最为人们所熟悉的是他30年代的散文随笔。从身边的平凡琐事中，能发现别人不能发现的东西，体验到别人不能体验到乐趣，感悟到别人不曾感悟到的体味，以艺术的心绪，佛理的思索，来观察社会、玩味人生。本文虽说不是常规的人物传记，但是，读过之后，我们对李叔同先生一生的主要经历有了很清晰的了解。这就显示了作者高超的艺术手法。文章所叙之事，时空跨度非常大，但读起来和谐流畅、连贯自然，丝毫不感觉到突兀、散漫，关键在于作者以李叔同先生的性格中的典型特征"认真"为贯穿全文的线索,不仅使读者产生由"点"到"面"的联想,深刻领会人物闪光的精神境界,收到以少胜多的艺术效果,而且使得文章结构整饬严谨,而包容的内涵却又广泛深厚。

1916年,夏丏尊推荐一篇关于断食的文章,引起李叔同的兴趣,决心一试。1917年新旧年之交,李叔同在杭州虎跑寺断食20余天,不久发心食素,研读佛经。他从佛教中找到了一直在找的人生归宿,于是抛开俗念,在1918年正式剃度出家。法号"弘一"。出家后,弘一法师大力弘扬佛法,得无量功德,影响教化无数的世人。在文中,丰子恺回忆:"有一次他到我家。我请他藤椅子里坐。他把藤椅子轻轻摇动,然后慢慢地坐下去。起先我不敢问。后来看到他每次都是如此,我就启问。法师回答我说:'这椅子里头,两根藤之间,也许有小虫伏着。突然坐下去,要把它们压死,所以先摇动一下,慢慢坐下去,好让它们走避。'"读本文,李叔同先生"温而厉"的个性给作者留下了深刻的印象,一些在一般人眼里看来是矛盾的,甚至是不可调和的个性和习惯在李叔同先生那里却达到了和谐的统一。和李先生的交往过程中留给作者最深刻的印象就是李先生的"认真"。先生的言行、衣着,处世态度无不体现着认真的态度。作者用琐事、细节来为读者展现了一个丰满的,感情世界极其丰富的李叔同先生。李叔同先生一生最大的特点,对于一件事,不做则已,要做就非做得彻底不可。他一生不论哪个阶段,哪种身份都当严肃认真之极,纵然其才学已经是凡人无法达到的高度,而"认真"仍然是他最大的魅力与过人之处。作为学生,作者怀着崇敬之情回忆了最敬爱的老师、近现代文化名人、佛门中"重兴南山律宗第十一代宗师"的弘一法师。(有资料说,弘一法师最初修净土,后来又修律宗,严肃认真之极。律宗乃佛门中最难修的一宗。数百年来,传统几近断绝,直到弘一法师方得以复兴。)集中笔墨体悟了先生的灵魂境界。文章平实质朴,温和含蓄,不仅突出了人物的人格魅力,而且,字里行间自然流露了作者与李叔同先生之间那种罕见的、亦师亦友的情感的美。

　　李叔同先生是"二十文章惊海内"的大师，集诗、词、书画、篆刻、音乐、戏剧、文学之才于一身。他的书法"朴拙圆满，浑若天成"。他是向国内传播西方音乐的先驱者，所创作的《送别歌》，历经几十年传唱经久不衰，成为经典名曲。同时，他也是中国第一批开创裸体写生的教师。卓越的艺术造诣，先后培养出了丰子恺、刘质平等一些文化名人。作者在平淡中回顾了不平凡的老师，读本文你没有轰轰烈烈、大起大落的感觉，只有学生对先生生动朴实的肖像描写，近似于白描，以及能够体现先生精神境界的细节描写。尤其是对于这些细节，作者不仅以目观之，而且用心察之，所以，笔下的人物形象鲜活逼真，给读者留下了难以忘怀的印象。

逃向上帝

◇[奥地利]茨威格

本文选自《自画像：卡萨诺瓦、司汤达、托尔斯泰》(西苑出版社1998年版，袁克秀译)。斯蒂芬·茨威格(1881—1942)，奥地利著名小说家、传记作家。出身于富裕的犹太家庭。青年时代在维也纳和柏林攻读哲学和文学。1934年遭纳粹驱逐，先后流亡英国、巴西。1942年在孤寂与理想破灭中与妻子双双自杀。代表作

人们只能单独接近上帝。

——日记

1910年10月28日，可能是早上6点，在树木之间还挂着漆黑的夜，几个人影以奇怪的方式围绕着雅斯纳雅·波良纳的官殿房子蹑手蹑脚地走。钥匙发出喀嚓声，门被鬼鬼祟祟地打开，在厩草中马车夫相当小心地，但愿没有嘈杂声发出，将马套到车上，在两个房间中有不安的阴影出没，用遮了光的手电筒摸索各种各样的包裹，打开抽屉的柜子。然后他们悄悄穿过无声地推开的门，耳语着跌跌撞撞地走

过花园泥泞的草地。然后一辆车轻轻地，避开房前的路，缓缓向后朝着花园的门驶出去。

那里发生了什么？盗窃犯侵入了官殿吗？沙皇的警察终于包围了这个过于可疑的人的住宅，好进行一次调查？不，没有人闯入盗窃，而是列夫·尼古拉耶维奇·托尔斯泰像一个小偷一样，只由他的医生陪同，从他的生活的监狱中冲出来，呼唤向他发出了，一个不可辩驳和具有决定性意义的标志。当妻子夜里暗地里和歇斯底里地乱翻他的文件时，他再一次当场抓住了她，这时决定突然钢铁般坚决和果断地在他心中响起，离开"离开了他的心灵"的她，逃走，到任何地方去，到上帝那里去，到自身中去，进入自己的，分给他的死亡。突然他将大衣套在工作衬衫上，戴上一顶粗笨的帽子，穿上胶鞋，从他的财产中没有带走别的，除了为了向人类表达自己，精神所需要的东西：日记，铅笔和羽毛笔。在火车站他还潦草地给他妻子写了一封信，通过马车夫把它送回家："我做了我这个年龄的老人通常做的，我离开了这种世俗的生活，为了在孤独和平静中度过我最后的有生之日。"然后他们上了车，坐在一个三等车厢油腻腻的长椅上，裹在大衣中，只由他的医生陪同，列夫·托尔斯泰，到上帝那里去的逃亡者。

但是列夫·托尔斯泰，他不再这样称呼自己了，像从前卡尔王世，两个世界的主义，自愿从身上放下权利的象征物，好将自己埋入埃斯科里阿尔的棺材中，托尔斯泰像对待他的钱、房子和荣誉一样，也把

有小说《最初的经历》《马来狂人》《恐惧》《感觉的混乱》《人的命运转折点》《一个陌生女人的来信》《象棋的故事》《一个女人一生中的二十四小时》《危险的怜悯》等，传记《三位大师》《同精灵的斗争》《三个描摹自己生活的诗人》等。

他的名字扔在身后；他现在称自己为 T.尼古拉耶夫
——一个想为自己虚构一种新生活和纯洁而正确的
死亡的人的虚构的名字。终于摆脱了一切羁绊，现
在他可以在陌生的街道上做朝圣者，学说和正直的
话语的仆人。在萨莫尔金修道院他还同他的姐姐、
女修道院院长告别：两个苍老衰弱的人一起坐在宽
厚的僧侣们中间，因安宁和潺潺的孤独而具有幸福
的表情；几天后女儿随后赶到，在那第一个不成功的
出走之夜出生的孩子。但就是在这里他也无法享受
平静，他怕被认出，追捕，赶上，再次被拖回自己家中
这暧昧、不真实的生活中去。于是他，再次被看不见
的手指触动，10月31日早晨4点钟突然叫醒女儿并
催着动身，到任何地方去，去保加利亚，去高加索，到
国外，到随便哪个地方去，荣誉和人们再也够不着他
的地方，只要终于进入孤独，去到自己，去到上帝
那里。

但他的生活、他的学说的可怕的对手——荣誉，
他的折磨人的魔鬼和诱惑者，仍不放弃它的牺牲
品。世界不允许，"它的"托尔斯泰属于自己，属于他
本身的、省察的意志。这个被追捕的人几乎还没有
在火车车厢里坐下，将帽子低低地压在额头上，旅行
者中有一个已经认出了这位大师，火车上所有的人
都已知道了，秘密已经泄露，外面男人和女人们已经
挤到车门口看他。他们随身带着的报纸带来一栏长
长的、对这逃离监狱的珍贵动物的报道，他已经被出
卖和包围了，荣誉再一次，最后一次拦住了托尔斯泰

通向完满的去路。呼啸而过的火车旁的电报机线充斥着消息的营营声，所有的站都被警察告知，所有的公职人员都被动员起来，家里他们已经订好特快车，记者们从莫斯科，从彼得堡，从尼什尼叶—诺高奥特，从四面八方追踪他这只逃跑了的野兽。神圣的教含会议派遣一个神父捉住这个悔恨的人，突然一个陌生的男子上了火车，一而再，再而三地以总是新的面孔经过车厢，一个侦探；——不，荣誉不让他的刑事犯逃掉。列夫·托尔斯泰不应该和不可以单独同自己一起，人们不容许他属于自己和实现他的神圣化。

他已经被包围了，他已经被围住了，没有他能投身进去的灌木丛。当火车到达边境的时候，一个公务员将殷勤地脱下帽子欢迎他并拒绝他过境；无论他想在哪里脱身，荣誉都将置身于他的对面，它无所不在，来自四面八方，闹得沸反盈天：不，他无法逃脱，利爪紧紧地抓住他。但这时女儿突然注意到，一阵冰冷的恐怖寒战抖动着父亲苍老的身体。他精疲力竭地靠在坚硬的木长椅上。汗从这个颤抖的人全身的毛孔中渗出来并从额头上滴下来。发烧从他的血液中出现，为了救他，疾病袭击了他，死神已经举起了他的大衣——黑暗的大衣，在追踪者面前盖住了他。

在阿斯塔波瓦，一个小车站，他们不得不停下来，这个病危的人再也不能继续了。没有一家旅店、一座旅馆、一个豪华的地方让他藏身。站长羞愧地提供他在火车站大楼两层的木屋中的办公室(这儿对俄国来说从此以后就是圣地)。人们领这个打着寒战的人进去,突然他梦想过的一切都是真的了:这里就是那小房间,低矮而有霉味,充满了污浊的气味和贫穷,铁床,煤油灯暗淡的光线——一下子离他所要逃离的豪华和舒适很远很远。在死的时候,在最后的时刻,一切都变清楚了,像他所期望的:死神作为一个庄严的象征,纯洁地、无瑕地完全顺从他的艺术家之手。在几天的时间里,这死的辉煌建筑就巍巍向上耸起,这是对他的学说崇高的确证,它再也不能为人们的妒忌暗中破坏,它原始世俗的朴素再也不能被扰乱和毁坏,荣誉在外面紧闭的门前紧张地,上唇翕动着急不可耐地潜伏着,记者和好奇者,密探和警察及宪兵,教会会议派遣的神父,沙皇指定的官员拥挤和等候着,都是徒劳的:他们兴师动众而无耻的忙碌再也无力影响这种不可摧毁的最后的孤独。只有女儿守护,一个朋友和医生,平静谦恭的爱以沉默围绕着他。床头柜上放着小日记本——他向上帝呼唤的话筒,但发烧的手再也不能握住笔。于是他还从憋闷的肺中,以逐渐微弱的声音向女儿口授了他最后的思想,称上帝是"那种无限的万有,身在其中,人感到自己是一个有限的部分,是他在物质、时间和空间中的启示"。并且宣告,凡人和其他人的生活的结合惟有通过爱才会发生。在他去世前两日他还绷紧他所有的感官,去抓住更高的真理,达不到的真理。然后黑暗才渐渐地在这闪闪发光的大脑上投下阴影。

外面人们好奇和放肆地推挤着。他再也感觉不到他们。在窗前,由于悔恨感到耻辱,透过模糊的泪眼,索菲娅·安德烈耶夫娜,他的妻子,向里张望,她四十八年来同他紧紧相连,只是为了从远处再次看到他的面庞:他再也认不出她来了。生活的事物对这个所有人中目光最尖锐的人变得越来越陌生,血液滚过断裂的血管时越来越黯淡和凝固。在十一月四日夜里他还又一次振作起来并呻吟道:"农民——农民究竟怎样死去?"非凡的生命还在抗拒非凡的死亡。十一月七日死才袭击了这个不死的人。苍白的头颅向下垂进枕头中去,比所有人都更明白地看过这个世界的眼睛熄灭了。这个不耐烦的探求者现在才终于明白了一切生命的真理和意义。

> 这个人死了,但他同世界的关系继续对人们发生作用并且不仅像他活着时那样,而是强大得多,而他的影响在他的理智和爱上增强并且像一切有生命力的东西一样没有停顿和没有结束地扩大。

> ——信

马克西姆·高尔基曾将列夫·托尔斯泰称为一个人类的人:这是一句精辟的话。因为他是同我们所有人一样的人,由同样龟裂的黏土塑成,带有同样世俗的不足,但是他更深刻地了解这些不足,更痛苦地忍受它们。列夫·托尔斯泰从不是一个与众不同的、一个比他同时代的其他人更高的人,只是比大多数更具人性,更有德行,更敏锐地深思熟虑,更清醒和更热情——仿佛是世界艺术家(指上帝,译者注)的工作室中那个看不见的原始形式的第一个因而是最清晰的模型。

托尔斯泰是上帝选出的模型,我们其他人与他相比都是那么模糊,甚至面目全非,托尔斯泰将永恒的人的画像作为根本的毕生事业,在我们混杂的世界中间尽可能表现得完美——一种永远不能完成,永远不能完全实现并因而是加倍英勇的事业,他在极端的现象中借助一种无可比拟的自己良心的诚实寻找人,向下深入到人们只有伤害自己才能达到的深度。这个典型道德高尚的天才以一种非常的严肃,一种无情的冷酷毫无保留地翻掘自己的灵魂,好使那种我们完美的典型从它世俗的外皮中解放出来并向整个人类展示它更高贵和同上帝更相像的面庞。从不止息,从不安宁,从不给予他的艺术那种纯粹的形式游戏的轻信的快乐,这个无畏的雕塑者八十年来从事这种通过自我描述达到自我完善的辉煌事业。自从歌德以来没有一个作家这样表现了自己并同时表现了永恒的人。

但这种英勇的、通过检验和冲压自己的灵魂使世界道德化的意志只是表面上跟这个无与伦比的人的呼吸一起停止了——他的本质强大的冲动不懈地塑造和继续塑造着,继续在活着的人中发生影响。还是有一些人作为他尘世生活的证人在场,战栗地直视着这青灰尖锐的眼睛,不过托尔斯泰这个人早已成为神话,他的生活成为人类一种崇高的传奇,而他的斗争违反本意地成为我们的和每个世代的一个榜样。因为一切富有牺牲精神地想到的,一切英雄般地完成的事情,在我们狭小的地球上总是为所有的人做的,一个人的每一点伟大之处,都使全人类赢得了新的和更大的程度。只有在炽热地真实的人的自白中,探索的精神才能预感到它的界限和法则。只有借助于它的艺术家的自我塑造,借助于天才的形象,人类的灵魂在人世间才能被理解。

简评

　　青年时代的斯蒂芬·茨威格,在维也纳和柏林攻读哲学和文学。后去世界各地游历,结识罗曼·曼兰和罗丹等人,并受到他们的影响,改变了自己的人生之路。第一次世界大战时从事反战工作,成为著名的和平主义者。茨威格在德语文学中有举足轻重的地位,不仅是因为他在世界上广受欢迎,是作品被翻译语种最多的现代德语作家,更因为他的作品中洋溢着对人性的关怀、回旋着深入骨髓的心灵旋律。茨威格在诗、短论、小说、戏剧和人物传记写作方面均有过人的造诣,尤以小说和人物传记见长。茨威格的传记文学作品在世界文学史上享有崇高的地位,特别是以"世界的建筑师"为总题的文学家传记,传主有巴尔扎克、狄更斯、陀思妥耶夫斯基、荷尔德林、克莱斯特、尼采、卡萨诺瓦、司汤达、列夫·托尔斯泰等。这些人大都是19世纪到20世纪声名显赫的文学大师,他们的作品几乎就是一部19世纪的欧洲文学史。

　　晚年的托尔斯泰在世界观激变后,于1882年和1884年曾一再想离家出走。这种意图在他80至90年代的创作中有颇多反映。在他生前的最后几年,他意识到农民的觉醒,因为自己和他们的思想情绪有距离而不免悲观失望;对自己的地主庄园生活方式不符合信念又很感不安。他和夫人之间的纠纷更使他深以为苦。1910年11月10日,托尔斯泰从自己的雅斯纳亚·波良纳庄园秘密出走。途中,他不幸患上了肺炎。10天后,托尔斯泰在阿斯塔波沃车站的站长室逝世,走完了自己辉煌而又孤独的一生。11月20日,是俄国历史上最伟大的作家列夫·托尔斯泰逝世的祭日。

遵照他的遗言,托尔斯泰的遗体安葬在亚斯纳亚·波利亚纳的森林中。位于距离莫斯科以南约200公里的图拉市。托尔斯泰曾经深情地写道:"如果没有雅斯纳亚·波良纳,俄罗斯就不可能给我这种感觉;如果没有雅斯纳亚·波良纳,我也许会对祖国有更清醒的认识,但却不可能如此热爱她。"这里被人们称为托尔斯泰的"摇篮和坟墓",如今是世界上最大的博物馆之一。自从托尔斯泰1910年安息于此后,他的庄园就没有一天真正地平静过。像光芒四射的名著《安娜·卡列尼娜》散发着无穷魅力一样,托尔斯泰的墓冢也吸引着成百上千的朝圣者。1928年,茨威格去俄国旅行时特意朝拜了托尔斯泰墓。说是坟墓,其实外表看起来不过是一个"长方形的土堆",前面没有墓碑,更无墓志铭,甚至连托尔斯泰的这个名字都见不到。四周生长着拥挤的灌木,绿荫葱茏,如茵的芳草、鲜花,簇拥着"世界上最美的坟墓"。质朴而又美丽,安宁但不肃杀;明明是死亡,却满是勃勃生机。如果不是在接近墓冢附近写了一个"肃静"的俄文牌子,还有"土堆"前的束束鲜花,根本就没有人会以为这里长眠着一位文学巨匠和深邃思想者。本文作者茨威格曾经充满感情地赞许托尔斯泰的墓地,那是"人间最美的、感人至深的、最温暖的坟墓"。茨威格曾拿西敏司寺里莎士比亚的石棺、魏玛公侯之墓中歌德的陵寝以及残废者大教堂大理石穹窿底下拿破仑的墓穴与之比较,得出的结论是:灌木丛中的托尔斯泰墓更有一种纪念碑式的朴素。

对于托尔斯泰的思想,列宁这样剖析道:"托尔斯泰富于独创性的全部观点,恰恰表现了俄国革命是农民资产阶级革命的特点。他观点中的矛盾,的确是一面反映俄国革命所处的各种矛盾状况的镜子。"回顾托尔斯泰的一生,他不仅仅是一位文学巨匠,有关人生目的、宗教和社会的阐述又使他成为一位有世界影响的思想家。托尔斯泰从没放弃对人生真谛的执着追求。他一直在思考,社会上层与下层、地主与农奴之间的隔阂与矛盾在哪里,农民贫困的根源何在,这突出反映了他的人道主义思想。

茨威格对心理学与弗洛伊德学说感兴趣,作品擅长细致的性格刻画,以描摹人性化的内心冲动,比如骄傲、虚荣、妒忌、仇恨等朴素情感著称。他的小说多写人的下意识活动和人在激情驱使下的命运际遇。他的作品以人物的性格塑造及心理刻画见长,他比较喜欢某种戏剧性的情节。但他不是企图以情节的曲折、离奇去吸引读者,而是在生活的平淡中烘托出使人流连忘返的人和事。在"世界的建筑师"一类的传记作品中,无论是叙述传主的生平,还是评价其地位与功过,不管是刻画其心理与行为,抑或是描述其命运与得失,都是从人道主义出发,肯定自由理念和人道情怀,抨击思想禁锢和专制独裁,表达了茨威格爱人类、爱生命的人道主义精神。

托尔斯泰,是受人无比景仰崇拜的思想大师,他的文学启迪教育了幼稚的求知者,鼓励、拯救了许多精神上的迷路人。到了晚年,他却孤独、仓皇地离家出走,让人莫名其妙。莫非他有什么危险,有什么灾难,或者是心血来潮,无聊至极,或者是寻求刺激,矫揉作秀?——伟人托尔斯泰是常人所不能理解的,在巨大的荣耀、崇高的地位包围之中,他已经感到心灵的窒息,已经不能呼吸到自由的空气。这是以心灵伟大而成为英雄的人不能忍受的,所以他抛弃一切出走,即使因此付出生命代价。他临终的时刻,一定非常幸福,因为他用勇气追求到了心灵的永恒。托尔斯泰的"最后出走"是一个震撼人类的历史事件,成为人们

—逃向上帝—

269

永远的研究课题。茨威格的传记文学创作植根于西方文化的沃土和现实生活，深受人道主义的滋润，受到尼采、泰纳、罗曼·罗兰、斯特拉奇和弗洛伊德等的影响，深入传主的内心世界，细致入微地展现传主心理的发展与变化，以生花的妙笔写下了"俄罗斯文学史上空前绝后的大师"、一代文学巨匠——托尔斯泰最后的日子。

伤
逝
◇ 台静农

今年四月二日是大千居士逝世三周年祭，虽然三年了，而昔日谦谈，依稀还在目前。当他最后一次入医院的前几天的下午，我去摩耶精舍，门者告诉我他在楼上，我就直接上了楼，他看见我，非常高兴，放下笔来，我即刻阻止他说："不要起身，我看你作画。"随着我就在画案前坐下。

案上有十来幅都只画了一半，等待"加工"，眼前是一小幅石榴，枝叶果实，或点或染，竟费了一小时的时间才完成。第二张画什么呢？有一幅未完成的梅花，我说就是这一幅罢，我看你如何下笔，也好学呢。他笑了笑说："你的梅花好啊。"其实我学写梅，是早年的事，不过以此消磨时光而已，近些年来

本文选自台静农《龙坡杂文（增补本）》（生活·读书·新知三联书店2002年版）。台静农（1902—1990），本姓澹台，字伯简，原名传严，改名静农。安徽霍邱县叶家集镇人。著名作家、文学评论家、书法家。幼承庭训，读经史，习书法，中学后入北京大学国文系旁听，后在北京大学研究所国学门肆业，奠定了国学基础。1923年发

表第一篇小说《负伤的鸟》。在鲁迅的精神影响下，台静农与其霍邱老乡李霁野、韦素园、韦丛芜及曹靖华等六人在北京成立了一个文学社团——未名社，是"五四"时期最重要的文学社团之一。台静农创作以短篇小说为主，兼写诗歌、散文。代表作有《静农论文集》《静农书艺集》《台静农散文集》《台静农短篇小说集》等，并编有《关于鲁迅及其著作》和《淮南民歌集》。

已不再有兴趣了。但每当他的生日，不论好坏，总画一小幅送他，这不是不自量，而是借此表达一点心意，他也欣然。最后的一次生日，画了一幅繁枝，求简不得，只有多打圈圈了。他说："这是冬心啊。"他总是这样鼓励我。

话又说回来了，这天整个下午没有其他客人，他将那幅梅花完成后也就停下来了。相对谈天，直到下楼晚饭。平常吃饭，是不招待酒的，今天意外，不特要八嫂拿白兰地给我喝，并且还要八嫂调制的果子酒，他也要喝，他甚赞美那果子酒好吃，于是我同他对饮了一杯。当时显得十分高兴，作画的疲劳也没有了，不觉的话也多起来了。

回家的路上我在想，他毕竟老了，看他作画的情形，便令人伤感。犹忆一九四八年大概在春夏之交，我陪他去北沟故宫博物院，博物院的同人对这位大师来临，皆大欢喜，庄慕陵兄更加高兴与忙碌。而大千看画的神速，也使我吃惊，每一幅作品刚一解开，随即卷起，只一过目而已，事后我问他何以如此之快，他说这些名迹，原是熟悉的，这次来看，如同访问老友一样。当然也有在我心目中某一幅某些地方有些模糊了，再来证实一下。

晚饭后，他对故宫朋友说，每人送一幅画。当场挥洒，不到子夜，一气画了近二十幅，虽皆是小幅，而不暇构思，着墨成趣，且边运笔边说话，时又杂以诙谐，当时的豪情，已非今日所能想象。所幸他兴致好并不颓唐，今晚看我吃酒，他也要吃酒，犹是少年人的心情，没想到这样不同寻常的兴致，竟是我们最后一次的晚餐。数日后，我去医院，仅能在加护病房见了一面，虽然一息尚存，相对已成隔世，生命便是这样的无情。

摩耶精舍与庄慕陵兄的洞天山堂，相距不过一华里，若没有小山坡及树木遮掩，两家的屋顶都可以看见的。慕陵初闻大千要卜居于外双溪，异常高兴，多年友好，难得结邻，如陶公与素心友"乐与数晨夕"，也是晚年快事。大千住进了摩耶精舍，慕陵送给大千一尊大石，不是案头清供，而是放在庭园里的，好像是"反经石"之类，重有两百来斤呢。

可悲的，他们两人相聚时间并不多，因为慕陵精神开始衰惫，终至一病不起。他们最后的相晤，还是在荣民医院里，大千原是常出入于医院的，慕陵却一去不返了。

我去外双溪时，若是先到慕陵家，那一定在摩耶精舍晚饭。若是由摩耶精舍到洞天山堂，慕陵一定要我留下同他吃酒。其实酒甚不利他的病体，而且他也不能饮了，可是饭桌前还得放一杯掺了白开水的酒，他这杯淡酒，也不是为了我，却因结习难除，表示一点酒人的倔强，听他家人说，日常吃饭就是这样的。

后来病情加重，已不能起床，我到楼上卧房看他时，他还要若侠夫人下楼拿杯酒来，有时若侠夫人不在，他要我下楼自己找酒。我们平常都没有饭前酒的习惯，而慕陵要我这样的，或许以为他既没有精神谈话,让我一人枯坐着,不如喝杯酒。当我一杯在手,对着卧榻上的老友,分明死生之间,却也没生命奄忽之感。或者人当无可奈何之时,感情会一时麻木的。

一九八六年三月

简评

台静农先生的散文《伤逝》,写于挚友张大千逝世三周年祭。一般说来,这种追忆故人的文章难免充斥着哀伤的氛围,但是,在作者淡然的描述中,似乎让读者感受到他是在叙说一个依然健在的朋友,蕴涵着"生固欣然,死亦无憾"的旷达与超然。其实,这正是炙热的感情沉淀后所表现出的"哀而不伤"的情绪。台静农的身上比较多地表现出了中国传统文人身上的"温柔敦厚,哀而不伤"的审美情趣。体现在创作中,"每每心有所感,提起笔来以后,感想便随着笔端变换了;因此,不免有些感喟,这也许是人生最凄苦的事罢"。这是他在1927年的第一个小说集《地之子》的后记中说的。"人间的酸辛和凄楚,我耳边所听到的,目中所见到的,已经是不堪了;现在又将它用我的心血细细地写出来,能说这不是不幸的事么?"这些话就使读者比较容易品味出他的作品的基调。

台静农先生1925年春初识鲁迅先生,后两人关系密切,友谊深厚。在鲁迅的精神影响下,台静农与安徽霍邱老乡李霁野、韦素园、韦丛芜及曹靖华等六人在北京成立了一个文学社团——未名社,得到了鲁迅先生的扶持与支持。台静农先生治学严谨,在文学、艺术、经史等多种领域均涉猎甚深,并以性格情耿介、文章书画高绝驰名于世。董桥先生当年在主编《明报》时，看到台静农先生的《伤逝》一文，很喜欢台老的那种扑拙、不做作、少雕琢的文风，就专门致信台静农，请求在《明报》转载该文。因为该文已在别的报刊刊用，台静农回信说一篇文章被两个刊物采用，"大可不必"，事情虽小可见人品。在《给后花园点灯》一文里，董桥先生曾写道"经济、科技的大堂固然是中国人必须努力建造的圣殿，可是，在这座大堂的后面，还应该经营出一处后花园：让台静农先生抽烟、喝酒、写字、著述、聊天的后花园。"所以，《伤逝》让很多人一读为快。

　　作为回忆文章，本文的感情基调是"淡"，淡到心平气和，淡到气度从容，了解作者的人自然知道，这两点"淡"绝对不是无情。作者以回忆在一个下午去拜访张大千的情景为线索，记叙了作画、吃酒等几个片段，还回顾了当年张大千作画时的豪情，并引出了张大千、庄慕陵与作者之间的一段难忘的友情。君子之交淡如水，好朋友的情意往往是在细枝末节上、在心灵撞击的瞬间产生的，作者字里行间流露出的真情告诉我们朋友之间往往是那些琐碎的小事才会让人念念不忘，唯其小微故能反映一个人的真情。"回家的路上我在想，他毕竟老了，看他作画的情形，便令人伤感。"文如其人，生活中的台静农也是如此。在台静农近九十高龄时，有关部门竟催促他搬家，这么不近人情的事使他有点惶然。台湾的一些文化名人说："以台先生在当代文坛上所持有的精神位置来说，不要说不应要他搬，就是把整个旧房子保留下来，以后作为社会的纪念、学习的场所也是可以考虑的。"可台静农还是遵命搬迁了。沉淀既久的哀思，加之台静农彼时的心态，构成了这一篇《伤逝》。心态之于文章总是非常重要的，它虽不透于字里行间，却始终把握着文章的走势。散文要表达的是一种毫无框架的真实，没有任何形式给予散文以固定的指向，散文所能依靠的只能是情感的质量，而真实感情的质量，决不是通篇的呼号可以体现的。

整篇文章都是在以近乎"白描"的笔法进行叙述，在简单、平淡中又不经意地流露出深沉的精神关怀，读后令人回味无穷。因而在《伤逝》中，文字成为一种水波不惊的流淌，没有一个字是"做"出来的。此时的台静农似乎已勘破生死：仿佛是送朋友去一个他不久也要前往的目的地，他的"哀"淡到"相见亦无事，不来常思君"，叙叙写来的几个小片段，那种怀念是"有些时候没见他了"的怀念，"当我一杯在手，对着卧榻上的老友，分明生死之间，却也没有生命奄忽之感，或者人当无可奈何之时，感情会一时麻木的"。用这样的心态去把握文章的全局，我们不难看出，文章的感情基调是"淡"，淡到心平气和，气度从容，淡到绝无卖弄，绝无斧凿痕迹。"其实我学写梅，是早年的事，不过以此消磨时光而已，近些年来已不再有兴趣了。但每当他的生日，不论好坏，总画一小幅送他，这不是不自量，而是借此表达一点心意，他也欣然。最后的一次生日，画了一幅繁枝，求简不得，只有多打圈圈了。他说：'这是冬心啊。'他总是这样鼓励我。"然而，淡，却不是无情！如果说小说是情节的虚构，诗是语言的虚构，那么，散文就是一种毫无框架的真实，于是台静农取了几件生活中的细节，像一个说故事的人绘声绘色，将我们带入了那个书画相携，山水同志的悠然世界。他的情也就体现在了那样的细节之中了。事件的详细，在看似矛盾之中交相印证，文字背后所深蕴的情愫从而呼之欲出：一个八十五岁的老人，在他无可避免地日渐昏聩的记忆中，近四十年前老友的一句话、一个神态却依然记忆犹新，历历在目。台静农内敛的老式文人的感情之可叹可爱，尽在于此了。

"台老文笔朴拙，不做作，少雕琢，固然迥异于当今港台流行的抒情文，都同样传神，传情，传真。这种通侻顺当，如行云流水般找不到一点刻意，看似随意挥洒，像一幅幅浓淡得宜，笔墨无多的小品水墨画，其实难以企及，非经百般磨炼无法达到。"（陈子善《台静农散文选·编后记》）台静农先生的文学观无疑是传统的。台静农《伤逝》之类的文字，不做作，如行云流水般找不到一丝的刻意，看似随意挥洒，其实有一种难以企及，非千锤百炼无法达到的臻美之境。大巧之后，复归于拙，摈弃了所有枝节的华丽的字词，他的文章句式简单短小，用字平凡稳妥——正如陶渊明的诗，绝少佳句，却成就了精巧之上的境界，这当然是要靠情感框架支撑的，但台静农先生个人的学者气度与文字功底亦不可忽略。本文短短千余字，冲淡收敛，但结构语言已建构完备，几乎没有可有可无的字词。如同有人赞誉本文所说：略移一言则恐怕整篇文章的"气"就要散漏些了——这种将文字返璞归真的功力，绝非一朝一夕所能够成就，也不是轻易可以学得了的。所以，说台静农先生开台湾散文"隽永"一派文风，内容上、形式上，都可以算是当之无愧了。斯人已逝，台静农先生留给我们的背影，既有青年时代的激扬，又有中年时代的沉郁，还有暮年时代的从容。读本文，细细品味他的一生，余味绵延悠长。

翡

冷翠山居闲话

◇徐志摩

选自《徐志摩选集》（人民文学出版社1983年版）。徐志摩（1897—1931），原名徐章垿，出生于浙江省嘉兴海宁市，现代诗人、散文家。1926年，与闻一多一起提倡新诗格律化，对新诗的发展产生了重要影响，其诗歌鲜明地体现了"新月派"的诗歌艺术主张，是"新月派"的核心人物。1931年11月19日因飞机失事罹难。代

在这里出门散步去，上山或是下山，在一个晴好的五月的向晚，正像是去赴一个美的宴会，比如去一果子园，那边每株树上都是满挂着诗情最秀逸的果实，假如你单是站着看还不满意时，只要你一伸手就可以采取，可以恣尝鲜味，足够你性灵的迷醉。阳光正好暖和，决不过暖；风息是温驯的，而且往往因为他是从繁花的山林里吹度过来他带来一股幽远的澹香，连着一息滋润的水气，摩挲着你的颜面，轻绕着你的肩腰，就这单纯的呼吸已是无穷的愉快；空气总是明净的，近谷内不生烟，远山上不起霭，那美秀风景的全部正像画片似的展露在你的眼前，供你闲暇的鉴赏。

作客山中的妙处，尤在你永不须踌躇你的服色与体态；你不妨摇曳着一头的蓬草，不妨纵容你满腮的苔藓；你爱穿什么就穿什么；扮一个牧童，扮一个渔翁，装一个农夫，装一个走江湖的桀卜闪，装一个猎户；你再不必提心整理你的领结，你尽可以不用领结，给你的颈根与胸膛一半日的自由，你可以拿一条这边艳色的长巾包在你的头上，学一个太平军的头目，或是拜伦那埃及装的姿态；但最要紧的是穿上你最旧的旧鞋，别管他模样不佳，他们是顶可爱的好友，他们承着你的体重却不叫你记起你还有一双脚在你的底下。

这样的玩顶好是不要约伴，我竟想严格的取缔，只许你独身；因为有了伴多少总得叫你分心，尤其是年轻的女伴，那是最危险最专制不过的旅伴，你应得躲避她像你躲避青草里一条美丽的花蛇！平常我们从自己家里走到朋友的家里，或是我们执事的地方，那无非是在同一个大牢里从一间狱室移到另一间狱室去，拘束永远跟着我们，自由永远寻不到我们；但在这春夏间美秀的山中或乡间你要有机会独身闲逛时，那才是你福星高照的时候，那才是你实际领受，亲口尝味，自由与自在的时候，那才是你肉体与灵魂行动一致的时候；朋友们，我们多长一岁年纪往往只是加重我们头上的枷，加紧我们脚胫上的练，我们见小孩子在草里在沙滩里在浅水里打滚作乐，或是看见小猫追他自己的尾巴，何尝没有羡慕的时候，但我们的枷，我们的练永远是制定我们行动的上司！所

表作品有诗集《志摩的诗》《猛虎集》《云游》等，散文集《落叶》《巴黎的鳞爪》《自剖文集》，小说集《轮盘》，剧本《卞昆岗》（与陆小曼合著）等。

以只有你单身奔赴大自然的怀抱时，像一个裸体的小孩扑入他母亲的怀抱时，你才知道灵魂的愉快是怎样的，单是活着的快乐是怎样的，单就呼吸单就走道单就张眼看耸听的幸福是怎样的。因此你得严格的为己，极端的自私，只许你，体魄与性灵，与自然同在一个脉搏里跳动，同在一个音波里起伏，同在一个神奇的宇宙里自得。我们浑朴的天真是像含羞草似的娇柔，一经同伴的抵触，他就卷了起来，但在澄静的日光下，和风中，他的姿态是自然的，他的生活是无阻碍的。

　　你一个人漫游的时候，你就会在青草里坐地仰卧，甚至有时打滚，因为草的和暖的颜色自然的唤起你童稚的活泼；在静僻的道上你就会不自主的狂舞，看着你自己的身影幻出种种诡异的变相，因为道旁树木的阴影在他们迁徐的婆娑里暗示你舞蹈的快乐；你也会得信口的歌唱，偶尔记起断片的音调，与你自己随口的小曲，因为树林中的莺燕告诉你春光是应得赞美的；更不必说你的胸襟自然会跟着曼长的山径开拓，你的心地会看着澄蓝的天空静定，你的思想和着山壑间的水声，山罅里的泉响，有时一澄到底的清澈，有时激起成章的波动，流，流，流入凉爽的橄榄林中，流入妩媚的阿诺河去……

　　并且你不但不须应伴，每逢这样的游行，你也不必带书。书是理想的伴侣，但你应得带书，是在火车上，在你住处的客室里，不是在你独身漫步的时候。什么伟大的深沉的鼓舞的清明的优美的思想的根源不是可以在风籁中,云彩里,山势与地形的起伏里,花草的颜色与香息里寻得? 自然是最伟大的一部书,葛德说,在他每一页的字句里我们读得最深奥的消息。并且这书上的文字是人人懂得的;阿尔帕斯与五老峰,雪西里与普陀山,莱茵河与扬子江,梨梦湖与西子湖,建兰与琼花,杭州西溪的芦雪与威尼市夕照的红潮,百灵与夜莺,更不提一般黄的黄麦,一般紫的紫藤,一般青的青草同在大地上生长,同在和风中波动——他们应用的符号是永远一致的,他们意义是永远明显的,只要你自己性灵上不长疮瘢,眼不盲,耳不塞,这无形迹的最高等教育便永远是你的名分,这不取费的最珍贵的补剂便永远供你的受用:只要你认识了这一部书,你在这世界上寂寞时便不寂寞,穷困时不穷困,苦恼时有安慰,挫折时有鼓励,软弱时有督责,迷失时有南针。

一九二五年六月作

简评

　　徐志摩是新月派代表诗人,新月诗社成员。徐志摩创作的散文字句清新,韵律谐和,比喻新奇,想象丰富,意境优美,神思飘逸,富于变化,并追求艺术形式的整饬、华美,具有鲜明的艺术个性,为新月派的代表诗人。有人说,"徐志摩散文最大的特点是'跑野马',而这所谓'跑野马'正是深谙中国散文写作的人看不惯的。……他的散文往往散漫无羁、自由放纵,读者很难从中发现符合中国散文规范的明显结构。"他的散文也自成一格,取得了不亚于诗歌的成就,其中《自剖》《想飞》《我所知道的康桥》《翡冷翠山居闲话》等都是传世的名篇,堪称是民国时期蜚声文坛的文学大师。作为诗人,徐志摩永远有着孩童般的天真和单纯,也对逝去的童年格外珍惜、充满追忆和思念。当多情的志摩陷入爱情的纠纷中,心绪烦乱时他跑到欧洲,在佛罗伦萨居留时,他终于找到使感情有所依托、性灵得以迷醉的途径——散步山中,走进自然。本文正是这种心态的抒写。志摩多情,此篇情感之真挚浓烈,丝毫不亚于他向心爱的女郎倾吐满腔的相思。

《翡冷翠山居闲话》是一篇富有田园牧歌情调的"诗化"小品散文。文章情调悠闲纡徐,从容自适,虽仍然大致是"跑野马"的风格,但细细品赏,却绝非信马由缰。全文以与隐含的读者"你"交谈"闲话"的口吻和叙述方式展开写景和抒情——亲切自然,又带有些急于让"你"与之共享、与之"众乐乐"的迫不及待。作者始终扣住"自然是最伟大的一部书"的中心主题,着意从个体内心感受的角度和方式着意渲染抒写独自作客于翡冷翠(今译佛罗伦萨)山中的妙处和快乐的心境。对于"作客山中"的妙处,徐志摩显然体会尤深。因为山中的大自然,是远离现代文明之喧嚣繁杂的一个幽僻去处。在那儿,你可摆脱日常社会的种种羁绊和束缚,可以完全自由自在、无拘无束:不用在乎人家怎样看你,不必矫饰、"不须踌躇你的服色与体态","再不必提心整理你的领结"。独行山中的舒畅更无可比拟,"只有你单身奔赴大自然的怀抱时,像一个裸体的小孩扑入他母亲的怀抱时,你才知道灵魂的愉快是怎样的,……只许你,体魄与性灵,与自然同在一个脉搏里跳动,同在一个音波里起伏,同在一个神奇的宇宙里自得"。因为此时,人与自然勾通融合,"天人合一"了。

徐志摩在《想飞》中写过"人们原来都是会飞的"的浪漫童话,在这篇"闲话"中,又同样用天真稚朴的语气给读者讲一个类似的童话:"朋友们,我们多长一岁年纪往往只是加重我们头上的枷,加紧我们脚胫上的练……"在这个童话背后,作者揭露的一个更令人震惊的事实则是:"平常我们从自己家里走到朋友的家里,或是我们执事的地方,那无非是在同一个大牢里从一间狱室移到另一间狱室去,拘束永远跟着我们。自由永远寻不到我们。"这里,体现着徐志摩批判文明、崇尚自然的自由理想。

基于此,作者还进一步地提醒读者:也不必带书。书——这一现代文明和知识的象征,跟大自然这本更大更独特的"最伟大的一部书"相比,完全是肤浅愚笨的。我国古代文论家刘勰曾在《文心雕龙·原道第一》中以精彩的华章描绘过大自然这部"奇书":"夫玄黄色杂,方圆体分,日月叠璧,以垂丽天之象;山川焕绮,以铺理地之形,此盖道之文也。"这里写的是那个神秘的"道"(宇宙)本身的文采。这个"道"之"文",波及大自然的一切,使大自然的一切景物(山水动植物)都禀有独特之"文",耐人咀嚼,百读不厌:"旁及万品,动植皆文:龙凤以藻绘呈瑞,虎豹以炳蔚凝姿;云霞雕色,有逾画工之妙;草木贲华,无待锦匠之奇。"也还有诉诸听觉的"文",或许就是徐志摩所说的在风籁中寻得伟大的深沉的鼓舞的清明的优美的思想的根源,大自然这部书,真乃最伟大的天工之书。

然而,大自然这部奇书,却并非那么好读懂,作者提出的条件是:"性灵上不长疮瘢,眼不盲,耳不塞。"若以此再结合作者在文章中一再强调的"山居""独行""不带书"等要求和叮咛,读者可以约略窥得读懂大自然这部奇书的方法和途径:不但需暂时远离尘俗和现代文明的喧嚣,也需一个从容、空旷、能容万物的自由心境,更要在大自然的怀抱中,如裸体的婴儿般赤纯、天真,与大自然体悟相通,妙合同化。概言之,需要个人性灵之完全的解放与高扬。极言之,也许更应该去"倾听"大自然这部奇书。"倾听"是一种交流契合的"妙悟"的境界。德国浪漫诗哲海德格尔说,读者必须下定决心去倾听,倾听使读者超逾所有传统习见的樊篱,进入更为开阔的领域。唯有"倾听",读者才能"读懂"或听到大自然这部奇书发出的"绝对值得一听的,是从不曾从人口道过的话"(《话》)。徐志摩正是一再强调去"倾听"大自然所发出的"绝对值得一听的话"。因为"真伟大的消息都蕴伏在万事万物的本体里,要听真值得一听的话,只有请教(生活本体与大自然)两位最伟大的先生"。

　　读《翡冷翠山居闲话》,读者最好要成为那个面聆徐志摩之娓娓"闲话"的"你",作一次返归自然、充分解放性灵的诗性漫游。这种充分解放性灵的精神漫游,除主体心境首先需要"空"("空故纳万象")外,言为心声,语言表达上尤需顺畅无碍,一气贯通。文章源于生活,源于他的所见、所闻、所想,但其核心又是心灵的追求,对现实的不安与苦闷,对人生的迷茫和同情,对超自然的渴盼与祈祷。他善于在大自然中发现,细腻地刻记着自然界最细微的美。正如文中第一自然段所描述的"阳光正好暖和,决不过暖。风息是温驯的,而且往往因为他是从繁花的山林里吹度过来他带来一股幽远的澹香,连着一息滋润的水气,摩挲着你的颜面,轻绕着你的肩腰,就这单纯的呼吸已是无穷的愉快;空气总是明净的,近谷内不生烟,远山上不起霭,那美秀风景的全部正像画片似的展露在你的眼前。供你闲暇的鉴赏"。先声夺人,本文最突出的特色就是,徐志摩在文章一开始就紧紧地抓住了读者。

父亲

◇［美］利奥·罗斯滕

安葬父亲后不久，对父亲的回忆——他的每一次大笑，每一声叹息，都像难以预测的涓涓细流时时在我的脑中流过。父亲为人坦率，没有一丝虚假或伪善。他的情趣纯真无邪，他的愿望极易满足。他从来不将自己的意志强加于别人，他对闲言碎语深恶痛绝，从不知道什么叫怨恨或妒忌。我很少听到过他有什么抱怨，从未听到过他亵渎别人的话。在过去的五十年里，我记不得他讲过低俗或恶意的想法。

父亲很爱我母亲，对她总是体贴入微，并常为有这样一位美貌贤惠的妻子感到自豪。步入晚年后，他起床的第一件工作便是煮咖啡（他煮得一手好咖

本文选自《回忆与纪念》（贵州人民出版社 1998 年版，许万里译）。利奥·罗斯滕（1908—1997），美国政论家、幽默作家。主要作品有《华盛顿的记者》《海曼·卡普兰的教育》等。

啡），然后一边看报，一边呷着咖啡，等着母亲前来与他共享"少时夫妻老来伴"的欢乐。

我不知道还有谁比他更喜欢看报纸。他看起报纸来总是津津有味，即使一条新闻也细细品尝。在他看来，晨报重现着每日生活的新意，是奇迹与愚行的舞台。

父亲是个天才的"故事大王"，常以逗别人大笑为乐。他总是将自己刚听到的最新笑话或故事讲给大家听。当我年幼时，他常用一些幽默故事和哑剧逗我。或鼓着腮帮，或滴溜着眼珠，或模仿着一种走路姿势。他可以在你面前活灵活现地装扮出一个人物来。

他还常用诙谐的幽默引得我们捧腹大笑。有时他兴致勃勃地问：

"你们猜今早我见到谁了？"

"谁？"

"邮递员。"

或者他伸出食指问："你们知道为什么伍德罗·威尔逊不会用这根指头写字吗？"

"不知道。为什么？"

"因为这是我的指头。"

这些事听起来很荒唐，是吗？不过你或许根本无法想象它给我带来的乐趣。然而在绞尽脑汁取乐一个小孩子的同时，父亲自己也感受到了人世间的天伦之乐。

在我做了爸爸后，父亲又开始给他的孙子们讲他那些幽默可笑的故事。"唉,"他常叹道,"当年我跟你们一般年纪时,我可以将手举到这么高(他将手举过头顶),可是现在只能举到这儿(他又将手举到肩膀那么高)。"

这时,孩子们总是皱眉挠头,绞尽脑汁寻想这是怎么回事。

"啊,是呀,"见孩子们仍在云里雾里,他又说:"我过去能举这么高,现在却不行了——"

旋即,孩子们异口同声惊叫起来:"爷爷,可是您刚才还能举那么高呢!"

此时他便开心地大笑起来,要么拉过来在脸上猛吻,要么高高举过头顶,同时还夸奖说:"喔唷,这些精灵鬼!"

幽默风趣是父亲的天性。来芝加哥定居后不久,他就去参加一所为外国人举办的夜校。老师问他:"你可以就名词举一个例子吗?"

"门。"父亲回答说。

"很好,那么,请再举一例。"

"另一扇门。"他说。

父亲喜欢唱歌,并且唱得很不错,不过他的鼾声也如响雷。父亲打鼾,姐姐说呓语,整个屋子里彻夜不得安宁。

父母对我的学习成绩很是满意。很小时,我就懂得拿上一本书就可以逃避干家务活。瞥见我看书时,他总是拍着我的脑袋瓜说:"很好,你在往这儿积累知识!"他常对人类大脑所创造的奇迹赞叹不已。

在我十一岁时，父亲开始教我下棋。六七个月后，当我第一次赢了他时，他高兴得直拍手，见人就讲，逢人便说。

他热爱这个国家，视美国为一块宝地。

父亲过去曾是波兰一家纺织工厂的织袜工。定居美国后，他又织运动衫。二十多岁时，他只身一人来到美国，后来才将我和母亲接了过去。在芝加哥，父亲每周要在一台笨重的织机上工作六十多个小时。

他得在黎明前起床，在滴水成冰的季节，要乘一个多小时的车，八点前赶到工厂。下班回家后，他匆匆吃过晚饭，又在家里那台半旧不新的织机上工作。母亲决意开办一个"家庭工厂"，以解脱老板的摆布。

父亲从没什么野心。母亲则永不知足，精力充沛，富于心计。他俩干起活来如同一个小组：母亲负责设计、剪裁（她小时候在一家纺织厂干过），然后经销帽子、围巾等。父亲除了开机编织外，还搞采购。

后来，他俩雇了帮工，在离我家还有一段距离的地方开了个铺子。父亲是店主兼制造商，母亲站柜台。两人都是激进的工会会员，这种由工人一跃成为"老板"的地位变化使他们感到无所适从。我怎么也不会忘记父亲曾力劝四位雇员组织一个工会的情景——为提高工资举行罢工！雇员们死活不干，认为他们的报酬已经可观。他们还说："既然你觉得我们应该得到更高的报酬，你给我们增加一些不就得了?"

"噢,那不行,"他立即说,"难道你们还不明白吗?如果只有我给你们增加了工资,那么我就无法和其他制造商竞争了。可是如果芝加哥所有纺织工人都联合起来,并派一个代表团去要挟所有的制造商,那么我们就不得不增加工资了。"他到底还是说服了他们。

若干年后,当我在大学上经济学课时,这荒谬的一幕总是在我的大脑中闪现。

父亲交友甚广,却很少有知己密友。他十分钦佩自己所不具备的别人的优点:所受教育、分析能力和创造能力。他最崇尚直率的性格。他常情不自禁地赞美某地赞美某某人:"是个了不起的人物,实在了不起!"

父亲对大海有着深厚的感情。在密执安,在加利福尼亚和弗罗里达海滨,他不知度过了多少个美好时光。他不会游泳,因此从不到淹没膝盖的地方去。看着他坐在海边戴着草帽看报纸,就像一个在澡盆里嬉水的孩子,实在令人发笑。

丹尼·托马斯曾给我讲述了他的父亲——一个身高体壮,妄自尊大的人——是如何去世的。临终前,老人朝天挥动拳头大喊:"让死亡滚蛋吧!"

我父亲没能像他那样壮烈地死去。经过了一年的心脏病、咳嗽、肺气肿的折磨后,他身体极度虚弱,最后在氧气帐中悄然离去。每当想起"死亡"二字时,他表现出的不是大发雷霆,而是闷闷不乐。

一次，母亲将他送到南天门医院，他抱怨说他脸上有点发痒。于是我带来了我的电动剃胡刀。在我给他剃胡须时，他说："你为何从纽约一直跑到密执安来了？""没有啊，"我撒谎说，"我碰巧来底特律开会，碰上了。""是碰上了！"他叹道。接着又笑着说："你可是我这一生中请过的最昂贵的理发师啊！"

出院后，他憔悴难认了。走路得拄拐杖，还须我搀扶。我不禁想起了一句犹太谚语："父亲帮助儿子时，两人都笑了；儿子帮助父亲时，两人都哭了。"

可是我俩谁都从没哭过，因为我总是滔滔不绝地谈论自己的工作、妻子、儿女以及工作计划，他对这些向来都是百听不厌。我攒了一肚子听来的新故事——任何能使他暂时从病痛中解脱出来的方式都未尝不可。在我们讲故事时，他总是面带笑容，装出一副痛苦很快就会消失的样子，装出一副还有大量的时光交谈，还有数以千计的故事要讲的神态。

最后一次我是在芝加哥的一家医院见到他的，当时他被放在氧气帐中，处于昏睡中。我和妻子向他道别，他都没听见。我送他一个飞吻，以为他也没看见，然而他看见了。他点了点头，用满是皱纹、扭曲的脸做着怪相——以前当他说到"别为我担心"或"别等我"时常做这种鬼脸。接着，他费劲地伸出两根手指举到唇边。回报我一个飞吻。

父亲是个和蔼可亲，通情达理的人，我爱他。

父亲去世后我每天都要进行长时间的游泳。我可以在水中尽情痛哭，当两眼通红地从水中出来时，别人还以为是水刺痛了眼睛。我不知道别人是否有过如此思念之情，和我在一起，父亲感到愉快，和父亲在一起，我感到幸福。

父亲活在我的脑海里，他的音容笑貌时时涌进我的记忆。有时，我会情不自禁地脱口喊道："哦，爸爸，您真了不起！"

简 评

这是一篇怀念父亲、歌颂父爱的散文。美国作家的此类文章在结构朴实中见自己的特色，大致说来，在回忆中围绕对父亲的形象有一个逐渐清晰的认识行文。且文章以记叙为主，间有抒情和少量的描写，但是，传达出的父子情感和深深的父爱，足以让读者回味良久乃至震撼读者的心灵，主要的写作特点，就在于文章精当地选取典型的材料以及简洁凝练、生动传神的语言，值得一读。

"父亲是个和蔼可亲、通情达理的人，我爱他。"通观全文，与众多的悲伤浸透在字里行间的怀念的文章不同，阅读中我们会感受到，作者在文中生动地描述了父亲纯真的情趣和坦率的个性，鲜明地刻画了父亲幽默的形象。在含泪的微笑中，浓郁的亲情扑面而来，那种藏于心底的感伤渐渐泛起，传递着更加悠远深沉的哀痛，感人至深。就是这样的父亲在儿子的心中留下了永恒的印象。"父亲帮助儿子时，两人都笑了；儿子帮助父亲时，两人都哭了。"这是流传极广犹太谚语，传送出的相依相携的父子深情自然就俘获读者的心。作者着力刻画父亲的幽默，显示出了高超的驾驭语言功力。父亲绞尽脑汁取悦于孩子，兴致勃勃地讲荒唐而有趣的故事，三言两语就勾勒出一个"老顽童"的形象，近于天真的可爱形象呼之欲出。"父亲活在我的脑海里，他的音容笑貌时时涌进我的记忆。有时，我会情不自禁地脱口喊道：'哦，爸爸，您真了不起!'"这是作者在文章的最后对父亲总结性的评价。

历来作为中学语文教材的传统文本——《背影》,把中国的家庭美德,父慈子孝演绎得熠熠生辉。对于文本的解读,是放在一种特定的背景之下,体现父亲对儿子的爱。父亲差事交卸,祖母去世,正是祸不单行的日子,丧母的悲痛加上生存的危机,父亲陷入了困境。作为长子的朱自清,还在大学念书,接手家事尚早,养家重担压在父亲一人肩上,他是怎样的急于谋事呀,父亲在谋事和送行两者之间再三踌躇,最终还是选择送儿子,这种爱子之心情深似海。父亲送行,照顾儿子无微不至,不光照顾到眼前,还为儿子的一路着想,临别还给儿子买橘子。买橘子要过铁道,月台又高,爬起来非常费劲,父亲为了儿子,再难的事情他也心甘情愿。于是才有了使儿子八年后都没有忘记的那经典的"背影"。"他用两手攀着上面,两脚再向上缩;他肥胖的身子向左微倾,显出努力的样子。"由此观之,爱子之心是多么的强烈,父爱的力量是多么的强大。《背影》一文是朱自清先生以纯真朴实的语言,用饱蘸感情的笔墨写成了怀念父亲,表达父爱的优美散文。

正因为朱自清父亲经受了双重灾祸的打击,他才更加明白了人生的短暂,亲情的可贵,才明白了人世的沧桑变迁,变化无常。由此,他才把平时不能表达,或者根本就没想表达的父爱,在这个时候释放了出来。才更认识到了孩子是自己生命和感情的唯一寄托,更不放心孩子。不然,也不会有朱自清的自白:"其实我那年已二十岁,北京已来往过两三次,是没有什么要紧的了。"当一个人经受了人生的打击、灾祸、磨难之后,会更加懂得珍惜亲情。因而他把更多的爱倾洒到儿子身上,把儿子当作精神的支柱,也是寻求安慰和获得幸福的途径。记得有一句经典的台词:哀悼失去的人的最好的方式是我们好好地活着。伟大的父爱是那样的深沉,人同此情,情同此理,父亲对儿子的爱是生活中双重打击下的自然流露。

再比如，"人民艺术家"老舍先生对他的儿子舒乙的爱。"文革"中，老舍遭受"四人帮"的残酷迫害，他刚直不阿，宁愿玉碎，不愿瓦全。为了抗争，为了捍卫人格尊严，他愤然跳进了北京太平湖。老舍去世23年后，他的儿子舒乙写下了情真意切的《父子情》，发表在1989年6月19日《人民日报》（海外版）上。这既是一篇痛悼父亲冤死的祭文，也是深情地回忆父亲用独特的方法教育作者成才的妙文。老舍先生作为一位父亲，在对孩子的教育中，老舍身教重于言教，注重培养孩子的独立能力，充分尊重孩子，培养孩子的健康人格。

利奥·罗斯滕的文中写道："有时，我会情不自禁地脱口喊道：'哦，爸爸，您真了不起！'"写父亲之爱，和朱自清、舒乙回忆父亲的经典散文，异曲同工，殊途同归，犹如电影、电视的镜头，定格了多彩的父亲的形象，是一首首父爱的颂歌。

后 记

　　散文,在中国文学史上是与诗、词鼎足而三的重要文体,有着崇高的地位。唐宋以来的古代散文已经被人们奉为经典自不待言,近代以来特别是自"五四"以来的近百年时间里,优秀的散文作品无论在内容构成或是思想情致方面,都可与古代经典比肩。近年来,写作散文的作家越来越多,喜爱阅读散文的读者也越来越多,应运而生的散文集也林林总总地呈现于读者面前。我总觉得散文的选本和阅读方式还存在一些不足之处,特别是对近百年来的散文作品没能很好地梳理和总结,尤其对年轻人来说,缺少必要的指导。于是,我产生了一个较为大胆的想法:梳理一下近百年来的散文精品,对作品及其作者做一些简单的介绍和分析,为读者更好地阅读现当代经典散文提供一个可供选择的读本,也希望通过这样的撷选和推广,能使一部分作品在历史长河的淘漉中留存下来,成为后来人的经典。而这,也是选文和出版的主要动机。

　　在撷选本丛书的作品时,我着眼于选择那些叙述内容真实、表现手法质朴、能真实地记录作者现实生活的思想和感情轨迹之作。所选散文的作者中,著名学者、知名教授、有成就有社会影响的作家占相当的比重,他们的散文,或含蕴深厚,意境优美深邃;或摇曳多姿,情思高蹈浩瀚，无论芸芸众生，峥嵘岁月，抑或江河湖海，大地山川，或灵动飘逸，或凝练深刻，或趣味灵动，或高雅蕴藉……本丛书所选入的散文大多无愧于这样的评价。因此，一册在手，与经典同行，就能与作者进行思想交流，就能以丰富的知识启迪智慧，以睿智的思想陶冶情操，从而在读者的心灵里打开一个情趣盎然而又诗意充沛的境界。在生活节奏日益加快、人们性情渐趋浮躁的今天，我们非常需要这样的阅读。

读书给社会和个人带来的影响都是不可估量的。"一个人的精神发育史，应该是一个人的阅读史。"同样的道理，一个民族的精神境界，在很大程度上取决于全民族的阅读水平；一个国家谁在看书，看什么样的书，决定了这个国家的未来。国际阅读学会曾在一份报告中指出：阅读能力的高低，直接影响到一个国家和民族的未来。具体说来，阅读经典，可以强化文化认同，凝聚国家民心，振奋民族精神；可以提高公民素质，淳化社会风气，建构核心价值观。阅读经典，是接受教育、发展智力、获得知识信息的最根本途径，是人类社会特有的文化传播活动。

基于上面的认识，我编写了《现当代经典散文品读》。本丛书的编纂和作品的入选，是编者这个特定的人在特定的时期对特定作品的看法和眼光，代表着个人的审美体验，不要求读者一定要认同编者的看法，更不能代表作者的原意。因此，对本丛书编写过程中产生的一些想法做一个简略的归纳，供读者朋友参阅。

一、鉴于丛书的容量，首先面临一个不容回避的问题，即是如何在浩瀚的散文中遴选出既恰当又是读者喜闻乐见的作品来？毫无疑问，作为旨在拓宽阅读领域和提升阅读效果的散文读本，唯一的标准，那就是作品本身。真正意义上的阅读，是读者和写作者的心灵对话，一如心仪的挚友，在山间道旁的谈文论道，读者需要的恰恰是不拘任何形式的"随意性"。我们尊重阅读是"很个人"的提法，更何况强调开卷有益的阅读本身,更无须过于条理化、理论化,阅读者的追求也并非一种文学样式的全部、一种文学流派的前世今生、一个作家创作上的成败得失。

二、丛书的编撰体例,每篇散文都附有"作者简介"和"简评"两个部分的内容。了解作者的相关资料,是阅读前的必要准备;简评部分的文字则尽可能地拓宽阅读的视野,是阅读的引申、提炼,两者结合起来,从而建构起一个有机统一且有益于阅读的抓手。比如,读梁思成先生的散文《千篇一律与千变万化——音乐、绘画、建筑之间的通感》,一般读者可能对作者笔下的建筑领域里一些专业问题不是十分了解,"作者简介"和"简评"则对梁思成先生作为古典建筑领域里的顶级专家和教育家所从事的工作大体上予以介绍,为阅读做了必要的铺垫。文本虽是梁思成先生写中国古典建筑的散文,但作者拳拳赤子之心在字里行间很自然地得以升华,也就很容易引起阅读过程中的强烈共鸣,作者笔下的中国建筑艺术给读者带来的心灵上的冲击是难以忘怀的。

三、丛书共分10册:(1)华丽的思维;(2)悠远的回响;(3)精彩的远方;(4)文化的清泉;(5)诗意的栖居;(6)理性的精神;(7)心灵的顾盼;(8)且观且珍惜;(9)现实浇灌理想;(10)岁月摇曳诗情。每个分册写在前面的一段文字,是编者阅读经典的心灵感悟和情感抒发,不能简单地等同于对入选散文的解读,更不能先入为主地影响读者的阅读。

四、选入的散文,内容上可能涉及一些至今尚无定论的思想学术、科学文化等方面的内容,有的尚在研究、探讨之中;有的虽有了比较统一的看法,但也不一定就是最终的结论;有的观点虽然在现实中影响比较广泛,但也不可避免地存在一定的分歧,等等。编者力争在简评文字中尽可能地向读者介绍有代表性、较为流行的观点。即便如此,也未必就可以视为最权威的看法,倒是衷心希望读者阅读时,在认真分析、品味的基础上有自己的比较、鉴别，尽可能地接近比较科学的解读。有兴趣的时候，读者不妨就文中反映出的某些问题，进行深入的研究性阅读，带着这种"问题意识"，一定会使阅读欣赏的效果得以增强，阅读欣赏的水平得以提高。比如，读瑞士华裔作家许靖华先生的散文《达尔文的错误》。文中传达了一些不同于传统观点的信息而了解对"进化论"提出挑战的代表作品，无疑对阅读是有帮助的。

五、丛书所选入的近三百篇散文中，绝大部分篇目，由于作者观察生活的特殊视角和独到的眼光，加之作者渊博的知识和雅致的文笔，将读者在现实生活中熟悉的或不熟悉的、遇到的或未曾遇到的人和事，叙述得饶有情致，有巨大的吸引力。但是，世易时移，不要说20世纪早期的作家，即使是与我们同时代的作者，文中所持的看法也并不见得百分之百地为今天的读者所接受。见仁见智，读者在品读之后有不同于作者的看法是很自然的事。比如，读李欧梵先生的《美丽的"中国城"——唐人街随笔》，不可避免地会对作者的观点产生不同看法。再比如，读毕飞宇先生的散文《人类的动物园》。从根本上说，工业文明的社会发展，为满足自己的需要，人类修建了动物园，但是，动物园的出现不是简单地把动物关起来了事，还折射出种种社会问题、人与自然的关系问题等。

六、每一个作家都生活在特定的社会环境中，每一个作家的作品和现实生活都有着千丝万缕的联系，我们能够从每一个作家的作品中读出他们现实的生活记录，感受他们跳动的思想脉搏，尤其是那些在现当代文学史上有一定地位、影响的作家，我们通过他们的作品，不仅能够读出作者其人，还能够从他们充满生命力的文字中，去瞻仰他们在文学史上留给后人的那渐行渐远的背影。比如，读季羡林先生的《赋得永久的悔》。我们看到的是作者用大量的篇幅，回忆了孩提时代吃的东西。为什么一想起母亲就讲起吃的东西呢？原因很简单，民以食为天,穷人家一直过着吃不饱的日子,因此对吃过的东西特别是好吃的东西,留下的记忆当然最难忘。再比如,读五四时期著名女作家石评梅的散文《墓畔哀歌》。面对这个在人生的凄风苦雨中痴守残梦的柔弱女子,谁能说清楚她那样泣血坟茔、奉献了全部的青春年华,且沉浸在对死者的哀悼之中难以自拔是一种幸福,抑或是一种不幸?今天的读者聆听到作者"墓畔哀歌"的时候,自然会联想到民国时期的"才女"形象以及她那逼人的才华。

七、文学源于生活,反过来文学又是对现实生活的阐述和暗示。

所以,阅读一个作家的作品,不能脱离其特定的生活环境。通过阅读,读者可以从不同的侧面感知不同时代作者笔下的现实生活,从而达到了解社会、体悟人生、历练品格、升华灵魂的阅读效果。比如,我们读钟敬文《西湖的雪景——献给许多不能与我共欣赏的朋友》、胡适《九年的家乡教育》、蒙田《与书本交往》、杰克·伦敦《热爱生命》、叶广芩《离家的时候》、宗璞《哭小弟》、刘小枫《苦难的记忆——为奥斯维辛集中营解放四十五周年而作》,等等。只要我们潜下心来,一定会有多方面的感知和启迪。

每一本书的问世都有一定的机缘。本丛书之编撰要追溯到20年前,当时,编者在一所高中教语文,由于教学的需要,为学生奉献了校本教材《诗文鉴赏》。之后,随工作辗转,当年的校本教材也屡次修订增补,才有了今天的《现当代经典散文品读》。其间,安徽师范大学出版社曾为作者提供诸多帮助;时任社长的汪鹏生先生,从策划到出版,均做了大量的工作。北京大学哲学系教授朱良志先生拨冗赐序,为本书增色添彩。在此,一并向上述帮助过我的人致以最真挚的谢忱!

徐宏杰

于淮南八公山下　2018年5月